# 去遠方

郝景芳 著

# 目錄

# 台灣版序

《去遠方》中大部分作品大約是十年前寫的，出自於我剛開始寫作的那段時間。今天回顧起來，有很多地方和我今天寫作的風格不太一樣，但我並不覺得它們幼稚，相反，我非常珍視最初的一些寫法，那是我今天很少運用，但是很喜歡的一些寫法。

具體是指什麼呢？

舉個例子。《九顏色》是書中的一個系列故事，其中包含九個獨立故事。有影視圈朋友將其買去改編網路劇。他們拿去很久之後，問我：「我們琢磨了很久這九個故事，它們獨立看起來我們都懂，但是我們不清楚它們串聯在一起的邏輯。」他們要我寫下這些故事的最初想法，於是我給他寫了這段話：

這九個故事都是關於我們如何看待這個世界，關於人的看法、印象、偏見、理性、情緒和信念，也關於真相和表像。很多時候，事物的表像讓人錯失真相，犯下錯誤，但也有些時候，對事物的信念雖然不是真相，但卻能給人積極的力量。真相與表像，哪個一定是好的，哪個一定是壞的？我們所有人，都生活在我們自己眼光營造的世界裡。顏色就是觀看之謎。

這就是我那個時期寫作的主要特點。我的出發點都是某種模棱兩可的哲學爭點，越是沒有正確答案的問題，越是有多個側面的複雜問題，越可能成為我的寫作出發點。偏見很可能是錯的，但當我們都在嘲笑偏見的時候，它又有可能是對的。這樣的哲學的微妙讓我著迷。我喜歡探索人們都不重視的領域，或者在人們視而不見習以為常的事物中尋找。我迷戀意象、象徵、隱喻和模型，最終寫出來的故事，通常情節並不複雜，也沒有正確答案，但是都意味著我對某些事情的思索。那段時間，我寫了多種類型的故事，就是沒有傳統的情感劇。

後來的日子裡，我的寫作慢慢變沉、變實，不再像最初那段時間像浮雲一般飄在空中。我開始寫更多人情世故，寫更多悲歡離合。這樣的寫作獲得更多出版社和雜誌社的接受，也贏得獎項。但實際上我仍然想念最初寫作的風格，短小、精鍊、輕巧，浮動著無法說清的哲學疑問。

有關這個世界，我們能知道什麼？我們所有確定的，在某一刻都可能不再確定。世界的理論消解了，只有故事留下了。

《消失大陸的愛情》則是今年新寫作的小說。它的來源是有一次和友人的聊天：如果某天家園遇到危機，是否可以心無旁騖放棄家園，奔向遠方？正如在愛情裡，完美的ＡＩ替代品和原本的那個人，究竟有沒有不一樣？在衡量一些事的時候，用純粹理性客觀的標準衡量，似乎總有更優的答案。但是在生活裡，這真的是更好的答案嗎？我寫了一個氣候變化影響下的未來地球，主人公的選擇，是他個人的選擇，也凝聚著人類的選擇。

《去遠方》書名來自書裡其中一篇文章，也來自於我自己對生活的感受。我是一個常常心在遠方的人，無論在哪裡都會覺得疏離，而我也享受這種與人群疏離的感覺。心去遠方，在我看來是寫作的最大動力。

景芳　於北京

二〇一八年九月五日

# 前言

《去遠方》是我早期寫作嘗試的完整總結。我寫的小說始終屬於無類型文學，這本集子中的作品更為明顯。書名為《去遠方》，是用了集子中的一個短篇的名字，也是我自己最喜歡的一篇。

我的小說一直有這個問題。對科幻讀者來說不夠科幻，對主流文學作者來說不夠文學。我曾將幻想小說投給過主流文學雜誌，但因類型不合適，收到過幾次退稿。編輯告訴我，雜誌並不發表科幻作品。另一方面，同樣的幾篇小說也曾被科幻雜誌退稿，理由是過於文學化、不太科幻。這是我在相當長時間裡面臨的尷尬。

如果我們將小說空間分為現實空間和虛擬空間，那麼純文學或者主流文學關心現實空間，也表達現實空間，而科幻或者奇幻文學關心虛擬空間，也表達虛擬空間。前者如老舍先生的《茶館》，現實中的人物悉數登場，嬉笑怒罵反映現實世界的光怪陸離。後者如哈利波特的魔法學校或星球大戰的太空戰場，自有虛擬世界的邏輯和戰鬥目標。而與這兩種純粹的形式相對應的，是一種介於二者之間更模糊的文學形式：它關心現實空間，卻表達虛擬空間。

這種介於現實與虛擬之間的文學形式構築起某種虛擬形式，以現實中不存在的因素講述與現實息息相關的事。它所關心的並不是虛擬世界中的強弱勝敗，而是以某種不同於現實的形式探索現實的某種可能。

《西遊記》是這種形式的翹楚。它不是現實主義文學，現實中不會有一隻會變化的猴子和一隻貪戀美女的豬與人一同上路，也不會有妖魔占據每個山頭，但它也不是現代意義上的奇幻文學：它要講述的，不是魔法與種族的對抗譜系，它所關心的比那些更現實，也更複雜，它寫出的是現實世界的魔障，是一個人足不出戶而在心路上經歷的九九八十一難，寫下的猿是心猿，馬是意馬。四大名著中，《水滸傳》和《紅樓夢》都是以非現實的情節開場，無論是石碑下的黑風，還是補天的頑石與一棵草，都要將現實放在虛幻的大框架下。

虛幻現實可以讓現實以更純淨的方式凸顯出來。虛幻的意義在於抽象，將事物和事情的關係用抽象表現，從而使其特徵更純粹。誰能說得清頑石和一棵草對於《紅樓夢》的意義？沒有它們，賈府的恩怨依然可以上演，但若沒有它們，賈府的恩怨就只是世俗大宅的恩怨，整部書也就缺少了出世和入世這最為重要的超脫主題。若《離騷》不曾上天入地，只是一曲哀歌的話，那麼它也必然失去了其最重要的精神求索。

講這些東西，我並不是想把自己的小說與古代神話和經典名著相提並論，而只是想探討類型文學對類型的局限。我的小說距離經典還很遠，我並不想用經典作品為自己的作品貼金。我只是覺得，給任何文學作品貼標籤、設定分類，從而人為設置柵欄，也許並不是一種好的方法。文學雜誌和出版作品上架的時候都有分類，擺在不同貨架，相互之間沒有交疊。這種情況使得文學作品化為一個一個小圈子，讀和寫都與其他圈子沒有關係。在這種情況下，我難免會想，如果《西遊記》在今天發表，讀者範圍可能不會超過奇幻文學的小圈子，也不會有很多人意識到埋藏其中的複雜內容。

對我來說，文學首先是文學，其次才是某種類型的文學。我寫的作品不容易歸入類型，也不容易發表。我起初還在意，後來也就釋然了。很感謝那些即便如此，還能支持我寫作的人。從前以為這些短故事不會被人認可，直到編輯看到並給予認可，才讓我對這些無法歸入任何類型的簡短作品有了一點自信。這些支持對於一個無法找到歸屬感的作者來說至關重要。

二〇一六年六月

# 去遠方

火車窗外，英國的玉米地。田園風景，讀書，屬於美國原野的音樂《真愛一世情》。

天很藍，視線遼遠。

我讀書不能專心，總是時斷時續。《江村經濟》。我將書扣在桌上，開始寫筆記。鋼筆劃過紙頁有舒適的沙沙聲，淡藍色，和天一樣。

窗外的玉米地。風景，讀書。我一樣一樣寫。田地金黃，山崗曲線柔和。紅頂小別墅，一棟一棟，有樹林。我寫字的雙手在抖，火車每越過一處鐵軌與鐵軌的連接處，字跡就分叉。山崗上有陽光、公路、小汽車。花園一家一家。窗外的玉米地，風景，讀書。田野一馬平川，看得見風，蘆葦似的長草，黃色的野菊，有大地的氣息。田地整齊，沒有分成一小塊一小塊。房門口有信箱，有滑梯，有彩色的兒童車。房子裡有抽水馬桶。這多麼奢侈。

我停下來。鋼筆沒水了。字跡開始蒼白，跟不上思想。

「你還有筆嗎？」我問我的旅伴。

他也沒有。

我翻找了一會兒，最終放棄了。

「算了，不寫了。反正也沒意義。」

我闔上本子，重新翻開書。書裡寫著小塊水田、鐵耙、木質水渠、釀肥的糞坑、帆船。寫著做為嫁妝的兩百塊錢的衣物。這是多麼多麼不同。所有這一切。耳機裡的旋律慢慢宏大，像拉開一片天地之間的帷幕，用遼闊的草原推起一個人的背影，那人消失在風裡。我心裡被三重風景攪亂了。寧靜溫暖的英國鄉野，碎裂古老的中國鄉野，遼遠粗獷的美國鄉野。視覺、文字、音樂，當三種感覺都化為想像，我不知道哪一種更加真實。

我想記錄所見到的東西，完成我拖了很久沒能完成的碩士論文，可是景物在我眼前飛過，我什麼也記錄不下來。

我的旅伴一直沉默而包容地陪著我。他見過大世面，明白我的困惑。我的困惑何等平凡，所有剛剛離別故土看到異鄉鄉野的人，都曾被這多重畫面擊中過。他也這麼經歷過，所以他知道這沒什麼。這只是開端，路還很遠。他不教導我，只是默默地陪伴。

我的旅伴是個帶有傳奇色彩的老人，一生經歷過風風雨雨，起落都已大而化之。他生於兩次世界大戰的間隙，幼年的記憶與流亡相隨。十歲的時候戰爭開始爆發，八年之後是另一場戰爭。他在十幾歲的時候曾經在美國的舅舅家住過幾年，流亡避難，戰爭全部結束之後，才回國與家人重逢。這時他才知道，他和他的父親失散了。他的父親已經到了海峽的另一側，而他和他的母親守著北方的一片農場度過了後來的五十年。讓他父親度過餘生的那個島嶼，他從沒有去過。他在國內上了大學，可他少年時的海外經歷讓他性質可疑，三次被劃成右派，兩次被平反，一次被放逐。他的一生以寫字為生，研究鄉野，像我一樣用鋼筆在本子上畫下淡藍的天空。他的鋼筆用壞了很多枝，在那些放逐的年月裡，他在寂寞的農田旁邊，在別人午睡的時候寫滿了十個本子，他為農村寫了一生。他後來又出國了，在已經沒有人追討他的悔過書的時候，走過了很多國家，見到了很多很多片鄉野。這時的他走到哪裡都能坐在上賓之位了，可是這時的他已經完全不介意坐在什麼座位上了。

此時此刻，他就在我身旁，淡去了所有動盪的征塵，平和得像我的爺爺。

我的論文寫了一年，也許永遠都寫不完了。

白紙上有一種愴然的意味，我想著這豐富龐然的自然的一切，心裡的力不從心越來越強，我想我永遠都沒辦法記下所有看到的東西，所有意味深長的東西，所有值得比較的東西了，它們就像這陽光裡的長草，每一絲都有無盡的生與死的奧祕。可是我將永遠寫不下它們。

我低下頭，發現水杯空了。

「你等我一會兒，我去打水，去去就來。」

我向我的旅伴示意，起身向隔壁車廂走過去。英國的火車一般都不擁擠，空座很多，零零星星的旅客多半安靜地坐著，每人手裡捧一本小說，輕質灰色紙張，厚而輕，封面有燙金的書名，閱讀者的眼睛看到另一個時空。在書的車廂裡，沒有人在場。或許每個人都像我一樣在心裡懷著對生命的眾多疑惑，但是沒有人開口，沒有人用言語的水流衝開軀體的封閉。我慢慢地經過他們，同樣不說話。我知道大家為什麼不開口。唯一比內心疑惑更讓人恐懼的，就是把這樣的疑惑晾曬到眾人可見的日光裡，像魚乾一樣晾曬，枯乾。

我走向車廂的隔間玻璃門，手中握著我的玻璃杯。

窗外忽然出現了一片低頭的黑色向日葵，匍匐哀傷像一大片傾頹的夢想，太陽還在照耀，然而黑色的海洋赫然在土地上連綿起伏，碩大的花冠成群結隊地低落著，花瓣乾枯而脆弱，莖幹彷彿不堪重負。這景象讓我的心情低落起來。我的頭腦中迴響起剛剛放下的書裡的句子：我們越來越迫切地需要這些知識，因為這個國家再也承擔不起因失誤而損耗任何財富和能量。那是一九三八年的一句話。耳機裡音樂變了，變成了艾爾加大提琴絕望的高潮。

車廂門很重，費力地向一側拉開，聲音的熱浪立刻將我包圍。

三個男人坐在最近的一張桌旁打撲克，都穿著無袖背心，套著短袖聚酯纖維製的襯衣，敞著懷。在玩撲克牌遊戲「鬥地主」，我一看就知。他們一邊摔著牌一邊大叫，兩個農民興高采烈地鬥，眼看就要將地主憋死在家裡了，地主捏著手裡的一把牌，嘴裡嘀嘀咕咕，腦門上已經冒了汗。他連說著運氣不好，早知道就不當地主了。一個男人嘲笑說你這把牌不錯，是你自己打臭的。地主抹著汗說，就稍微好那麼一點，也沒比你們好哪兒去，哪架得住你們人多勢眾。農民笑著說，誰讓你是地主呢，活該！兩個農民很快贏了下來，笑著大喝，從輸了的地主身前一人撿出一塊錢，拍著手慶祝勝利。捲了邊的紅桃、黑桃重新攤開在桌上，帶著汗水的滋味，重新混成一疊。所有牌都忘了身分，洗牌，分牌，重新來過。很快又有了新一輪的地主，形勢變了，剛才的農民現在變成了接受挑戰的角色。天地易主，剛才的地主捋起袖子，往手心吐了口唾沫，拿起牌，臉上終於掛起了笑容，全心投入新一輪械鬥。他們玩得投入，天昏地暗，顧不得其他。

我艱難地往前挪著步子。在打牌的男人身後，有幾個人正在嗑瓜子，聊天，顯得很平靜。再往前又有人打牌，叫著鬧著堵著通道，全車廂似乎只有眼前的這幾個人沒有在打牌。我見一時過不去，就在他們身邊坐了下來。綠皮硬座很舒適，硬朗、粗糙，擠得暖暖和和，沒有小燈、耳機、空調之類雜七雜八討厭的小東西。

身旁的幾個人各有各的模樣。一個看上去大我幾歲的農村少婦，一個十幾歲背著碩大的舊書包的男孩，一個穿一件土灰色中山裝的中年城裡人，還有一個光著腳捲著褲管的老大爺，穿著藍布上衣，蹲在座位上，啃著一個饃，就著一包榨菜，看起來吃得很香。我看著他吃，自己也飢腸轆轆起來。

「大爺，您還有饃嗎？」

「沒有啦。」大爺搖了搖頭：「討饃的人太多啦！」

「怎麼？很多人向您討嗎？」

「唉，你是不知道啊？那可多了去了。不是跟我討，是跟車討。我也是上了車才有饃。沒上來的可都討不著啦！唉，好多人都沒上來啊！你是新來的，沒見過。那人多的時候啊！大家都追著火車跑，從道邊伸著手扒著車，生生地往上爬，那密密麻麻的，火車都開不動了，吭哧吭哧，慢得還沒人跑得快，人們就都跟著追啊！有的都跑到火車頭前面去躺著，自己軋死了不說，還差點把火車都掀翻了。我也是這麼爬上來的，從一個山坡上忽一下，跳上來，差點摔死。那時候摔死的人多啊！餓死的更多，也有兩人打死的，隨便往哪兒扒開個草坑，就都是死人。就這麼著，人們還玩命衝呢！」

「真的嗎？」我聽得很茫然，想像著他的話：「那這火車也夠結實的。」

「可不！」大爺連連點頭，「結實！還是上車好啊。」

「那些沒上來的人後來呢？」

「沒饃唄！」

「有多少人哪？」

大爺摸了摸頭，想了想，答不上話。他捏著手裡的半個饃，吃了很久還沒有吃完。一旁的中年人開口替他答了：「1478602931245867O2 個人。」

我詫異了：「這麼精確？」

他指指身旁厚厚的一摞本子，說：「我一直在記錄。」

「您也是爬車上來的嗎？」

他點點頭：「不過我比他們上得早。我比現在的司機上得都早。」

「哦，您是在發車以前就上車啦？」

「不是。這車一直走著，現在這司機之前有別的司機。」

「這樣啊。」我恍然大悟地點點頭：「那您在這兒專門負責記錄人數嗎？」

「人數，還有饃數。」

老大爺插話道：「別信數字。數字最不可靠。」

「怎麼會？」我說：「資料是最有說服力的啊。」

「不可靠。」老大爺也講不出道理，只是一副滄桑的樣子搖著頭：「數字最不可靠。」

接下來靜了一會兒，我默默地開始看書。他們都在嗑瓜子，清脆的啐嗒聲在一片吵鬧的玩牌人的背景中顯得分外輕靈。這唇齒間的輕靈讓四周像是靜了下來，幾個人彷彿從其他人中間隔離開來。我偶爾抬頭看窗外，電線杆有規律地掠過，大片大片農田像方格子的被子，色彩絢麗，一直鋪到山腰上。金黃色是乾枯的麥稈，暗紅色是發育不好的玉米穗，灰黑色是帶刺的沒有葉子的枝條。顏色真多。有時能看見一個茶農在山窩的小塊地裡揮動鋤頭，想必是隱居山外的風流隱士。火車穿過山嶺，一會兒明一會兒暗，常常是明晃晃地亮了一瞬，隨即就進入隧道，黑漆漆地開上一路。隧道真多。我有點看不進去，書上的字在忽明忽暗之間晃，晃得人頭暈。風景印在額頭。

「好容易出趟門，看啥書啊？」老大爺招呼我：「還不趕緊抓緊時間接觸下社會？你們讀書人，接觸社會都少嘍。」

我臉紅了一下，連忙點頭：「您說得是。」

一直沒有說話的男孩子插嘴問我：「你看的是什麼書啊？」

「《江村經濟》。」我指給他看。

「哦，江村我知道。」他說：「離我家不遠。」

「是嗎？」我有點驚喜。

「你為什麼看這書啊？」他問。

「因為我要寫一篇碩士論文，寫了很久都寫不完。」

「為什麼寫不完？」

「因為我常常寫不下去。我坐著，面對著白紙，總會想，這麼認真地寫和不認真地寫，最後有區別嗎？人總歸是要死的。說了一千句話和說了一句話是一樣的，完成沒完成也是一樣的，就好比這車廂，我們最終所有人都要到站，不管你在這車裡大喊大叫還是安靜坐著，最後都一起下車，根本不因為你喊叫就有什麼不同。寫不寫終點都一樣。」

「所以你就不寫了？」

「那倒不是。」我坦白地說：「我只是寫的時候常常這樣胡思亂想，時間就耽誤過去了，該寫的沒寫，該看的書也都沒看，自然寫不完。」

「不是所有人終點都一樣的，」沉默的農村少婦說：「我娘說過，你這輩子仔細看著路，下輩子就能上對車，下輩子以後終點就不一樣啦。」

「哪有下去還能再上來的？」我說：「又不是公園的摩天輪。」

「你不懂。」她搖搖頭，目光凝視著窗外，緊緊抱著自己的包裹。

「你這是要去哪裡呢？」我問她。

「我去找我男人。」

「去哪兒找？」

「我不知道，」她望著空中的某個地方：「但我仔細等著，下輩子準能找到。」

男孩對我們的悲觀都不以為然，說：「車廂也是個很大的世界啦，下車以前也還能體驗到好多事情，就把這些車廂都走一遍也值了。更何況，還能學著看路，把這周圍的路看清楚，可以告訴司機，如果他開錯方向了就糾正他，要不然我們大家不是都到不了目的地了嗎？」

我看著他，他的目光像他下巴上的鬍子一樣柔軟生動，還完全沒有覆蓋粗糙的空氣膜，他還那麼小，離死還那麼遙遠。我轉向穿中山裝的中年大叔，他一直沒有插話，似乎已經對這樣的話題不感興趣。我猜他心裡有答案，只是已經過了願意說的年紀。

「您怎麼想呢？」我問他：「如果您知道有一天您記下的這些數字終究化成灰，您辛辛苦苦用盡力氣說的話最終沒有一點用處，您也一樣孜孜不倦嗎？」

他在回答之前，先抬頭看了看那些厚厚的本子。白紙堆成的牆比人的腦袋還高。

「我只問你一個問題。」他平平和和地說：「有兩個預言家，一個預言了一件大危險，結果大家成功地躲過去了；另一個預言了一件大危險，結果大家怎麼躲也沒躲過去。你覺得，作為預言家，哪個比較偉大？」

我想了想說：「什麼叫偉大呢？」

他沒有回答我，自嘲地笑了笑，說：「我就是一個看見陷阱，而自己掉進去的人。」

我還沒來得及回答，身後忽然響起一陣暴風驟雨似的雜亂呼喊，一樣沉重的東西如大山一般急速壓了下來，我下意識地向一旁閃躲，只見一個人擦著我的身子轟隆摔倒在地上。那是剛才打牌的一個男人。他們打著打著似乎打出了矛盾，三個男人開始大打出手。不知道是為什麼，只看到一個人掄圓了胳膊朝另一個人揮去，也不講戰術和章法，挺起的胸膛幾乎要將無袖背心撐破。而他的對手也紅了眼睛，一邊拚命擺脫身邊勸架的人的拉扯，一邊側著身子要往前衝，嘴裡不忘了罵罵咧咧，頗有壯士去兮的奮勇。

「玩不起是吧？」一個男人大叫著：「蛋膿包！玩不起就別當地主，吃貢的時候怎麼沒急啊？」

「操你媽！誰玩不起？誰玩不起？」另一個男人叫著：「你把話說清楚！狗日的耍詐！活該當一輩子農民，永遠別想翻身！」

我看兩個人都有點雷聲大、雨點小的架勢，擺開了陣仗，不打算真的開打。

我轉過頭，小聲問身邊的幾個人：「大家都打牌，你們怎麼不打牌？」

灰衣大叔小聲說：「他們都信洗牌，我們不信。」

就在這時，情況急轉直下，我根本沒來得及再說話，就被旁邊橫著衝過來的一個人撞翻在地。頭磕在小桌上，剛硬生疼，眼冒金星，眼淚一下子湧出來。我定睛一看，撞我的人也是被人打翻，摔倒在地，正一邊齜牙咧嘴地揉著胳膊，一邊大聲叫罵著要站起來找人報仇。我還沒來得及反應，就又有人像炸彈一樣摔倒在地。聲音淹沒了一切。我們身後打成了一鍋粥，一團糨糊，不斷有人被牽連，然後順勢加入戰局。戰事擴大的態勢讓人恐懼，星火燎原，拳頭腿腳滿車廂飛舞，很快就從一端蔓延到另一端，將全車變成了戰場。

男孩向少婦的方向躲過去，雙手護著頭，少婦緊緊地靠車壁縮著。中年大叔弓起身子，護著他的本子，怕它們被人打散。老大爺的半塊饃被人撞到了地上，急得眼淚都快出來了，彎腰匍匐，在眾人的腿腳之間搜尋，不時被拳頭砸中，砸得涕淚橫流。我抱著我的玻璃杯，蹲坐在小桌下面，只見身前拳打腳踢來來去去，像極了小時候看過的戲碼。

這時，車廂一端有東西著了火。起初大家沒有注意，但當火光伴隨著燒焦的氣味像鴿子一樣飄飄悠悠地飛到大家眼前，混亂的鬥毆迅速被突然的恐懼取代。

「著火啦，快逃！」

不知是誰喊了一句，眾人如夢初醒，湧向狹窄的車門，或者乾脆從窗戶跳窗而下。個別人張羅著救火，幾乎沒有人回應。我也被人們裹挾著，向門口湧去。人們呼嘯著、擁擠著如滾滾洪流，夾在人群之中，很難向其他方向移動。男孩在我身旁，中年大叔卻不走。

「著火了，快走吧。」我提醒他。

「你們走吧。」他說：「我得看著我的本子。」

「你傻啦，命都沒有了，要本子還有什麼用？」

「本子不重要，但我不能離了這車。」他忽然死死地抓住車窗處的車壁，不讓人帶走他：「你們不知道這車的重要，可我知道。我早就上車啦，比司機還早。我要救火，你們走吧！」

我幾乎沒聽完他的話，就被人流帶到了門口。車還在開著，雖然慢，但仍然能看到大地在門外流動，土壤、碎石與草像旋渦，快得讓人暈眩。我回頭看了一眼車廂，火光紅通通，人群的面孔有無數種表情。熱浪像恐懼一樣強大逼人，身邊的陌生人散發著強烈的求生欲望。我最後看了一眼中年大叔抓著車壁的身影，就跟著人群一起跳下了車，滾動著摔在大地上。大叔的身子像貼在牆上，像一面抓住旗杆的旗子，像一幅廣告，映入我的腦海。

男孩和我摔在一起。過了好一會兒，我們才從疼痛與眩暈當中清醒過來。他想起他的大背包還在車裡，一下子哭了起來。他想追車跑上去拿，可我們的車廂早已遠得不見了蹤影。我們環顧四周，茫茫的曠野空空蕩蕩，長草延伸到天邊，只有矮灌木有層層的變化。

天色逼近黃昏，天邊的晚霞很壯麗。

我到這個時候才突然想起我的旅伴。我竟把他忘了。這明明是我此行最重要的事情，我一下子跳起來，也想要去追車。男孩和我一起。我們兩個驚慌失措的小人，順著火車前行的方向，一直奔跑，跑得喘不過氣，喉嚨開始疼，火車也不見蹤影。

這時，男孩忽然瞥見遠處的一輛馬車。他開始大聲招呼，我也跳起來向馬車的方向呼喊，我們的聲音像兩隻松鼠的伶仃叫喚，但馬車看到了我們，扭轉了方向，慢慢向我們駛來。

馬車最終在我們面前停下了，我們感到一陣狂喜。一個年輕人坐在車前高高的椅子上，居高臨下地看著我們。他戴著棕色的牛仔帽，穿著帶穗的牛仔褲，一看就是個體面的牛仔。他和他的馬車搭配得恰到好處，粗壯的車轅，小木屋似的車廂，叮鈴作響的掛著的酒瓶。兩匹馬也異常神俊，昂首挺胸，咖啡色的皮毛光亮潤澤。

「能不能搭我們一程？」我仰著頭問他。

「你們要去哪兒？」

「我們要去追火車，我要找我的旅伴，他要找他的行李。」我指了指男孩回答道。

牛仔點了點頭，側頭往身後一指：「上來吧，我知道一條近路去附近的火車站，你們可以去那兒等。我們這邊就一條鐵路，你們在那兒等著，肯定能趕上。」

我們感激涕零地上了他的車，不想鑽進車廂，就擠著坐在他身旁。他趕車的動作非常瀟灑俐落，皮鞭在空中劃出美妙的弧線，口中的呼哨就像給馬唱的情歌。馬車飛快地馳騁，田野的風吹過我們耳畔，荒原延伸到天際，彷彿只有我們一輛車存在。

「你們為什麼要坐火車呢？」他問。

「為什麼不呢？你不坐火車嗎？」我說。

「當然不。」他聳聳肩說：「我喜歡一個人。」

「為什麼？」

「我不信任火車。火車總是出錯。」

「出什麼錯？我怎麼沒遇到過？」

「你運氣好而已。運氣壞的時候，什麼事都有。遲到，走錯路，不在票上寫的地方停車，還有霸道，走錯了還不許別人說。我不喜歡火車，我只喜歡一個人。」

「一個人就不出錯嗎？」

「那倒不是，」他笑了：「但一個人只出一個人的錯。」

男孩顯然被他趕車的姿勢迷住了，問：「你們都是自己趕車的嗎？」

他驕傲地點點頭：「那是當然。現在雖然還有鐵路，但我預言，一百年以後準沒有啦。」

「啊，沒有火車？」男孩嘆道：「那你們真可憐。」

牛仔無所謂地說：「彼此彼此。」

我想我還是喜歡火車，於是說：「在火車上，可以和很多人相遇，可以聊天。」

牛仔說：「和人相遇有什麼好？我就愛去沒有人的地方。」

「啊，沒有人的地方？」男孩又嘆道：「你去沒有人的地方幹什麼？」

「好多好多事情可以幹啊。因為沒有別人幹，所以我才有事幹嘛。等我送完你們，我就去沒有人的地方。我要建房子，我要拓荒。」

牛仔說著，拿鞭子指向天邊，遠處有鏡子一樣的一面湖水，銀光閃閃，一群飛鳥迎著夕陽起飛，在紫紅色的晚霞裡飛成一片黑色的剪影。男孩看著遠方，痴痴地陷入幻想。

火車站很快到了。一個很小的車站，人也不多。一個人在賣票，兩個人在買票，三個人在候車。自動販賣機立在中央，顯得很宏偉。我謝過牛仔，下了馬車。男孩似乎有點猶豫。

「其實，要我說，」牛仔笑咪咪地跟他說：「找旅伴得去找，找行李就算了。什麼行李非找到不可呢？全不過是流水過身邊。我帶你去找真正的行李。路就是行李，你走走就知道啦。」

男孩再也不猶豫了。他用力對牛仔點點頭，揮手跟我告別，坐在牛仔身旁，學著他趕車的姿勢。他們呼喝著上路了，馬車一騎絕塵，踏過寂靜的草原，消失在風裡。夕陽在天邊，慢慢地落了下去。

火車站有極無聊的沉寂。我坐著等車，等了許久都不來。牛仔說這邊只有一條鐵路，無論如何都能截到我的火車。是它已經過去了，還是它停在了半路，要麼就是車上的大火直接將車燒光了？我不知道。我無處可去，只得坐在原地呆呆地等著。我看不見我的火車，可是我有種隱隱約約的直覺，我覺得雖然大火很厲害，但它不會死，它還會來，會來接我。我不知道這是直覺還是希望，反正我坐著，無處可去。

身邊的人來來回回換了很多，火車站慢慢變熱鬧了，門口停了一些計程車，旁邊增加了一個長途汽車站，候車室裡又擺上了一個租車服務台，來來往往的行人變得形形色色，很多人不再買火車票，直接租上一輛汽車，自己拿著鑰匙。火車站原有的木頭尖頂和帶有羅馬數字的大鐘被圈了起來，四周立上了歷史說明的牌子，開闢成了博物館，一隊小學生跟著老師走了進來，老師指著大鐘和我說：你們看，人們曾經是這樣無能為力地等著火車把他們帶走，除了坐著，什麼也做不了，但幸運的是，我們現在不這樣了。

我聽了很詫異，不知道自己怎麼成了博物館的一部分。難道火車過時了嗎？我不相信。我仍然記得火車的很多好處，我不相信人們不需要它了。火車能坐多少人，馬車才能坐多少人呢？月台上空空蕩蕩。小學生嘻嘻哈哈地走了，我還在原地坐著。也許牛仔說得對，火車總是遲到，遲到得超出人忍耐的限度，遲到一年兩年很多年，但我知道我不能走。我還要找我的旅伴呢！這件事我不能忘了。

火車終於來了。我激動得流出了淚水。它看起來很強壯，開得也很快，我分不清它還是不是我原來乘坐的那一班，但它看上去很像，於是我跳上了車。

車廂很空，有零零星星的人，看著窗外吃漢堡包，他們的漢堡包都很大，像一場漢堡包盛宴。我在一節節車廂穿梭，不知道我的旅伴在哪裡。

「你知道我的旅伴在哪裡嗎？」我問一個很胖的男人。

他一邊吃薯條，一邊搖了搖頭。

「你為什麼吃這麼大的漢堡包？」

「很大嗎？」他詫異地反問。

「當然大啊，頂我們那兒吃的饃的三倍大。」

「是嗎？這樣的漢堡包我能吃四個。」

「真的？」我瞪大了眼睛問：「我認識一個老伯，一個饃都能吃好幾頓。」

「那他怎麼活得下去？」

「他……他大概只有你的三分之一胖瘦。」

我比著面前的男人，回憶著記憶裡精幹機敏的大爺。男人或許有三百斤，一個人坐了一排座，肉像攤在座上，面前的小桌子深深地陷進肉裡。桌上的薯條像小山一樣堆著。

他看著我的比手畫腳，面色漠然，問：「你們那兒人都這麼瘦嗎？」

「差不多吧。」

「你們真可憐。」

「彼此彼此。」我想起牛仔的話，有點不高興地說。

他一邊拿起下一個漢堡包，一邊問我：「你剛才說你要去找人，要找什麼人？」

「我要找我的旅伴。」

「他在哪兒？」

我說了一個地名。

「啊，我們到不了了。」男人回答，「今天太晚了，火車不會去那邊了，你還是下車吧，如果不下車，火車會直接帶我們到芝加哥去。」

「什麼？」我驚訝道，「它不能這樣！它許諾要帶我過去的。」

「太晚了。它只能直接去芝加哥了。」

「可是它許諾過，它許諾過！」

男人不以為然地攤開手：「事情總會變的嘛。你不願意，可以到芝加哥去申訴。」

「申訴有什麼用？我要找我的旅伴。」

「沒辦法啦。太晚了。你只能去申訴。或者下車，等明天下一班車再碰碰運氣。」

「哪裡還有下一班車呢？」我絕望地說。

窗外開始下大雪，暴風雪。我從來沒有見過如此大的暴風雪。全世界成了一片銀白色，連窗口最近的電線杆都看不清楚。房屋、樹木、田野全都消失在席捲而呼嘯的白色大風中，雪片如迷失的鳥群激烈地撞擊在車窗上，玻璃起了霧，窗外積了厚厚的雪，讓人看不清楚，完全不知道現在在朝什麼方向行駛，只覺得速度、速度，火車狂奔，暴風雪狂奔。天色已暗，風雪昏天黑地，遮蓋大地上原有的一切，彷彿什麼都不曾有過。

我忽然心裡一片氣餒。我在風雪中迷失了方向。找不到我的旅伴，我不知道該往哪裡走。我擔憂地蜷縮在座位裡，任憑漫天風雪捲走我的思緒。

「你找人幹什麼呢？」對面的胖子邊吃邊問我。

我搖搖頭，沒有回答。

「說說吧。反正沒事做。」

「說了有什麼用呢？你又幫不上我。」

「反正沒事做。」他說：「不如你講你的事，我講我的事。」

我又搖搖頭：「還是算了吧，我累了。就算講了，我們下車也還是陌生人，各走各的路。」

「那有什麼關係呢？」

「當然有關係。」我說：「我們要是鄉親或者鄰居，互相了解有助於建立人情，可是我們只是同坐一趟火車，下車了就各自分開了，還有什麼說的必要呢？反正了解和不了解結果是一樣的，火車終歸是要到站的，我們終歸都要下車，下車就不見了，什麼也改變不了，還要費什麼力氣呢？」

他又攤開手，說：「可是到哪兒不都是這樣嗎？」

我真的累了，不想說話了，情緒很頹然，安靜地坐著看著窗外。

我不知道我這是要去哪兒，心裡又想去哪兒。我明明知道自己哪裡也到不了，可為什麼還一意孤行地踏上路。我想起出發以前親朋好友每天的關心和呵護，我知道他們都是為我好，可我還是偷偷捲著包裹跑了出來。我只是被身體裡一股隱隱的力量催促著，它是我的恐懼，我填不滿的需要。我看到我的生活就像這車廂一樣，因為盡頭的終點無法更改，所以彷彿一切都不值得再做。我害怕那個我終將面對的結果，可是我逃出來，卻不知逃向何方。

我注視著夜幕，大風雪像時空轉換的通道。在一瞬間，一個地名忽然閃進我的眼睛。它刻在一塊木牌上，木牌掛在小站的屋簷下，屋簷點著一盞油燈。油燈昏黃，只照亮了風雪間無比狹小的一個圓錐。

我心裡一驚，我知道，那就是我該去的地方。火車不停，可是它終究路過了這個地方。我立刻站起身，整個人趴在窗戶上，用手在眼睛兩側攏成圓，緊緊地盯著窗外。

我看見了我的旅伴。他就在窗外，就在那裡，就在原野的中央。他在大風雪裡建房子，揮動著鏟子，身體被吹得左搖右晃，然而手卻一刻不停。風雪在他兩側急速飛過，氣勢洶洶。他在挖地窖，在挖很深的地窖，刨出被雪深埋的一樣樣事物，用雙手捧著它們安置進地窖。他的身體看起來孤單孱弱，在風雪中好像隨時可能摔倒，也沒有人幫他，可是他揮動著鏟子，一刻都不休息。拚命地挖、挖。

那一刻，我因敬佩而哭了。

火車在長夜裡穿梭，四周不時亮起媚人的火光，總是一瞬，一瞬就消失。對面的胖子仍然在吃著東西，他的東西好像總也吃不完，而他吃了很久很久，還是一模一樣的漢堡包薯條。

火車終於把我扔在了芝加哥。

一下車，燈光和廣告女郎就將我包圍起來，燈光色彩迷幻，讓人看不見牆上的裂痕，廣告女郎的長腿又美又光滑，短裙掀到露與不露的精確分界，過往的人們都捨不得轉開目光。雖然是晚上，還是有很多人在大廳來來回回穿梭，黑色白色黃色藍色綠色的膚色一應俱全。有大群人端著酒相擁而去，帥小夥子摟著黑眼圈的姑娘，有人在吵架，一個辦公室門口出現了幾個深藍制服帶著警棍的大傢伙。我左右環顧著，不知道該往哪裡去。一個一同下車的旅客問我要不要一起去投訴，我跟著他走到鐵路公司門口，發現小小的房間被擠得水泄不通，就退了回來。我不想去投訴，只想趕緊離開。這個地方讓我覺得混亂而荒涼，所有霓虹燈底下都有血跡，所有招牌底下都有整面牆的裂痕。我有點怕，只想離開。四周很喧鬧，人來人往，響著音樂，我不知道該向哪裡去。

剛出門，一個流浪漢一樣的男人向我湊了上來。我下意識地向一旁躲開，滿心的恐懼，他卻和藹地伸出手，指著一旁的汽車問：「坐計程車嗎？」

我看看他的車，驚魂未定，猶豫了一下，點了點頭。

他打開車門請我上車，眨眨眼朝我笑笑。

「你是對的。」他說：「這城裡有很多犯罪，你小心一點是對的。繁華和犯罪，這是硬幣的兩面，這也是藝術的兩面，你要了硬幣，就兩面都要啦！一個人出門，小心一點是對的。」

我坐進車裡，車在漆黑的街道緩緩前行。路燈不多，前方看不到風景。

「要去哪裡？」司機問我。

「江村。」我說。

司機點點頭，沒有多問，發動引擎，我們就這樣一路駛進了黑暗當中。

我又在路上了，我總是在路上。我為什麼一直在路上呢？就為了那個永遠也到不了的遠方嗎？車穿過夜幕，穿過黑暗，穿過漫長而持久的過往與未來。我看到我的生命，我的死亡，我的永遠也寫不完的論文。如果真的有岔路該多好，如果我們真的能影響火車的走向該多好，如果羅馬換一個名字該多好。如果不是條條大路都通向唯一的終點，也許我就會勇敢嘗試，比現在勇敢得多。

我仍然想找到我的旅伴。他的身上有一個我無法理解的謎。他也和我一樣向終點奔去，他也知道他影響不了整列火車，但他一路上都沒有我的恐慌。我想問他為什麼。

汽車在空氣裡行駛，飛速穿行。黑夜如海妖的歌聲，從前方遠遠誘惑。我緊緊抓住車門，從車窗裡看著飛速滑過的一切。我看到形狀怪異的工廠，矗立在不知名的土地上，農民背井離鄉，村子空空如也，風呼呼地吹，四周再次黑暗，黑暗盡頭是非洲草原的帳篷，躺著頭大身子小的孩子，眼睛大得出奇，手腳小得要命，他們看著我，目光留在黑暗裡，如同燭火，風吹過西伯利亞的樺樹林，車窗閃過高而直的樹幹，色彩絢麗的葉子，一排一排的紅磚房，那些磚房像極了小時候我家附近的樓群，樓下有繫著頭巾的大嬸，拎著鄉下的蔬菜在賣。所有的風景在急馳的路上一閃而過，土地的氣息穿透黑夜，從車門的縫隙透進來，鑽進我的身體。我被速度壓在座位上。

忽然，汽車慢了下來。我環顧四周，看到森嚴的巨石的房屋。汽車開始顛簸，路面是青石鋪成，青石圓潤，卻上下起伏。牆角刻著字，字在深夜看不清楚。車緩緩停了下來。

「到了。」司機回過頭對我說。

「這是哪裡？」

「這是你找的人住的地方。」他眨眨眼說。

我下了車，抬起頭，一條石級延伸到牆裡，通向看不清虛實的高高的地方。

陽光很溫暖。滾燙的開水如一條透明的帶子，筆直而柔順地注入我的玻璃杯。注滿了，我擰上蓋子，拉開隔離門，走回我的座位。我的旅伴在安靜地等我。

車廂仍然明媚而寧和。大家在看書，沒有人說話。我將水杯放回到桌子上，沖了咖啡，拿出包裡帶的三明治，開始邊吃邊繼續將書看完。我已經看到了最後幾頁，這頗讓我有簡單的成就感。筆記本仍然攤開在桌上，淡藍色的字詞對著窗外的風景，古老的符號記錄著新式的路。

我算算時間，火車快要到站了。下了火車還耍坐機場巴士，所以我要趕緊將行李收拾好。我吃完三明治，將餐巾紙和水杯塞進包裡。筆記本也闔上，沒了水的鋼筆插回口袋裡。筆記本的封皮有水車和鄉間別墅，是我去村子裡訪問的時候順便買的，女主人自己的手繪和製作，價格頗為不菲，但旅行者頻頻掏腰包。女主人是農婦，優雅大方，平時享受鄉間寧靜，種菜養花，靠賣蜂蜜、果醬、糖果和水彩畫為生。我看著我的本子，它靜靜地躺在火車的小桌上，像一個異域的夢想，帶著一股遙遠的甜香。自來水是很重要的，我想。當然路更重要。還有書。還有樹。還有誠實的資料。還有拓荒。獨立的精神。憂患的貯存。頂住風雪。我要將這些都寫下來，趁還來得及趕緊寫下來。

我沒有時間多想，車窗外已經看得見車站的影子。火車開始減速了。

我站起身，從頂層的行李架上取下大背包，拉開拉鍊，背包敞開博大的懷抱。我捧起身邊的骨灰盒，又最後仔細端詳了一會兒。木質的盒子古樸、簡潔，沒有貼照片。我將它靜靜地放進背包，小心翼翼，拉上拉鍊，將包背在身上，隨著人流走下車廂。

背包在肩上，沉甸甸的。

三天以後，我回到了我的醫院。主治醫生看著我，氣就不打一處來。住院部有明文規定，私自離開超過八小時即算自動出院，後面排隊入院的人還有千軍萬馬，少了誰也不打緊，自然有人補上來。我已經偷偷離開一個月了，按理說，根本就不能再住進來。

「要是誰都像你這樣，我們醫院還開不開啦？啊？」

主治醫生一邊高聲罵我，一邊幫我填住院登記卡。他顯得來勢洶洶，試圖用這樣的方式掩飾自己的心軟。他不想顯得心軟。可是其實我知道他是心軟的。他今天見到我幾乎落淚了，我想他一定是以為我已經死了。他還同意讓我住院，一定是怕把我再放出去，很快就真的死了。其實我住下來也可能很快就死，所以對我來說，其實是一樣的。

「王大夫，我同意做化療了。」

「嗯？」他抬起頭，從眼鏡上方看著我。

「我同意做化療了。」我又說了一遍。

「想通了？」

「嗯。」

「不怕掉頭髮了？」

「不怕了。」

「這就對了。」他一副如釋重負的神情：「頭髮掉了畢竟是小事。積極治療，好了以後，頭髮還能再長。」

「無所謂了。」我說。

「怎麼想通了的？」

「我出了一趟遠門。去找一個人，去走他走過的路，去問他一個問題。」

「誰啊？」主治醫生放下心，又低下頭，一邊飛速寫著密碼一樣的字，一邊有一搭沒一搭地和我說著話。

「一個了不起的人。一個用盡一輩子去了解我們腳下土地的人。」

「喲，這麼神祕，誰呀？」

「我的旅伴。」

「你的旅伴是誰啊？」

「我的旅伴就是我的旅伴。」

「沒法跟你說話。」他又好氣又好笑地說：「跟我閨女一樣，淨說些不知所云的話。你說你好歹也是名校高材生，怎麼也跟中學小女生似的？」

「我是說真的。」我認真地說。

「哦？那你找到了嗎？」

「找到了。不過到他公寓的時候，正好趕上他心臟病突發，正捂著胸口喘粗氣。我打電話叫了救護車，可是沒用，他還是去世了。」

主治醫生這一下停了下來，相當驚愕地看著我。我眼前仍然有那個夜晚，那最後的相遇，那匆匆忙忙的驚恐中的會面，還有回國後在他親戚家將骨灰盒擺上茶几時手指顫抖的瞬間。我不想敘述這一切，還好主治醫生並沒有多問。

「回來就好啊。」他沉吟了一會兒，嘆口氣說：「好好治病。」
我點點頭，乖乖地跟在他身後，向病房走去，手裡夾著臉盆、拖鞋、病袍。
「可以看書寫字嗎？」我問。
「最好多休息。」
「可是我只有這最後幾個月的時間了，我的論文還沒寫完呢。」
「別說這麼喪氣的話。」他轉過身，向我怒氣衝衝地吼著：「你自己都不想治好，故意砸我們飯碗來的是吧？」
我抿了抿嘴，點了點頭。能寫到哪兒算哪兒吧，只能這樣了。我把臉盆、拖鞋放在病床旁邊，換上衣服，掏出背包裡的四、五本書，偷偷塞進抽屜。我要抓緊時間，趁人不注意的時候。
我仍然忘不了那個晚上最後的時刻，當老人彌留之際，呼吸已經平靜下來，眼睛仍然意識清醒地四處環視的時候，我問他想要什麼，他的目光投向書桌上攤開的紙，我去拿了過來，上面是他沒有完成的研究手稿。我問他為什麼到這個時候還要寫，終點就要到了，寫了又能走到哪裡呢？寫了能改變這個國度嗎？他已經說不出話了，但他伸出兩個手指，做了個交替向前的動作，做到一半，手指就墜落了下去。
能走到哪兒就走到哪兒吧。走到哪兒，哪兒就是遠方。這是我的理解，我不知道對不對，但我已經永遠無法求證。

# 看不見的星球

「告訴我一些迷人的星球吧，我不喜歡殘酷和噁心的場面。」你說。

好吧，我笑著點點頭，當然，沒問題。

## 希希拉加

希希拉加是一個迷人的星球，鮮花和湖泊讓所有旅人過目不忘。在希希拉加，你見不到一寸裸露的土壤，每一塊陸地都被植物所覆蓋，細微如絲的阿努阿草，高聳入雲的苦青青樹，還有許許多多種一般人叫不上名字，甚至想不出樣貌的奇異的水果，散發著各種誘人香氣。

希希拉加人從來不需要為生存所煩惱，他們壽命很長，新陳代謝很慢，天敵也很少。他們採食各種植物的果實，住在一種叫做愛卡呀的大樹裡面，這種樹的樹幹是圓環形，內環直徑剛好夠一個成年人舒服地躺下，於是他們世世代代睡在愛卡呀裡面，晴天時樹枝散向四周，下雨時則會張起來，葉子撐成大傘。

初來希希拉加的人都會迷惑，不知道在這樣的星球上，怎麼能夠誕生文明，因為在他們看來，一個缺少危機與競爭的地方，生命不需要智慧也能存活得很好。然而這裡的確有文明存在，而且綺麗活躍，創造性十足。

很多旅人來到這裡的第一反應是以後年老可以來此安享晚年，他們多半會以為最大的障礙將是飲食不慣，於是總是迫不及待而又小心翼翼地嘗試這裡的每一種水果。然而待他們住上一段時間，享受過足夠數量的當地人的盛宴，他們便會驚異地發現，他們喜歡這裡的每一種食品和每一朵鮮花，但他們卻不能忍受這裡的生活，尤其是老人，更無法忍受。

希希拉加人從一出生開始就學會說謊，事實上，這是他們生活中最重要的事情。他們一生都在不斷地編造，編造各種發生過和沒有發生過的故事，把它們寫下來、畫下來、唱出來，但從來不記住。他們從來不在乎語言是否與真實相符，有趣是他們說話的唯一標準。如果你問他們關於希希拉加的歷史，他們會告訴你一百個版本，沒有人否定其他人的說法，因為每時每刻，他們都在進行著自我否定。

在希希拉加，人們總是說著「好，我會做」，但其實什麼都不做，並沒有人把這樣的話當真，但是各種各樣不同的約定總會讓生活更豐富多彩。只有極少數的情況，人們會按照自己所說的去做，但那總需要特殊的理由。如果有個約會，兩個人碰巧都信守了承諾，那麼他們多半會結合在一起，一起生活。當然，這樣的事情並不算常見，很多人一生都獨自度過。希希拉加人並沒有覺得這樣有什麼不好，正相反，當他們聽說了其他星球人口過剩的困境，便更加認為自己的星球才是最懂得生活的一顆。

於是，在希希拉加上誕生了極為燦爛的文學、藝術以及歷史學，成為遠近聞名的文化中心。很多外鄉人都慕名而來，希望能在某棵樹冠下的草叢裡，聽一聽當地人隨口講述的家族的故事。

曾經有一些人懷疑，在這樣的星球上能不能有穩定的社會構成，他們總是把希希拉加想像成一個完全沒有政府和商業的混亂的國度。然而他們錯了，希希拉加政治文明發達，水果出口生意穩定地進行了幾個世紀，說謊的語言方式從未給這些進程帶來麻煩，反倒有所促進。希希拉加唯一缺少的是科學，這裡每顆聰慧的頭腦都知道一些世界的奧祕，然而這些碎片卻從未有機會拼在一起。

# 皮姆亞奇

皮姆亞奇是另一個讓你弄不清歷史的地方，你在這顆星球的博物館、酒館和旅館中，將會聽到不同版本的往昔的故事，你會陷入迷惑，因為每一個講述者的表情都真誠投入得讓你不得不相信，然而那些故事卻彼此無法相容。

皮姆亞奇的風景寫滿了傳奇，嚴格來講，它幾乎不能算是一顆球形的星星。皮姆亞奇的南北半球海拔落差巨大，一面幾乎垂直的峭壁連綿橫亙在赤道附近，將星球隔絕成兩個截然不同的世界，頭上冰雪皚皚，腳下滄海茫茫。而城市就建在這面看上去無邊無際的牆上，從天到海，輕盈凹陷的房屋和完美的上下通路，就像一幅巨畫接受光芒的檢閱。

沒有人真正知道這個國度建造的歷史，你能聽到的，只是現在居民們各種版本的浪漫講述。每個故事都很激動人心，有些充滿熱血傳奇，有些是悲壯而蒼涼，也有些包含了催人淚下的愛情，當然，這強烈取決於講述者的年齡和性別。沒人能給出一個讓所有人信服的結論，皮姆亞奇就這樣在唇齒流傳間，一天比一天更增加了神祕的魅力。

很多人被這裡奇妙的風景和故事所吸引，逗留在這裡不願離去。這是一個無比開放而包容的星球，讓每一個旅人快樂地融入，幸福地生活。旅人定居下來，也在懸崖上建造自己的房子，他們將自己聽到的故事講給新的來客聽，他們心滿意足，逐漸成為這裡新的主人。

這樣的陶醉會一直持續，直到某一天，他們突然在自己的身上領悟到事實的真相。他們會忽然間發覺，皮姆亞奇其實早就已經在無數微妙的蛛絲馬跡中彰顯了真正的歷史：原來所有人都一樣，原來這顆星球上只有旅人，而沒有真正的主人和繼承者。

是的，皮姆亞奇曾經是一顆有著輝煌歷史的星球，但不知為了什麼被棄置了，皮姆亞奇人遠離了他們的家園，只留下一座晶瑩的空城，讓誤打誤撞而來的星際旅人們目瞪口呆。他們也許留下了無人能懂的隻言片語，也許只是在建築的縫隙裡種下一些隱喻，任憑它們在後來者的頭腦中生根發芽，生成關於這顆星球過往的最絢麗的幻想。

沒有人知道是誰最早發現了這個無人居住的國度，旅人們的歷史也在一代代流傳間，有意無意地消逝在空中。所有定居下來的旅人都希望自己是真正的皮姆亞奇人，他們守護著這顆星球，矢志不渝地扮演著熱情的主人的角色，直到最後，連自己都以為這裡就是自己從始至終的故土。

幾乎沒有外人能發覺皮姆亞奇的祕密，除了一些走過星空許多角落的真正的流浪者。他們會敏銳地察覺，這裡的人們總會太多次提到自己是皮姆亞奇人，而這一點，在大多數原住民主導的星球上，常常被人輕易地忘記。

# 平支沃

除了皮姆亞奇，星海中恐怕只有在平支沃，你才能見到這麼多來自不同地方的生物，帶著各自迥異的習俗與文明，在這顆小行星上碰撞、交會、擦出火花。

平支沃不算大，也不算小，四季溫潤，氣候平和。平原廣袤，缺少高山，大地只有微弱的起伏，在與天空交界處劃出柔軟的曲線。這裡有普通星球擁有的一切，但除此之外便再無其他。這裡有肥沃的土地，豐富的礦產，多樣的動植物，也有讓所有旅人載歌載舞的灌木圍成的圓場，但也僅限於此，再沒有什麼令人驚奇的地方。

平支沃的居民亦如此，平凡無奇。他們屬於一類很普通的哺乳動物，個頭不大，樸實而善良，善於知足，社會結構鬆散無比，但人們彼此相處得頗為和諧。

如果說平支沃人有什麼與眾不同的地方，那可能就算是他們出奇的好脾氣了。人們很少見到他們吵架，無論是跟自己人，還是跟形形色色的星際來客。他們善於傾聽，無論人人還是孩子，聽人講話時總是瞪著圓圓的大眼睛，頻頻點頭，臉上一副恍然大悟的陶醉模樣。

對於當地居民這種良好的品性，宇宙中最聰慧的野心家們全都想到了它的利用價值，暗中較勁。是的，有誰不想統治這樣一個國度呢？各種各樣可以利用的資源，舒適的居住環境，還有，也是最重要的一點，多條航線交會的黃金地理位置。

於是，教育家來了，傳教士來了，政治演說者來了，革命者和記者也來了，他們為平支沃人描述著一個又一個天堂裡的國度，闡述著一種又一種完美的理念，而平支沃人就一次又一次發出由衷的讚嘆，一回又一回接受了新的觀點。更有甚者，有些星球竟然直接派出了「督者」，堂而皇之地坐上這個星球的最高寶座，居民們卻也並未反對，甚至連一點意見都沒有。

然而，當這些令人得意揚揚的表象流過之後，這些外星來客便不約而同地失望起來，日子越久，便越失望。平支沃人從未受到任何一方的鼓吹，即便是相當贊同的教義，也從來沒試圖遵照去做。他們一邊對法制健全的社會讚嘆不已，一邊對遠道而來的立法者所制定的一切規則置若罔聞。

對於這種態度，所有躊躇滿志的野心家都無可奈何，因為他們發現，平支沃人的這種言行不一並非來自深謀遠慮的偽裝，而僅僅是一種生活習慣。面對質詢，他們會莫名其妙地說：「是的，你說得很正確，可是世界上正確的東西太多了，正確又如何呢？」

有些星球忍不住了，試圖策劃強行武力征服，然而總是立刻就有其他星球加以干預，權力與軍事的微妙制衡將每一場可能的衝突化解在平支沃的大氣之外。

於是，平支沃作為一個外來者聚集的中心，成為星海中心最為原生態的一個地方。

你喜歡嗎，這些故事？

「喜歡，不過，又有點不喜歡。為什麼每一個星球上都擠滿了來自外星的遊人呢？這讓我有點不舒服，好像動物園。」

嗯，你說得沒錯，我也不喜歡這樣。一個星球的指紋總是這樣一點點模糊了面貌。好吧，讓我們來講一些真正原住民的故事吧。

# 阿米亞吉和埃霍烏

關於原住民的統治者，我想給你講兩個星球的故事。它們是阿米亞吉和埃霍烏，在這兩個星球上，分別由兩種不同智慧的生命在統治，而每一種生命都以為自己才是這個星球的主宰。

阿米亞吉的太陽是一對雙星，一顆是耀眼的藍巨星，而另一顆則是沉寂的白矮星，兩顆差不多重量，卻有著截然不同的體積和輻射。於是，阿米亞吉的軌道便呈現出不規則的葫蘆形狀，在隨兩顆太陽自轉的馬鞍形勢場裡，旋動著華爾滋一般的舞步。

每當處於藍巨星一側，阿米亞吉便進入漫長的夏天，而在白矮星一側，則是同樣漫長的冬天。夏天的星球各種植物滋生蔓長，瘋狂地舒展筋骨，而在冬天，絕大部分植物寂然陷入沉睡，只有為數不多的幾種在空曠的大地上悄然綻開。

夏天和冬天，阿米亞吉分別被不同的生命所統治，一種在繁盛的夏日叢林中翩翩起舞，另一種在荒蕪的冬日曠野上踽踽獨行。夏天的阿米亞吉人住在藤蔓編成的屋子裡，當天氣變涼，屋子便隨著枝葉的枯萎煙消雲散；而冬天的阿米亞吉人住在岩壁厚重的洞穴裡，當天氣轉暖，洞口便會被日益茂密的草和蕨類掩映得痕跡全無。

每當夏天的阿米亞吉人進入冬眠的時候，他們會分泌一種保護自己的液體，沉入地下，這種液體將會引得一種叫做烏蘇蘇的小昆蟲進入發情期，大量繁殖，進而喚醒耐寒植物阿洛冬，而這種不起眼的小小的植株，將會啟動冬天的阿米亞吉人緩慢的甦醒；當冬天的阿米亞吉人走完自己這一季的旅程，他們會在臨近冬天結束的時候，產下自己的嬰兒，這些新生的精靈在一層界膜的保護下，在土壤裡孕育成長，這種成長引發的離子反應能夠改變土壤成分與pH值，由此則會喚醒一系列植物陸續綻放，宣告這顆星球熱鬧的夏天，也宣告夏天的阿米亞吉人的統治來臨。

於是，阿米亞吉的兩種智慧都不知道對方的存在，他們不知道自己的生存是和另一種文明相互依賴，互為表裡。他們均有很多優美的著作讚頌神的指引，讓他們在沉睡與蘇醒間獲得新生，但他們始終沒發覺，他們既是神靈召喚的孩子，也是神靈本身。

至於埃霍烏，情況則完全不同。埃霍烏的表面上，同時生活著兩種智慧與文明，他們相互可以清楚地感知對方的生存，卻完全不知道對方也和自己一樣，有著情感、邏輯和道德準則。

原因很簡單，這兩種生命有著相差懸殊的時間尺度。

埃霍烏是一顆運行奇特的星球，自轉軸與公轉軌道面的夾角很小，而自轉軸本身又在緩慢但不停歇地旋轉進動。於是，星球表面被劃分成四塊區域，靠近赤道的長條按照埃霍烏的自轉進行日夜交替，而兩極冠的兩塊則以自轉軸的自轉速度呈現自己的晨昏相隔。這兩種日夜劃分時長相差數百倍，因而在這兩種不同地域誕生的生命，就有著相差數百倍的時間尺度。

在赤道的埃霍烏人看來，極冠經歷著神祕而漫長的極晝和極夜，而在極冠的埃霍烏人看來，赤道的黑暗與光明在頃刻須臾便顛倒數次，實在是一種有趣的現象。赤道的埃霍烏人小巧靈活，數十萬人聚集在一起生活，而極冠的埃霍烏人則有著與他們的日夜相適應的新陳代謝，形體也和他們的時間尺度正相適應。

有時，赤道的埃霍烏人也會到兩極來探險，他們總會在迷宮一樣的龐大的樹叢裡迷路，也會把偶然遇到的房子當作難以攀緣的陡崖；而當極冠的埃霍烏人到赤道附近遊蕩的時候，他們常常看不到細節，以至於無意中摧毀那些小人們賴以生存的家園。就像古老的寓言中關於大人國和小人國的記述一樣，他們彼此生活在同一顆星球，不同的世界。

有時候，赤道的埃霍烏人會不由自主地猜想，極冠的大牛物也會有智慧嗎？他們心想，像那樣緩慢的、幾百年都不怎麼動彈的物種，即便有意識，也是單純而遲緩的吧。而極冠的埃霍烏人也會在心裡發出類似的疑問，然後嘆息著搖搖頭，覺得那種朝生暮死的小動物，根本來不及體會生命與文明吧。

於是，埃霍烏的兩種智慧經歷著相同的學習、工作、愛恨爭鬥，他們的歷史在兩種時間尺度上同樣展開，相互印證。但是他們不知道彼此，也不知道所謂時間長短，不過是以自身生命尺度來衡量宇宙。

「等等，」你忽然插嘴說道，「你怎麼能同時知道這幾種文明？你是什麼時間到了阿米亞吉？在埃霍烏又經歷了怎樣的尺度呢？」

我知道，我當然知道，其實換作你也能知道。這就是旅人與居民的差別，這就是旅行。

「這就是旅行嗎？這就是為什麼要旅行嗎？」

是，也不是。

你想知道旅行的意義嗎？那就讓我講一個關於旅行的星球吧。

# 魯那其

魯那其的居民能造出星海裡最漂亮的車、船、飛艇和彈射機，其精美和複雜程度常常超出外星訪客的想像，也遠遠超出這個星球上其他所有工程的相應科技水準。

直覺良好的人能夠立刻推想出其中的原因，推想出旅行對於魯那其人的意義，只不過，更深的原因就是一般人很難發現的了，他們想像不出，為什麼這些聰明的人把一生精力都花在旅途和旅途的準備上，而不是從事一些更有成果的創造。而只有對魯那其人的成長有著充分了解的人，才能多少理解這種無須理由的生命驅動。

魯那其有一塊巨大的盆地，那裡氧氣的聚集超過其他地方，土壤飽滿而溼潤，小瀑布注入一潭清澈的湖水，鮮花四季盛開，球狀果樹圍繞著柔軟的草坪，七彩真菌隨處綻放。每個魯那其人都在那個盆地裡出生並度過無瑕的童年，沒有人知道他們怎麼降臨到這個世間，從他們睜開眼的那一刻，這個盆地就是生活的全部。

總有一些時候，總有一些人，想知道自己身世的祕密，或者想找到神的居所。於是，他們長高了，長得能夠攀上盆地較緩的那片山坡的那些大石頭，於是，他們走進密密層層的迷宮般的樹林，順著山坡一直向盆地之外爬去。他們說不清自己長大的年齡，因為每個人開始增高的時刻都會不同，沒有人知道事情到底在什麼時候發生。

走出盆地之後，他們會一直走一直走，卻什麼都找不到。他們會遇到很多之前出來的人，然後發現那些人仍然在找，旅途仍然是旅途，祕密也仍然是祕密。因此，魯那其人的生命就是一場遷徙，他們從一個地方到另一個地方，從不駐足，他們造船造車造飛機，想要儘量加快自己的足跡，走遍這個星球，走到天的盡頭。

有時候，很偶然間，他們中的一些人會順著荒僻的小徑來到一片山野，那裡盛開著一種神奇的銀色花朵，散發出一種讓人心醉神迷的氣味，這氣味令每一個魯那其人暈眩，令他們之間產生一種從未有過的柔軟的情意，令他們第一次發覺彼此的吸引，令他們愛撫、結合、相互奉獻。然後，他們在水邊產下小寶寶，孩子被溪水帶入瀑布下的盆地，而他們自己則雙雙逝去，沉入泥土。

就這樣，一個如此簡單的迴圈成為魯那其人旅行和生活的全部意義。

## 延延尼

關於成長，我還可以講幾個簡短的小故事。第一個就是延延尼。

延延尼人的年齡總是一眼就能看出來，他們就像樹的年輪一樣不斷增長，永不停歇，長高長大長出歲月的標誌，每一年都比前一年更高聳一分。大人是孩子身高的幾倍，而年輕人和老人之間可能會相差好幾把尺的長度，最老的人總是高出周圍人一個頭，孤獨地兀立著。

因此，在延延尼人的世界裡，幾乎沒有什麼忘年之交，和與自己年齡相差甚遠的人交談是一件辛苦的事情，說話久了，抬頭低頭的人都免不了肩頸酸痛。而且事實上，不同年齡的延延尼人也通常沒有什麼好說的，他們房子的高度不同，買東西的貨架不同，一個只能見到另一個的腰帶，誰也看不見誰的表情。

延延尼人並不能無限地增長下去，有時他們早上醒來，會發現自己的身高沒有變化，如果連續幾天如此，他們就知道，自己要死了。他們並不太傷心，因為長高其實很辛苦，很多人是自己覺得倦了，便隨意找個藉口停了下來。死亡是一個很漫長的過程，但具體有多長誰也說不清，他們從來沒有計算過，而是簡單地把最終年齡定在不再長高的那一天。在他們看來，時間是狀態改變的量度，成長停止了，時間也就停止了。

延延尼最高的一間屋子是一個世紀以前蓋的，當時曾經有一個異常長壽的老人，一年年過去，頭頂能夠碰到當時最宏偉建築的屋頂。於是人們特意為他建了一座單人的寶塔，寶塔的底面積相當於一座小公園。在他死後，再沒有人能夠活到那樣的歲數，於是這座寶塔便被開闢為兩層，改建成了一座國家博物館。據說那位老人曾在寶塔的每一個窗邊留下一本日記，記述了在對應身高下的生活起居，後來的人們曾經爬上梯子取下來閱讀，但輾轉的次數多了，就不知散落到了何方。於是，現在的人們只好流連在空空蕩蕩的視窗旁邊，憑空猜測，一個抬腳可以跨過一條河的老人每天該怎樣洗漱飲食。

## 提蘇阿提和洛奇卡烏烏

提蘇阿提和洛奇卡烏烏是另一對反義詞，這兩顆相距十萬光年的小星星就像是偶極子的兩端，相互否定又相互映照。

提蘇阿提人比很多星球的居民形體要小，皮膚異常柔軟，形體改變迅速。這顆拉馬克主義的星球將基因表達發揮到了極致，甚至超越限制，將物種變化壓縮進個體短短的一生。

提蘇阿提人能夠根據自己的意願發生變異，練習攀爬山崖的人手臂會越來越長，長得超過全身的高度，而操作機器的人能分化出五、六條胳膊，一個人就能同時控制幾個關鍵閥門的開合。街上每個人的長相都巨大不同，隨處可見占據半張臉的大嘴、麵條一樣隨風搖擺的腰身，還有全身上下覆蓋著鎧甲般角質層的胖球。這種變化終身伴隨，沒有人能從另一個人的長相上判斷出他的父母，就連他的父母本人，只要隔離足夠長的時間，便再也難把自己的孩子從人群中挑揀出來。

只不過，說「意願」其實並不確切，並不是每個提蘇阿提人都能變成自己想變的模樣。很多時候，他們對自己的想法還很模糊，只是偶然的一次跨越或是一次碰撞，便發覺自己的腿變長了三分，或是背上長出了一排小刺，於是幾年以後，他們就變成了一步能跨上二層樓的長腿支架和全身長滿尖利硬刺的戰鬥高手。

因而，很多提蘇阿提人都比其他星球人更加謹小慎微，他們會小心翼翼地說話做事，生怕自己一個不留意，讓臨睡前做的鬼臉變成第二天的齜牙咧嘴，變成臉上的腫瘤，從此無法消除。

在提蘇阿提擁擠的大街上，你可以一眼就分辨出每一個人的生活和事業，而這一點，恐怕是洛奇卡烏烏與提蘇阿提的唯一共同點。

在洛奇卡烏烏，人們的長相同樣分成很多種，分成奔跑者、歌唱者、鑄造者、思想者，還有其他很多很多類型，而不同人種的差異，也同樣可以從他們的肌肉、形體、尺寸和五官構型上分辨得清清楚楚，與提蘇阿提的情形非常相似。

然而，在洛奇卡烏烏，生命的歷程卻和提蘇阿提截然相反，這是一顆達爾文的星球，徹頭徹尾地否認用進廢退的任何努力。在洛奇卡烏烏，基因的變異概率很小，依著無序變異、自然選擇的原則，慢慢地改變，慢慢地分化。然而由於特殊的無性生殖，洛奇卡烏烏人的體細胞變異可以在遺傳中持續地表達，那些在體內一代代更迭的細胞，將自己對生存適應的信念毫無保留地傳給下一個體，因而父母的變遷，便能在子女的身體上一直傳承下去。

於是，鐵匠的兒子天生便比其他人強壯，鐘錶匠的女兒也生來就具有超人的視力和靈巧的手指，這種差異經過千年積累，慢慢演變成完全無法調和的分化，每種職業變成一個獨立的物種，甚至有些職業都消失了，對應的物種也仍然保留而發揚。

維繫所有這些智慧物種的是語言，只有通用的文字和相同的染色體數目讓他們認可彼此的同宗同源。除此之外，他們便再沒什麼共同的地方，沒有人羨慕其他人的工作，就像猴子不會羨慕一頭恐龍。鳥有天空魚有海，他們在同一座城鎮裡擦肩而過，看見了彼此卻什麼都沒看見。

提蘇阿提人將物種演化上演了一億次，卻拒絕了真正的進化：不管變成什麼樣子，他們的胚胎仍然還是一樣，圓滾滾保持著原始的造型。而洛奇卡烏烏剛好相反，他們的每一個個體都感覺不到分化和演變，然而卻在滄海桑田的漫長歲月間，畫出一條條連貫的曲線。

「你撒謊，」你噘起了小嘴說：「在同一個宇宙裡怎麼能有兩種截然相反的規律呢？」

怎麼不能，我可愛的小公主，沒有什麼是不可能的。一些毫無意義的微小步伐，連貫起來就成了規律。也許你現在笑一笑，或是皺皺眉，在將來會變成兩種結局、兩條規律，可是現在的你又怎麼能曉得呢。

「是這樣嗎？」你若有所思地歪著頭問，許久都沒有說話。

我看著你的樣子，輕輕地笑了。你坐的秋千靜靜搖擺，帶起的風一前一後地拂動著你耳邊的細髮。其實問題的關鍵是繁殖方式，只是這樣的答案太枯燥，我不想說給你聽。

你知道嗎，真正的關鍵不在於我說的話是否真實，而在於你是否相信。從頭至尾，指揮講述的就不是嘴巴，而是耳朵。

## 秦卡托

嘴巴和耳朵只有在秦卡托上才最具有存在的意義，對於秦卡托的人們來說，說話不是消遣，而是生存的必需。

秦卡托的一切都不算特殊，唯獨有著異常濃厚的大氣，以至於沒有光線可以穿入，星球表面一片黑暗。秦卡托的生命從溫熱濃稠的有機洪流中產生，在岩漿中獲得能量，在不斷湧出的地熱之火裡生生不息。對他們來說，滾燙的山口就是他們的太陽，是神居住的地方，是力量與智慧的來源。在山口外面，他們可以找到源源不斷生成的斯塔亞因糖，那是他們的食物，他們的生命之本。

秦卡托人從來沒有真正的感光器官，他們沒有眼睛。他們用聲音來尋找彼此，耳朵既能聆聽又可觀察。當然，確切地說，他們並沒有耳朵，而是用身體感知一切，他們的整個上半身布滿梯形小膜板，每塊小膜板上都有幾千條不同長度的小弦，可以對不同頻率的聲音產生共鳴。而每一塊小板所記錄的相位差，則將會在大腦中彙集出聲源的位置，不僅判斷距離，還能勾勒出物體的準確性狀。

因此，秦卡托人每天都在不停地說話，不停地聽別人說話。他們發出聲音來感知別人的存在，也讓別人感知自己的存在，他們不能沉默，沉默了就有危險，沉默會讓他們恐慌。只有連續不斷地說，才能讓他們確定自己的位置，確定自己還活著。他們爭取說得大聲，因為這樣會讓自己看上去更亮，更容易被人發覺。

有的時候，有些孩子天生聲帶就有缺陷，於是他們幾乎不能生存。一不小心就被橫衝直撞的大傢伙掀翻在地，別人甚至都不知道曾經有過這麼一個孩子。

「這太悲傷了，你講的故事為什麼越來越短，卻越來越悲傷呢？」

悲傷嗎？是我講的故事悲傷，還是你聽到的故事悲傷？

「這有什麼分別嗎？」

當然有分別。我還到過另一個星球，那裡的人們能發出一萬種不同頻率的聲音，卻只能聽見其中一小部分，耳朵的共鳴遠遠趕不上喉嚨的振動，因此人們聽到的永遠比說出的少。然而最有趣的是，每個人能接收的頻率都不太一樣，所以他們總以為自己聽著同一首歌，但其實一千個人聽到了一千首歌，只是沒人知道而已。

「你又在哄我了，哪有這樣的地方呢？」你咬咬嘴唇，眼睛瞪得圓圓的，「我現在開始懷疑，你真的去過那些星球嗎？是不是你編出來讓我開心的呢？」

我親愛的小公主，從奧賽羅開始，每個騎士都用遠方的傳奇來打動心中的姑娘，你能分辨哪些是真哪些是假嗎？我在這些星球間遊走，就像馬可．波羅和他到過的城市，就像忽必烈汗和他刀下的疆土一樣，就在睜眼和閉眼的瞬間逐一轉換。你可以說我真實地去過，也可以說我從來未曾離開。我講述的星球散落在宇宙的每個角落，但也有時會突然會集到一起，就像它們原本就在一起似的。

聽了這話，你吃吃地笑了：「我明白了，它們是在你的故事裡匯集了，而現在你又把這故事告訴了我，它們也就匯集在我腦袋裡，對不對？」

我看著你揚起的微笑，心裡輕輕地嘆了一聲，這一聲足夠安靜，你從我的笑容裡也看不出端倪。我該怎麼說呢，我該怎麼告訴你，故事不能會集任何東西，如果它們註定要分離。

是呀，我靜靜地說，我們坐在這裡說故事說了一個下午，我們有了一個宇宙。只不過，這個故事不是我告訴你的，在這個下午，你和我都是講述者，也都是聆聽者。

# 津加林

津加林是我今天給你講的最後一個星球，故事很短，一會兒就講完了。

津加林人有著和我講過的其他星球居民都不一樣的外形，他們的身體就像是柔軟的氣球，又像是在空氣中飄遊的水母，透明而結構鬆散。津加林人的體表是和細胞膜差不多的流動的脂膜，不能隨便透過，但遇到其他脂膜卻可以融合再打散。

當兩個津加林人相遇路過的時候，他們身體的一部分會短暫地交疊，裡面的物質混在一起，再隨著兩個人的分開重新分配。因此，津加林人對自己的肢體並不十分看重，他們自己都說不清，現在的身體裡有多少成分是來自相遇的路人，他們覺得只要自己還是自己，交換一些物質也沒什麼關係。

只不過，他們並不知道，其實「自我」的保留只是一種錯覺。在重疊的那個瞬間，最初的兩個人就不存在了，他們形成一個複合體，再分開成為兩個新的人，新人不知道相遇之前的一切，以為自己就是自己，一直沒有變過。

你知道嗎，給你講完這些故事之後，你聽我說完這些故事之後，我就不再是我，你也不再是你了。我們在這樣一個溫柔的下午在時空的一點重疊，從此之後，你我的身上都會帶有對方的分子，哪怕我們將這場對話都忘掉。

「你是說，你講的津加林就是我們自己的星球嗎？」

我們自己的星球？你說的是哪一個呢？有哪個星球曾經屬於我們，還是我們曾經屬於哪一個星球？

別再問我那些星球的座標，那些數字是宇宙最古老的箴言，它們就是你指縫間的空氣，你伸出手將它們全都攬住，但再張開依然是空空如也。你我都和它們在時空的同一點上相遇過，只是最終又走遠了。我們終究只是旅人，唱著含義模糊的歌謠，流浪在漆黑的夜空，如此而已。你知道它們在風中歌唱，在遙遠的故鄉在風中歌唱。

# 莫比烏斯

阿木躺在床上，揉著胳膊，他有點掛念小舟。他覺得有這幾個月挺不容易，儘管有最後的結局，他也不覺得虧得慌。

起初阿木什麼都做。剛來的時候人生地不熟，搬過幾天磚頭，看過大門，木工活兒試過，但不好找。憑在老家飯館幹過的經歷，找了一份廚子的活兒。這活兒不錯，不用出苦力，還能吃得不錯。他打算就這樣了，老闆對他也還算滿意。

過了幾個月，忽然有一天，同鄉的一哥們說，他認識一個闊老闆，招人給孩子當家教，教畫畫，一節課就能給五百。哥們說得羨慕，阿木也聽得羨慕。一節課五百，頂他做飯一星期。哥們說了就忘了，他卻琢磨著這事，怎麼都睡不著。這活兒也太肥了，簡直跟滿地撿錢差不多，他決定跑去試試。萬一讓人識破了，大不了轟回來，也不虧什麼，反正他本來也沒有什麼面子不面子的問題。於是隔了兩天他就找哥們要了位址，說他認識一個學畫畫的學生，哥們半信半疑，但也沒追問。

老闆住的地方看著十分了得，機場高速方向上的一個社區，都是小別墅。社區外面雖然挺荒涼，但社區裡卻是有花有草，有橋有水，還有個鐘樓和風車。小別墅一棟棟，跟動畫片裡畫的一樣。阿木在電視上看見過，還沒見過真的，能在這兒工作真帶勁，他想。阿木在長椅上坐了一會兒，他穿了一件方格子襯衫，一條牛仔褲，歪戴一頂貝雷帽。貝雷帽是他在萬通買的，二十八塊錢。他想，可惜自己沒有長頭髮，要不然梳個辮子，看上去會更像個藝術家。他小時候在學校學習還不錯，現在在弟兄裡也算長得文氣。為了這次面試阿木投入不少，還去美術館外面小店買了幾枝畫筆。

開門的是小舟，她開了門就往裡走，看都不看阿木一眼。但他看清楚了她——水靈的小姑娘，繫一個馬尾，有一些鬆散的頭髮飛著，穿著一件男孩子的襯衫，袖子挽著。她一臉氣惱的樣子，也不理人，低著頭就往裡走，辮子後面露出白淨的脖子。阿木在門廳呆站著，不知道該跟進去，還是等人出來招呼。

屋裡有個男人的聲音問是不是應聘的，阿木連忙應了一聲。

來到客廳，見到男主人，挺有氣勢的樣子，小平頭，坐在沙發上，一隻胳膊搭在沙發背上，另一隻手拿著一只菸斗。見到阿木，把菸斗放下，向茶几邊上的椅子示意了一下，叫阿木坐下。小舟坐在遠處的一個單人沙發裡，抱著雙腿，臉側向一邊，看都不看阿木和她的父親。阿木能感覺到在他來之前空氣裡縈繞的聲音，屋子裡有一種不安定的氣氛。

男主人問他是從哪兒畢業的，聲音顯得沙啞。阿木說是山東工藝美院，他包裡還揣著一張假文憑。他想過，不能說是中央美院這樣的地方，太近，也太高端，太容易查出造假。

「專業？」

「油畫。」

「教過學生嗎？」

「教過，從高中時就開始教啦。」

「會教高考美術特招嗎？」

「會，怎麼不會？我自己就是高考特招出來的。」

「那畫兩筆我看看。」男主人審視地看著他。

阿木打開夾子，將一張紙鋪在茶几上，掏出幾管水彩顏料，和水調起來。他往紙上潑顏料，大面積潑過去，然後再換支筆甩一甩，最後勾畫了幾筆。他在電視裡看過一個美國人這樣畫，當時他就感嘆畫畫容易。白紙被顏料鋪滿了，他看到小舟偶爾抬頭，遠遠地瞟一眼。

老闆皺著眉，顯然沒有被他打動。阿木開始講，他也不知道講什麼比較好，就講社會風氣，他覺得開場白批評社會是最保險的。然後他講這些顏料的高明之處，他自己也不知道哪裡高明，於是就用做菜做比喻，做菜他最熟。他說這顏料的搭配就像食材，沒有什麼理論說哪樣東西必須搭配哪一樣，但是有經驗的廚師都知道應該怎麼搭配，顏料也一樣；好菜最後講究妙處蘊含在味道的含蓄中，顏料也一樣；好菜能發揮食材本身的香氣，顏料也一樣。他說著，發現小舟和她父親都懷疑地瞅著自己，心裡於是忐忑，漸漸小了聲音。老闆一直沒有插嘴，還是上身靠著沙發背，晃著腿。

最後，老闆打斷他：「好久沒畫了吧？顏料都拿不穩。」

「哦，緊張，緊張的。」阿木連忙賠笑道：「一見貴客就緊張。」

老闆顯然不甚滿意，擺擺手，想打發他離開。

小舟忽然開口了：「你還會幹什麼？」

阿木呆了一下：「什麼都會一點吧。」

「會雕刻嗎？」

阿木木工出身，忙說：「哦，雕刻啊，木雕會一點。」

小舟又問：「木頭人像能雕嗎？」

「能，應該沒什麼問題。」阿木滿口應承。他只雕過椅子上的花。

「那就是你了。」小舟說。

她的父親有點不滿：「這才看了幾眼！之前不是你說得好好挑一挑嗎？這人怎麼樣你看都不看，什麼就是他了？我看這人不行，再挑挑看看。」他說著舉起阿木的畫，甩在了茶几上。

「我說行就行！」小舟站起身，乾脆地說。

阿木看傻了，不明白為什麼小舟會和她爸爸爭。待了一會兒，他心裡又挺美，他也不知道究竟是哪句話惹得她開心了。不過這麼個漂亮的小姑娘替自己說話，他覺得只有傻子才不高興。他又看了看茶几上自己塗抹的「抽象藝術」，猜測沒準是一幅好畫。也許自己還挺有天分呢！他想，要是真有天分，以後就改行畫畫去。

小舟的執拗起了作用。她和父親說了幾句就不想說了，抱起自己的東西往樓上跑。她滿臉不開心，阿木從進門就沒見她笑過。她邊走邊說：「算了，不行就算了，我本來也不想找老師，完全是應付家長的，不行就算了。」

「嘿，這叫什麼話！」父親跺著腳，邊憤慨邊妥協下來。他跟阿木說，留下來試用三個月。

晚些時候，合同簽好了，阿木上樓到畫室，準備說謝謝。小舟在看書，讓他把門關上，又要他確認她父親沒有在門口。

「你不會畫畫對不對？」她直截了當地問。

「這個……」

「你拿畫筆跟拿鉛筆一個姿勢。」

阿木臉紅了。他不知道小舟要說什麼，他在心裡打鼓，想著怎麼才能解釋。

「沒事，你不用害怕，」小舟的聲調還是冷淡，但比剛剛在樓下緩和：「我本來也不是讓你教我畫畫的。我看得出你手上有繭子。你看看這個你能雕嗎？」

她說著將手裡的紙遞過來，紙上有一些圖案。阿木看了看，是一些人形，衣著不算太複雜。他點了點頭，說可以，沒問題。事到如今，也只有硬撐著。

阿木開始到小舟家，每週一次。小舟對他態度和氣，也不用他畫畫，每次來了就是雕刻。小舟自己會畫畫，照阿木看，畫得很好，看著跟照片一樣，還比照片好看。

小舟也跟他說話，零星說她的事。她十六歲，上高一，在一所公立重點中學。她父親想送她去私立，她不願意。她從小畫畫好，讀書也還行，父親想給她請個老師，將來考一流大學的美術特招。小舟家原本也不在北京，父親來北京做生意，為了讓她考大學，就想辦法遷了戶口。她父母一直各地奔波，從她小時候開始，已經有不少年頭了。現在父母也經常不在家。她父親姓潘，但她跟了母親姓華。在老家還有一個哥哥，跟父親姓，比她大六歲，現在已經開始做生意了。這些是阿木陸陸續續知道的，小舟沒事就跟他聊幾句。

阿木也說自己的事。小舟知道他假裝會畫畫，他也就不怕再暴露。他講自己小時候村子裡的事，講爺爺教他做木工活兒，講他第一次去城裡打工時被人騙走的錢，講他剛來北京時住的地方。小舟總是很有興趣地聽著。阿木覺得她特別聰明，聊天的時候從不停下畫畫，最後畫也畫好了，聊天的內容也都能記著。阿木就不行，說或聽到興頭上，手裡的小刀就停了，小舟不得不總是停下來催他。

起初小舟沒說為什麼要雕這些小人。數量不多，只有五六個，但要求很細緻。有一天她從學校拿來一些滾圓的珠子，不知道是什麼材料，又黑又沉，讓阿木給小人身體掏個洞，把珠子放進去，嵌在中央。阿木問她為什麼，她也不答，阿木就只得照做。

小舟畫的畫不喜歡給父親看。她畫了很多，收起來大部分，只留一、兩張在外面應付父親。她不僅自己畫，還替阿木畫。阿木拿去給她父親看，說是他自己的作品，她父親慢慢也就信了。她還教阿木一些知識，什麼印象派、野獸派，什麼波希、達利、林布蘭。阿木記性不好，說十個名字能記住一個就不錯，但久而久之，也能記住一二，這是救命的招數。潘老闆有時候在家請人吃飯，若趕上阿木來，就介紹給客人，說是藝術家。客人寒暄，阿木就靠這皮毛知識應對過去。起初他心驚膽戰，後來發現即使講錯了也沒人知道，就放心了。他儘量讓自己穿得顯文氣，穿得好了，別人就不怎麼注意你說什麼了。

小舟家的客人很多，但小舟和父親的關係並不是很親密，家裡來了客人，她是從來不陪的。阿木一般是週六下午去小舟家，有時能趕上沒有散的飯局。潘老闆見到阿木，常叫他過來，聊上幾句。客人多半穿得體面，有年輕有老，有禿頂、有戴眼鏡、有抽菸有不抽菸，有說著葷笑話也有壓根不說話。飯局間有人張羅，筷子敲著杯子勸酒，有人邊笑邊打嗝。桌上有剩下的魚肉，也有大堆毛豆殼。阿木從不多話，潘老闆介紹誰，就和誰打招呼。

「這是陳局，這是王司，這是華總。」

「陳局！王司！華總！」

除了打招呼，阿木一般不開口。他像被塞進蝦殼裡的毛豆，生怕被戳出真相來。沉默倒也符合藝術家的身分，眾人忙著哄笑，都不在意。

每次和客人寒暄之後上樓，小舟總有好一陣子不怎麼和他說話，阿木似乎感覺到了小舟的情緒，但不敢問。時間長了，也能猜出幾分。有時候小舟神情特別抑鬱，話也不願意說，阿木去客廳裡聽一下，準能聽到牌室的麻將聲。潘老闆似乎很喜歡打麻將，有時候，午飯一散就開打，從下午到晚上，等阿木走時還在打。小舟比阿木敏感，不用下樓就能聽見。如果阿木發現小舟不僅抑鬱，而且特別煩躁，那多半不僅是有人打麻將，還有人喝多了酒。這種時候，打麻將的聲音就特別吵，有人大聲吆喝，還有女人的笑聲，不用下樓，在畫室就能聽兒。這種時候，阿木就不敢和小舟多說話，怕一不小心惹她發脾氣。有一次屋裡鬧得特別吵，小舟扔了畫筆，一個人跑到牆角的沙發裡坐著，眼睛裡好像有淚水，她的樣子像一隻縮起來的小貓。阿木遠遠地雕著木頭，完全不知道該說些什麼。

阿木很少見到小舟的母親，華太太似乎總有應酬。每次阿木出於客氣問起來時，小舟都說出去了，不是去逛街，就是去其他太太家喝茶聊天，要麼就連小舟也不知道。比起潘老闆，小舟似乎更不喜歡提到華太太。偶爾放鬆的時候，她還會講她父親帶她去山裡打獵，但她母親的事，阿木幾乎沒聽她說過。

有一天，阿木來早了。午飯時間剛過，他在客廳碰到了華太太和小舟。

阿木有點驚訝。華太太看上去很年輕，像只有三十幾歲。華太太長得不算漂亮，阿木覺得她的扮相有點雷。梳著一個高高的辮子，前額的頭髮揪得緊緊的，戴一對大耳環，畫著黑眼線，穿一條繁瑣的裙子，圍了一條帶穗的大披肩，顯得年輕，卻又一眼能看出不年輕。阿木連忙和她打招呼，她也熱情地招呼阿木：「啊，是你啦！早就聽說啦！藝術家啊，真是年輕有為啊！麻煩多幫幫我們家小舟，這孩子不懂事，你多擔待著些啊。」她親密地摟過小舟，親昵地拍了拍小舟的頭，然後大聲地笑了，出門時還回頭看了阿木一眼。

小舟跑上樓去，阿木跟著她上樓。「你媽看著很年輕啊。」他說。

小舟沒回答，像是沒聽見。阿木覺得她似乎不大高興，趕忙說：「不過可沒你好看。」

小舟轉頭瞪了他一眼，不接他的話，說：「你不是說今天拿你們小時候偷西瓜的照片嗎？拿沒拿來啊？」

阿木連忙說：「哦，拿來了啊。」他說著掏出一張很老的五英寸照片，邊角都捲了。照片裡有五個一身泥的小男孩。

「我們偷西瓜時，得把自己弄泥了，偷偷爬過去才不會被發現。其實我們自己家農地裡也有西瓜，但還是偷的好吃。我們先跳河裡弄泥。我別的不行，就憋氣最厲害。我能下去兩分鐘，把泥弄一盆上來。我們就都抹身上。抹完了不光是黑，還滑溜，這樣萬一被發現了，抓也抓不住。有一回被老大爺發現了，他追著我們跑，那叫一個能跑啊，別看七十來歲的老爺子了，追得我們滿處跑。當然我們也小，我可能才五歲多。那回他就捉住大壯了，只不過哧溜一下，又溜了。」

小舟看著照片，看了好久，說：「真好。」

「什麼真好？」

小舟又看了好一會兒，說：「我跟著奶奶長大，小時候只有自己一個人在院子裡跟花玩。」

「哦。」阿木沒想到。

「即使現在，我爸爸都不讓我出去玩。」小舟將照片還給阿木。

阿木不知該怎麼回應。小舟說話總是淡漠的，但他覺得有點淒涼。

不允許出門這一點，阿木很快就見證了。下一個週末他剛來，就覺得氣氛不對，小舟正和父親生氣。阿木問了才知道，小舟要和同學們出去玩，晚上可能不回來，在郊外農家院住一晚，潘老闆怎麼都不同意。小舟和父親吵起來，賭氣不吃午飯，父親更生氣了。最後小舟妥協了，說她不過夜，早一點回來也行，潘老闆卻翻臉不認人，連出去都不讓她出去。小舟氣得沒辦法，跑到樓上的房間裡，一言不發，不吃不喝也不睡。

阿木不知道自己還該不該上課，就去敲小舟的房門。門是虛掩的，一碰就開了。阿木看到小舟站在窗邊，手指貼著玻璃上，一動不動向樓下看著。阿木退出來，一個人回到畫室，望向樓下，看到一個高個子男生在別墅後花園外站著，向樓上望著，擺手。阿木在畫室待了一下午。三點多的時候，那個男孩終於走了。

傍晚時分，別墅安靜下來。華人太又不在家，潘老闆也出去晚餐了。潘老闆似乎也知道窗外男孩的存在，一直在家等著，直等到男孩走了，又過了一個多小時才開車出去。到了下午五點，阿木的課也該結束了，他收了收桌上留下的木屑，把完工一半的小人整理好排起來，拍了拍褲子，拉開門想回家，卻在樓道裡碰上從房間裡出來的小舟。小舟的頭髮亂蓬蓬的，有點不好意思，看到阿木就低頭向前走。

「你爸走了。」阿木主動跟上她說。

「我知道。」小舟仍然低著頭。

「那你要是想玩就去吧，我保證不告訴你爸。」

「來不及了。他們走了。」

「他們去哪兒了？」

「密雲。本來中午就要走的，他們下午等了我好久，再不出發就來不及了。現在這麼晚了，我肯定過不去了。」

小舟說得冷冷冰冰。阿木替她遺憾。

「嗨，他們也許也沒什麼好玩的。」他說：「密雲我去過兩次，看著也不怎麼樣。」

「不是密雲的問題。」小舟邊下樓梯邊說：「關鍵是跟誰一起去啊！也不是為了玩什麼，就是晚上大家在一起，吃燒烤喝啤酒打牌什麼的，最好啦。」

人和人真是不一樣，阿木想，吃燒烤喝啤酒打牌，這是什麼大不了的事，他和飯館的哥們每天泡在一起幹的不過也就是這幾樣。他們門口的小馬路沒什麼玩的，只有要拆遷的店甩賣。他們能做的不過也就是這幾件事，但是還有人覺得最美好，真是不一樣啊！他試著寬慰小舟道：「這有什麼難的，不就是吃燒烤喝啤酒嗎，你要想吃我給你烤。」

小舟站住了：「你會嗎？」

「我可是個廚子啊，這都不會還怎麼混。」

小舟有一點高興，說：「那不如你來烤點東西。咱們一起吃，我餓了。」

阿木有點放心了，小舟願意吃東西，就說明她好些了。他願意做點東西，每天在飯館只吃大鍋熬白菜，好久沒有自己給自己做過吃的了。小舟說家裡材料很多，讓他看看冰箱裡有什麼，還缺什麼就叫保姆去買。阿木小心翼翼地拉開龐大的對開門冰箱，找了找，基本上什麼都有，有肉有雞翅有蘑菇，除了牛舌頭和羊腰子，平時常吃的材料都差不多了，那兩樣估計小姑娘也不愛吃。他切肉、醃肉、洗生菜、調蘸料，點上電爐子。小舟家沒有竹籤，只能做韓式烤肉。小舟收拾好吧檯，拿來兩瓶啤酒。

兩個人就坐在吧檯吃。開放式廚房，很寬大，吧檯也是一張大桌子，可以一邊烤一邊吃。阿木覺得羨慕死了，他要是能有這麼大一個廚房，每天哪兒都不去了，就在家自己做飯玩。他每天在飯館做飯的時候，胳膊肘總是打到別人，隨時隨地有人從身後擠過去，水池子也常常搶，他每天都希望有一個不和別人打架的廚房。他把這話跟小舟說了，小舟說她倒寧願去他們那兒打工，不要這個廚房，這個地方太悶，離城市又遠，去找同學玩極不方便，沒什麼好的。

「你真是身在福中不知福，」阿木笑道，「住這樣的房子，遠點怕什麼。讓你過幾天我的日子，你就不這麼說啦。」

「我倒是想呢。」小舟喝了口啤酒說：「有一本書不知你看沒看過，叫《倖存者回憶錄》。裡面講一個世界快毀滅了，人們都沒吃的，一群一群的住在街上。有個小女孩，有吃的，有人照顧，也有房子住，但她天天看著馬路對面流浪喝酒的男孩女孩，特別想加入。後來她真的過去了，也每天喝酒。」

「然後呢？」

「然後？也沒什麼。她過去了，又回來了，就完了。」小舟停下來。阿木聽得不太明白，正想再問，小舟加了句，「我很羨慕她。」

阿木愣了愣，小舟的聲音有一絲讓他無措的傷感。他於是笑道：「你這太有文化了，我可沒看過。我只聽過城裡老鼠和鄉下老鼠的故事，還是我小時候我媽給我講的。鄉下老鼠和城裡老鼠互相拜訪。我就是那鄉下老鼠，你是那城裡老鼠。」

小舟笑了，和他碰杯，說：「誰是老鼠！」

阿木碰了杯，笑道：「你要是真想去我們那兒打工也行，高考就考差一點唄，考不上大學，我就幫你推薦一下，在我們店裡找個活兒，整天可以喝酒吃燒烤，如何？」

阿木只想逗逗小舟，他知道小舟成績好，絕對能考上好大學。沒想到小舟聽了沒有惱，也沒有笑，反到把頭靠在胳膊上，認認真真地說：「那是做不到的啊。我要是沒考上，我爸就要送我出國讀大學。」

「哦，那不是挺好的嗎？」

「我可不去。」小舟搖搖頭，「我不要花我爸的錢。」

「呵，看不出來，你挺懂事的啊。」

「不是懂事，我只是不願意花他的錢。」

「為什麼？」

小舟卻不肯說。她把杯子裡的酒喝掉，又讓阿木倒上，和他輕輕碰了一下，然後說：「你知道我為什麼努力學習嗎？我倒也不是為了名校，只是不想讓別人管我。我只有自己考好了，我爸我媽才不會自作主張。學習好一點，才自由一點。在學校的時候，各種穿小鞋的事情太多啦，老師只對學習好的學生才寬鬆一點，我就是為了沒人管。偶爾不去上課，老師看你成績好，也就不說什麼，要是成績不好就拚命管你。只是因為想自由才這樣。」

這話說得阿木也有同感。他點點頭：「對，就跟有錢一樣。這世上坑蒙拐騙的人多了，但有錢的就沒事，沒錢的就被抓。」

「是嗎？」

「是啊，當然是啦。你現在還沒感覺，將來出來做事就知道了。你不知道你這家世有多好，你這樣的才有自由，就跟你在學校一樣。做一樣的事，有錢的就沒人管。」

小舟琢磨了一下搖了搖頭：「還是不太一樣。錢是外面的東西，不是你自己裡面的。不管有錢還是沒錢，你都是在某種處境中。在處境中，都是不自由的。」

她說完又不說話了，只是又和阿木碰杯。阿木喝了，又給兩個人倒上。小舟默默吃雞翅，也吃烤茄子。阿木又放上兩個雞翅，捏一小撮鹽和胡椒撒上去；小舟擔任他的助手。

過了一會兒，阿木忽然說道：「小時候，我媽還和我講過一個王子和窮孩子的故事，也是她從電視裡看來的，是一個王子和窮孩子互換的故事。你聽過吧？」

小舟點點頭。

「你說，像王子這樣的孩子，在皇宮裡住著多美，幹嘛要去街上受罪？」

小舟笑了一下，反問他：「有一個電影叫《發現心節奏》你看過嗎？」

阿木搖搖頭。

「特別憂傷的片子。一個女孩，有媽媽有妹妹，但沒人愛她。她就去和別人打架，說粗話，偷跑出去在街上晃。她很憤怒，但看起來特別憂傷。很好看。」

這電影阿木沒看過，不知怎麼評論。他想了想問：「是因為那個男孩嗎？」

「什麼？」

「今天下午等你那個男生，是你男朋友嗎？」

「不是吧，我也不知道算不算。」

「喜歡他？」

「嗯。」

「那就懂了。」阿木乾了，小舟也把一大杯都喝了下去，嗆了半口，阿木拍她後背。小舟的臉有點紅。

一人兩瓶酒下肚，小舟微微有了醉意，話也多了點。她問阿木知不知道為什麼要他雕那些小人，阿木說不知道，小舟就起身，從客廳拿來兩張白紙，沿著其中一張的長邊，撕下一條，扭了一下，將兩端接起來，成為一個扭轉的環。

「這是莫比烏斯。」她說。

因為醉意，小舟說話有點不俐落。她說了很多，阿木聽得似懂非懂，他覺得也許是醉話。小舟說，莫比烏斯最大的特點是只有一個面，一直走會走到反面。她說這個世界就是這樣的，你朝一個方向走，最後會走回世界的反面。只是需要找到那條路。

總有一天，小舟說，她要開車去世界盡頭，再從世界盡頭開回來。等她高考完，第一件事就是考駕照，開車出去。等她回來，世界就是反過來的了，每一樣事情都反過來。頭上腳下，左右掉轉，高低互換。她讓阿木雕那些小人，因為那些木頭小人是標誌，它們按照特定的設計，體內灌鉛，不會翻轉，只要回來的時候，看到它們顛倒了，就知道世界已經顛倒了。

阿木問她世界顛倒是什麼意思，她說就是每一件東西都上下顛倒，人的大腦也左右顛倒，顛倒之後做的事情就都不一樣了。阿木不明白，讓她舉個例子，小舟卻不說話。他再問她，那你希望世界顛倒成什麼樣。她還是不說話，只是把白紙拉到眼前，呆呆地趴在胳膊上。

好一會兒，阿木以為小舟不會答了，她卻輕輕寫了一行字：爸爸不打人。

阿木愣了。

小舟又寫下第二行字：媽媽愛爸爸。

她的字跡很輕，像寫在水上。阿木呆呆地看著她，她一行一行，慢慢列出很多事：

林敏不恨徐佳。

齊老師不喜歡有錢的學生。

吳良不喜歡告密。

阿木什麼都沒問。小舟一邊寫，一邊零零星星地說些話。寫著寫著，小舟似乎醉了，她的眼睛裡有一層氤氳。寫好之後，她跑上樓把幾個沒完全做好的木頭小人拿下來，貼在茶几上。阿木說還沒完工，她也不管，只是坐在地上，看著它們，頭枕著胳膊。

又過了一會兒，她在茶几邊睡著了。阿木忙叫來保姆，兩個人一起扶小舟回房間。小舟的房間很滿，牆上貼著明星海報，架子上擺著很多小東西，有卡通人物，也有明星玩偶。保姆扶小舟在床上坐下，阿木退出房間，保姆給小舟換衣服蓋被子。阿木沒有打招呼，自己出了社區，趕車。臨走的時候，他回望了一眼，社區入住率並不高，很多房子燈都黑著，一座一座歐式別墅，像廢棄的神祕園。

第二個星期，當阿木推開門，一陣撞擊聲和女人的叫聲混合著傳出來，給他開門的保姆臉上顯出一絲尷尬，向客廳裡示意。他剛走了一步，潘老闆就和兩個人走出來。一個人他認識，是常來的老吳，另一個人面孔很生，臉上的表情也有幾分尷尬。

「你來得正好。」潘老闆見到阿木說：「會開車嗎？」

阿木點點頭。

「那你能送黃處回家嗎？」他指了指阿木不認識的男人：「黃處喝了酒。本來我說我送的，現在有事走不開了。」

「哦，好。」

潘老闆把自己的車鑰匙給了阿木，指給他看是哪一輛，並叮囑了幾個細節，要他一定小心。阿木以前開的都是皮卡，從來沒碰過賓士，心裡忐忑。但潘老闆似乎心思不在這裡，匆匆叮囑了就回了房子。阿木扶著男人上了車，男人雖醉，還沒到嘔吐或不省人事的狀態，指揮方向，說話頭腦倒也還清楚，上車的時候嘆了句：「唉，這家人！」聲音裡有股輕蔑，之後就再沒說話。阿木知道不該問。出社區的時候，四周出來一些少年向車上扔泥巴，阿木心裡一驚。

等他再回到小舟家，房子裡安靜下來。阿木問保姆剛才發生了什麼，保姆說了聲打架哩，就不肯再說。他躊躇著應不應該進去，在客廳站了一會兒，試圖聽樓上的聲音。一段時間寂靜，然後突然有撞擊的聲音，有叫聲，然後又靜下來。他剛忐忑著想上樓，又有陶瓷或者玻璃摔碎的聲音，有女人尖聲叫罵，帶著哭聲而含混，聽不清內容。然後有男人的聲音和悶聲捶打。

他站住了，不知所措。突然，小舟從樓上衝下來。

「你帶我出去好不好？」她幾乎撞到阿木身體上，眉頭皺著，「你有我爸的車鑰匙對不對？我剛才看見他給你的。」

「對，不過……」

「求你了，求你了。」

小舟抓著阿木的手臂。阿木於是點點頭。小舟幾乎是推著阿木出門，阿木狐疑地帶她來到車裡。他發動車子，問小舟該去哪兒。小舟說向西，一直向西。阿木不知道向西能去哪兒，但他還是默默踩了油門。

出社區的時候，不知道從哪兒又冒出幾個少年，向車上扔泥巴，阿木擔心回來之後潘老闆怪罪，急著想甩脫他們。可一腳油門後險些撞到半路躥出的一個年輕人，他又一腳剎車停下。再啟動之後，又被少年追上，車屁股挨了狠狠的幾下甩。這雖不會給車子造成要賠償的傷害，但又讓其狼狽不堪。阿木很緊張，想快又不敢。幾個戴著安全帽的工人在一旁，幸災樂禍地笑。他們慵懶地捲著褲腳，或站或蹲，腳上的解放鞋被甩上泥也不介意。

阿木側過頭看了他們一眼，這一眼讓他心驚。原來是他的老鄉，剛來北京時曾經一同幹過活兒。他不知道他們為什麼在這裡，只下意識低頭，不想讓他們認出來。他很心驚，小舟似乎無動於衷，一動不動看著遠方。

好容易拐出社區，他問小舟：「他們為什麼朝我們扔泥巴？」

小舟說：「因為這是我爸爸的車啊。」

「你爸爸的車怎麼了？」

「這社區是我爸爸開發的，所以他們這樣。」

「這社區是你爸爸開發的？」

小舟聲音一點溫度都沒有，只是看著窗外：「現在已經好多了，我們剛來的那些日子更糟。那些人是原來這個村子的，現在住在旁邊。剛開始的時候，本地幫派圍著工地，讓村民進來撿鋼筋去賣，工人都不敢惹他們。我和我爸來的時候，都不敢下車。」

「他們為什麼這樣？」

小舟卻不答了。

「那剛才那些工人是……？」

「二期的工人，南邊那片工地的。」小舟說著轉過來看著阿木：「其實那些村民想要的也不多。」

小舟的眼睛裡悠悠地轉著很多東西。阿木開著車，只能瞥一眼，看不清所有東西。小舟又把臉轉向窗外，看著遠處，似乎哼著旋律，臉上乾了的淚痕在陽光下反光。

阿木開著車，他不知道要開向哪裡。他們出了小路，上了機場高速，然後上四環，一直向西。小舟只是讓他開，卻不說要去哪裡。有一段時間她閉上眼睛，像是睡著了，可是阿木一瞥，她閉著的眼睛卻又流淚了。他摸遍了自己身上的口袋，找不到一張紙巾。

「我媽媽年輕的時候有一個男朋友，」車接近西四環的時候，小舟忽然說：「後來他死了。媽媽嫁給爸爸。她總說起那個人的好，她每次吵架之後都說他的好。」

阿木小心地問：「你爸爸和你媽媽常吵架？」

「和今天差不多吧。只是今天比較不一樣，這次是老吳。」

阿木頓住了。

「老吳不一樣的。」小舟又閉上眼睛：「爸爸都靠他的，剛來時和幫派鬥也是他解決的。」

阿木在心裡長長地嘆了口氣。他只能快快地開車，除此之外，他不知道還能做什麼。小舟讓他一路向西，從西四環向西山，從主路到輔路。一直向西，向西。小舟再也不說什麼，只是出神地向窗外望著，偶爾動動嘴唇。她像是進入了另一個世界，神魂不再屬於身體，然而每次阿木慢下來想掉頭回去的時候，她就懇求地看著他說繼續向西。

他們一直開一直開，阿木不知道這條路竟然能開這麼遠。從城市到郊外，從霓虹到山嶺，從白天到日暮。起初他還想著掉頭回去，開得久了竟也麻木了，就想這樣一直開下去。小舟也不願意掉頭。天色漸漸晚了，開了前燈，從單車道的山路上看到對面來的車，起初還有車形，後來就只是明晃晃的兩道光，射進眼裡，變大變亮，錯身而過，消失進背後的黑暗。山路漫長沒有盡頭，車開進沉默無垠的未知。山壁在右側，懸崖在左側，樹叢密織，從四面八方蔓延，遙遠的盡頭包容一切不安定的想像，不知道能通向哪裡，只想開過去。因為心裡不安，所以不願意停。只要那個未知的地方仍然能吸引不安，就不想停，不想停下來面對不安。

小舟說，這樣開下去，一定能開到西天世界盡頭。盡頭也不是那麼遠，人們沒有到過，是因為人們以為它很遠。她一直靠著右面的窗戶，後來脫了鞋把腳收到座位上，身體蜷縮起來，就像阿木曾經見到過的，像一隻小貓一樣。她零零星星地說話，講她小時候一個人坐在板凳上給娃娃上課，講她一個人在鄉下的奶奶家沒事做就獨自畫畫，講她為何喜歡畫畫。她說她不想成為畫家或漫畫家，也不想考美術學院，就是為了將來畫一本書給自己看。她看過一部漫畫，特別喜歡，是講一個孤兒小女孩長大以後學會堅強。小女孩的母親臨死的時候對她說：長大後要做淑女，美麗、溫柔、堅強。小女孩的母親很美。小舟希望那是她母親。「我媽媽不喜歡我，」小舟說：「她本來不想要我的，也不願意帶我，哥哥幾歲的時候，她本想出國的，可是有了我，就不能出國了。」

她又講她爸爸，講爸爸在她小的時候曾經是個獵人，帶人去山裡打獵，達官貴人都喜歡去，父親就認識了很多。老吳是他做獵人時的兄弟。他們家小時候在東北，冬天大雪封山不能打獵，父親就給她講故事。後來很多年見不到父親，來北京之後，一切都是陌生的了。她不得不住在荒僻的廢園裡一棟空洞的房子。她想走但走不出來，像心走不出身體。

她說著說著累了，睡著了。夜色越來越濃了，阿木不知道將要去向何方。他只是開著車，在漫長的一段時間只是順著地上的白色分割線，不去想去哪裡，只是向前。

後來他也累了，停在路邊睡了一會兒。睡醒了觀望四周，黑暗的夜色濃得化不開，不知道是哪裡，也沒有車過來。他不知道是不是已經到了盡頭，已經這麼黑了，難道還不是盡頭。

他靜坐了好一會兒，最後發動車子，掉頭上路。

凌晨的時候終於又回到城市，已經有早起的人們出來上班。他在漸漸密布車輛的環路上開著，穿過仍然迷茫的晨光，從西穿過大半個城市，到太陽升起的方向。環路兩側的樓有甦醒的倨傲。周圍上班的車輛都比他急，來回穿越超車。

他回到小舟家，在門口叫醒小舟。

小舟揉揉眼睛，分辨了好一會兒才知道自己在哪裡。她坐起身，攏著頭髮。阿木下車，從後備廂裡找出一塊抹布，仔細將車身上前日裡沾上的泥擦掉，連之前車底盤附近濺上的泥都擦掉了。小舟從車上下來，看著他，眼睛裡有欣喜。

「我們回來了是嗎？」她輕聲問：「我們從世界盡頭回來了，對嗎？」

阿木點點頭：「回來啦。」

「那太好了！」

小舟蹦跳著向房子裡跑去，阿木跟在她身後。天已大亮，想來房子裡的人已經起床了。

推開門，潘老闆坐在沙發上，神色嚴峻，面前擺著一杯茶，菸灰缸裡都是菸頭。

見到小舟，他猛地站起身，將手裡的菸掐滅了，上前幾步。小舟到父親面前站定，潘老闆抓住她的手臂，上下打量著，像在確定她的完整和安全。小舟有點忐忑，從他父親的手中向後縮。好一會兒，潘老闆忽然展顏一笑，放開手，拍拍小舟的頭。

「回來就好，餓了吧？廚房有早點。」潘老闆顯得異常溫和。

小舟像是如釋重負似的，笑了一下：「我想洗澡。」

「嗯，那先上樓洗個澡吧。」

「媽媽呢？」

「也在樓上。還睡呢。」

小舟似乎很開心。她回頭看了看阿木，露出一絲甜甜的笑，有種你懂我懂似的神情，帶著一絲滿意、一絲感激，似乎在說你看你看沒錯吧。她沒和他說什麼，只是跑上樓去，在樓梯上對阿木搖搖手。

阿木站在客廳，目送小舟上樓，心裡也有塊石頭落了地。

直到看不見了，聽到一聲門響，他才轉回目光，恭敬地將鑰匙遞給潘老闆，欠了欠身，說自己也該走了。潘老闆接過鑰匙，扔在茶几上。出乎阿木意料的是，潘老闆沒有讓他走。潘老闆上前幾步關上房子的大門，再一步一步退回來，讓阿木留在客廳，寸步難行。

接著，以迅雷不及掩耳之勢，潘老闆一拳打在阿木右側臉頰，然後趁阿木向左傾倒，又是一拳擊中他肚子。阿木劇痛中一陣眼花，倒在地上。潘老闆蹲下來打。

「你個小癟三！你個小無賴！」潘老闆用低低的喉音一邊打一邊罵道：「膽子大了你啦，沒人教訓你是吧？我讓你膽大，讓人騙人！你說你是什麼目的，什麼目的？沒安好心是吧？蓄謀已久是吧？我今天就讓你看看耍花樣是什麼下場。你一個木工，一個廚子，你跑我這兒冒充藝術家，誰給你這麼大膽兒？你別想解釋，你別解釋，昨兒你們老鄉看見你，就跑我這兒說啦！你什麼都不用解釋，解釋不了。你小子膽大包天啊你，從你第一天來就看你不是什麼好東西，賊眉鼠眼。你還敢拐騙我家閨女！你說你們這一晚上上哪兒去了？你窮小子賊心可夠大的，你癩蛤蟆想吃天鵝肉啊你。你以為你是誰？你還真當你是藝術家了？也不看看這是誰家？你小癟三！小無賴！」

潘老闆每說一句話，就重重給阿木一拳。阿木用手護著頭，背上、肚子上、屁股上不知道挨了多少拳腳。起初每一拳都悶聲疼一下，到後來拳腳太多了，他幾乎都感覺不出疼了。沒法解釋，連說話的機會都沒有，完全沒辦法解釋。他本來想還手，但很怕小舟忽然從房間裡出來，他抱著頭忍著。

打到最後，潘老闆似乎累了。看著阿木已經鼻青臉腫幾乎站都站不起來，他大概也怕出事，就把阿木拎起來，在他眼前晃晃手，確定他活得好好的，就又把他放下，拍拍褲子站起來，說：「你放心，我不拖欠工錢的。你等著，我去拿錢，最近三個月的工資一起給你。」

阿木躺在地上喘氣，看他的背影消失在樓梯轉角，才硬撐著支起身，用最後一絲力氣爬到客廳的茶几邊上，將茶几上貼著的木頭小人揭下來，一個一個倒著貼到茶几底下。

潘老闆回來，將他扔出房子外面。這是他最後一次見到小舟。

# 癲狂者

他的轉變全都是因為最初的一次恐慌。他害怕他是真人版楚門。

第一次想到這件事是在一次同學聚會。大概二〇〇六年底、二〇〇七年初的事，大夥兒一起吃完晚飯，多數人散去，少數幾個好朋友找了個茶室，喝茶聊天打牌。有個男生那段時間對人格分析感興趣，雖然只是看了幾本大眾通俗讀物的水準，卻極為熱衷對生活中各種事發表看法。在茶室一邊打牌，那同學一邊問眾人最怕的事是什麼。

他略微思量了一下，就說是狹小空間。他小時候被一部講電梯的恐怖小說嚇著過，一直挺害怕電梯和類似電梯一樣密閉的小房間。他聽說過一個詞叫「幽閉恐懼症」。

但他說完之後，就想起了楚門。楚門也是被囚禁在一個相對狹小的封閉空間，他第一次看《楚門的世界》就有些害怕，而且不是因為幽閉才害怕。畫面越陽光燦爛，人物越甜美，他越害怕。當時電影完了他也就忘了，這個時候忽然又想起來。同學在一旁侃侃而談，分析幽閉空間和他性格的關係，可是他完全聽不進去。他問自己到底是什麼東西讓自己心裡隱隱擔憂，不算驚恐，但是非常不安。

茶室的空間狹小，菸味瀰漫，大家慢慢有點嗨，聊天中也帶上了各種段子。忽而一個同學湊到他身邊，說要給他介紹一個姑娘，說他肯定喜歡。

他忽然想到自己害怕什麼了。他害怕一切都是假的。

他從小到大，經歷了太多次這種時刻，好東西、好運氣總是天然就有或者送到他面前，他從來沒像周圍的其他人或者書裡電影裡看到的一般人一樣，為了生存和想要的事物奮鬥，他生來就有很多東西，因為有這些東西，又有很多其他東西送上門來。有些他想要，就心安理得地接受了，有些東西他不想要，卻推也推不開，運氣好得過分。

就像楚門一樣。

「真的，我說真的，是他們學院的院花。」朋友說。

「得了。」他心裡覺得不對勁，只想推辭，「院花哪看得上我。」

「沒問題。」朋友狠狠地拍了拍他後背，彷彿神祕地笑著，「別人不行，你可沒問題。我要是自己有那個條件我就自己上了，人家看不上我是真的。你可沒問題。」

他模模糊糊地推辭，只想退步抽身：「沒戲，真的。你甭費勁了，我不想找。」

「信不過我？」朋友做出豪氣的樣子，「不是哥們嘛，客氣什麼。以後你倆要是成了，有什麼事多想著我點就成。見見，也沒什麼大不了的。不行就算。我跟你說，保你不會失望。下週哪天有空？我叫她一塊兒出來吃個飯？」

他執拗不過，跟朋友碰了兩杯茶，在熱烈的煙霧繚繞中變得頭暈眼花。

過了幾天，女孩被朋友帶來見面了。一米七左右的身高，身材非常好，穿一條白色緊身連衣裙，V領開得很低。女孩對他印象很好，主動找話說。他瞪著女孩，想透過她的眼睛和皮膚看透她的目的，看透她為什麼會對他有興趣。女孩被他看得不好意思，以為他是喜歡她，更加賣力地使出撒嬌的本事，飯後還主動留了手機號和ＱＱ。

從那天起，他就開始了深刻的懷疑人生。

他開始觀察，觀察周圍人對他的態度，觀察他們是不是有一絲一毫騙他的意味。每次當有人向他介紹什麼好東西，他都恨不得盤根究底地問一番，想找出其中隱祕的陰謀和邏輯的漏洞。他只想證明一件事，這全部的幸福，是不是一場秀。

他屬於天生基因很好的那一型，相貌好，智商也好。一米八的身高，均衡偏瘦的體型，各種運動都做得不錯，中學還做過體育委員。因為長年運動，他肩膀和上臂的肌肉線條非常流暢，腿也鍛煉得跟腱修長。他學習成績也過得去，沒有衝到過第一名，但也沒出過前十。有時候和同桌在課堂上玩紙牌，同桌被老師請了家長，他的成績卻被表揚。這種運動力和聰明讓他在女孩子中間建立了非常高的形象地位。從初中開始，就有女孩子向他表白。

他的家境很好。他父親自己做生意，母親也是知識分子。家裡雖然不屬於大富貴，但是兩套房子還是有的。他從沒缺過錢花，因此不知道什麼叫攀比。他只希望和兄弟們關係好，因而常常請客吃飯，去KTV或者和同學旅遊，他也沒計較過價格或者住宿費用。他喜歡和同學拉近關係，因而常參加網咖活動，或課後去喝酒。這種瀟灑的態度讓他一面贏得兄弟的擁護，另一面贏得女生的讚許。女生很少去想瀟灑和經濟條件之間的關係，只是都知道他很瀟灑，以為這是氣質使然。

他運氣也好得不可思議，高考分數高於自己的一模二模成績，甚至比他的估分還高。

總之，說來說去一句話：他被自己的好運嚇住了。小時候沒有意識，長大之後身邊的人開始各種抱怨和自卑的時候，他才發現，自己幸運地擁有一切。

這是一種幸運嗎？他問自己。他很害怕不是。

二〇〇六年到二〇〇七年，正是他上研究生的年分。這次偶然的同學聚會讓他想到這件事，清醒地回顧這一切，以往壓在心底裡潛意識的恐慌被移到意識層面。他開始自問，有沒有可能，這一切都是假的。

他以邏輯分析自己，不是沒有可能他是被選出來的實驗品，自己的基因不錯，這是出生以前就能測定的，也許是專門挑選的基因好的父母。如果是這種情況，那麼他的成績就一點也不奇怪了。

他於是觀察他的父母。越觀察，他越覺得自己與父母長得並不像。不是沒有相像的地方，但是都很模糊。他和父母的相似多半來自於賓客的恭維，哎呀，這孩子的額頭好像你。但他知道這種恭維往往是說說就忘的。他回家的日子常常在鏡子後面扶著母親的肩膀，觀察自己的面孔和母親的面孔是否一致。這種觀察沒有結果。就像人看一個字看久了就不認識一樣，人看一張面孔看久了，面孔就變得扭曲、碎片化，什麼也看不出來。

這是他心底的存疑之一。

他邏輯分析的第二點與此相關，那就是他的家世是不是被人安排的。這個家庭富有程度剛剛好，不算是風口浪尖的巨富，但又比日常一般人家有錢，讓他在周圍同學中顯得很不同尋常。等他畢業，若找不到好的工作，可以被安排進入父親的公司。如果是真人秀，這樣的安排真的是再好不過了。

他悄悄查詢過父親公司的歷史。父親的公司是在一九八三年，也就是他出生前一年註冊的。從他兩歲那年開始就步入正軌，隨後興旺發達，這似乎更印證了他的猜疑。公司恰到好處是做外貿生意，有大筆收入進賬，卻難以直接調查到付款的單位。

他問過父親為什麼公司剛好在他出生前後成立並發達，他的父親似乎早已準備好答案，很嫻熟地回答他說：「那當然啦，都是你這個小福星帶來的好運氣。」

「都是運氣嗎？」他並不相信，「我查過了，據說開放外貿剛好趕在我出生那年，難道這也是湊巧？」

「所以說嘛，」父親說：「你趕上好時候啦。」他的神情像是在回憶，有點感慨，又有點漫不經心，「你們這些小孩都夠幸運的，比比我們當年吃什麼穿什麼！」

他很懷疑。他並不相信真正的運氣。

因為如上種種，他越來越懷疑，自己的人生處在被監視和安排的幸福中。他擁有幸福，他莫名其妙幸福，他被安排幸福，他必須感覺幸福。

他在懷疑和澄清兩個極端搖擺，有時候確信自己想對了，有時候又覺得全是庸人自擾，是他自己想太多了，這讓他非常痛苦。人最痛苦的事情莫過於懷疑自己。不抱定一種態度，人甚至寸步難行，甚至沒辦法和朋友一起吃飯談天。

有一天，他忽然想到，也許可以做實驗加以驗證。

他沒有告訴任何人，怕被透露出去，被他的「導演」獲悉，那就什麼都探測不到了。他內心懷著隱隱的興奮與刺激感，像突然知曉銀行金庫的進入密碼，開始籌劃並悄悄行動。

他首先央求父親借了他一筆錢，大約十萬，開了一個股票帳戶。股票是一個最講究運氣的領域，他想在這裡試試，自己的運氣是不是天然就好。這個實驗在他熟悉的世界沒法做，認識人都會幫他，對他好。但在股票的世界，沒人知道你是誰，也沒人會關心你的長相身材家世，絕不會因為是他就有所成就。他不懂股票，財經不是他的專業。他就打算純粹探測一下自己的運氣。他相信這個世界是很難被操縱的。

於是他在二〇〇七年初開市的時候隨便買進了十萬塊的股票。後來又隨便換過幾次股票以便觀察。他看了看，有升有降，似乎很正常。

但很快，他還沒來得及反應，就聽到一個令他覺得很驚恐的消息：股市全面大漲了。

那段時間他的課業忙，有一、兩個星期沒來及關心市場。他慌忙登錄，發現果然如此。他的十來檔股票全線飆紅。他買進的時候大盤只有兩千七百點左右，現在已經遠遠超過三千點。他目瞪口呆，不知道竟會出現這種事。難道為了成就他的好運氣，會有人出大價錢托起整個大盤？不可能，絕對不可能。甚至到了接近四千點，他還是覺得不可思議。

他的父親和母親興奮地打來電話，誇他有眼光，父親說已給他的帳戶追加了五十萬元，讓他隨意操作，趁著大盤在漲，不要耽誤了機會。

他不知該怎麼辦，便買了幾支與之前幾支極為不同的股票，甚至是極度不被看好的股票。按照常識，這一批和前一批幾乎不可能同時漲，賠錢的風險極大。他心裡覺得對不住父親的錢，但他想咬牙測試一回。這決定了他人生的真偽。

整個大盤都在瘋漲。

他買的好股壞股，不管哪一批，不管哪個板塊，都在漲，大盤比年初點位幾乎高了一倍。父親的六十萬變成了一百萬。他嚇得目瞪口呆。除了被人安排，還有什麼樣的機制能解釋呢。他的心越來越涼。難道外在的觀察者和監控者已經如此無孔不入，不僅知道他的行為，還能知道他的想法，並不惜血本來維持他的幸福人生？

為什麼，他們為什麼要這麼做。

難道只是為了滿足操縱一個人的樂趣。

他覺得很恐慌。所有的消息他都聽不進去，什麼印花稅和漲停團，他覺得都是拉來遮掩的騙局。他一直等著股市跌，一直沒有等到。整整一年，大盤都保持在高位，讓他沒有一絲一毫失敗的可能性。他沒有耐心了，在二〇〇八年新年開市第一天，他心灰意冷，將所有股票拋出去，變現，撤場，註銷了帳戶。

原來這一切都只是一場戲，我只是個被觀賞的戲子，他終於確定。

他的人生走到了一個關鍵路口。他覺得自己不能再像以前一樣活下去了，活著看似幸福實則被幕後力量安排的人生中。他想要開始獨立生活。這是他走出自己世界的第一步，也是他在茫然無措中唯一想到的一步。

在父親的首肯下，他用股市的一百萬買了一套房子，面積不大，在東三環邊上。公寓離使館區不遠。他喜歡附近的安靜。這是一個韓國商人以前獨自住的公寓，二〇〇八年市場不好，商人停止了在中國的生意，回韓國去了，因為走得急，市場行情又跌，房子沒要高價。

這是他邁出獨立人生的第一步。他小心翼翼，開始在自己的公寓中籌畫下一步計畫。他想著早晚有一天，他將找到幕後操縱者的存在，將他們的真實目的揭示出來，即使要他演戲，他也要內心明白。就算充滿跌倒與不幸，獨立的人生也比虛假強。

他不要當戲子。

他研究生畢業，找了份一般的工作，在一家私企做技術工作。每天早出晚歸，上班辛勤，週末去圖書館。他一個人思考戰略，制訂方案，有時候還把楚門的電影重新拿出來溫習。有一段時間他的生活正常，白天吃外賣，晚上坐地鐵回家。那段時間，他覺得他的監控者似乎減弱了一些。在工作中，他像其他人一樣，並沒有受到太強的照顧。他的工作做得不錯，但沒有超於常人的好運氣，也沒有破格提升。他幾乎以為劇碼的生活結束了。

直到有一天，他發現他的公寓價格翻了兩倍，而且還在瘋漲。

他吃驚得顫抖，站在路邊死死地盯著雙面看板，眼睛幾乎從眼眶裡掉出來。怎麼可能這樣，才一年怎麼可能漲這麼多。他四下裡瞧著，看有沒有人注意到他。他又低下頭，仔細看著社區的名字、戶型圖、總價。完全沒錯，跟他自己的幾乎一樣。他心底一片寒冷。你還懷疑什麼呢，還有什麼好懷疑呢。

他站直了身子，醞釀著滾燙的主意。他攥住了拳頭，強壓著被欺騙的怒火，儘量讓自己一切冷靜。旁邊一個房產仲介的小哥湊上前來，遞給他一張傳單。

「先生，您要買房子啊？」小哥笑容可掬地說。

他沒有回答，擺擺手，跨開一大步，站到空地，大聲朝天空喊：「你們到底想怎麼樣？我已經全都知道了，你們還想怎麼樣？」

小哥嚇得目瞪口呆，連忙轉過身，裝作沒看見，趕緊給其他路人遞傳單。

當天晚上他回到家，把門關上，把窗簾拉得死死的，不露一絲縫隙，又仔仔細細檢查了一遍，看房間的角落裡有沒有被人安上隱祕的攝影鏡頭。都確定無虞了，他才在沙發裡坐下，倒了一杯酒，拿了一張紙、一枝筆，開始籌劃接下來的步驟。吊燈晃在他臉上。他不信任電腦，電腦隨時可能被侵入。

他已經什麼都不懷疑了，一切都是假的。現在唯一需要做的就是跳出劇本。他還不清楚周圍人是否全是幫兇，是劇本的一部分還是都被蒙蔽了。只有他一個被騙了，還是所有人都被騙了，這有本質區別。他需要繼續去試探，才能知道這樣做的危險和可能性。在此基礎上，他想去世界盡頭看一眼，如果能親手揭開天邊的帷幕，揭開那道門，那就一切真相大白了。他把這一切想清楚，一條一條寫在紙上。

他不知道從哪裡開始跳出劇本比較好。辭掉工作？賣房子？和父母攤牌？剃了頭出家當和尚？買條船去天邊？在馬路上行為藝術？或者把這些全做了？他不確定。他決定走一步算一步。唯一能肯定的是，他不會再按照劇本生活了。

優秀？優秀算什麼。乞丐的自由好於行屍走肉的優秀。

他決定先辭職。這個無傷大雅，反正有存款，也準備賣房子，生活沒問題。老闆很驚訝，問他要跳槽到哪裡，他說世界上已經沒有他想去的地方了。老闆聽傻了，又問他是不是遇到困難。最後為了挽留，開始強調公司近來諸多不易之處和市場的不景氣。他稍微感到內疚，又不願意退縮，最後折中，答應買一些公司內部股份作為支持，但是不肯回頭。

然後他賣房子。這時已是二〇〇九年二月，房子地點好，漲了兩倍有餘。他賣了兩百萬，拿其中一百萬在四環外買了一個小公寓，又拿另一百萬如約買了公司的一些內部股份。以前的工資還有些剩下，算了算儉省一些應該能撐上一年。

他開始晝伏夜出，儘量躲開所有人的目光，住在他四環外的公寓，手機從不帶在身上，切了網路，每天收發一兩次資訊，傍晚才出門，買上一籃酒，啤酒紅酒都有，再買點冷切肉之類的下酒菜，回家一個晚上不睡。然後從清晨睡到黃昏。他喜歡這種感覺，酒精讓他迷戀，喝完酒放輕鬆，世界的一切就不那麼逼仄恐怖。他從圖書館借書，查找航海的資料，預備著有一天航海去天邊。生活再沒有其他目標了，這讓他十分輕鬆。他看電視，看一整夜不好笑的喜劇，為了不好笑的台詞哈哈大笑。他快樂極了，笑完之後還想再笑一會兒。他在深夜把頭伸出窗外，風吹著暈暈乎乎的腦袋，暈得像某種人生哲理。他不再覺得任何事情耽誤時間。他把酒瓶堆在屋子裡，白天拉緊了窗簾，睡到天昏地暗，夜晚卻把一切窗戶打開，讓風捲起紗簾，穿堂而過。他不知道自己以前怎麼不過這樣的生活。他大口喝酒，然後笑。他最喜歡看世界奇聞異事錄，尤其是所有出醜的鏡頭。他在傻笑中消解了現實。

他和任何人都沒有來往，不讓任何人走進他的世界。打電話的時候，他顯出少見的輕浮調侃，這種調侃完全來自於他的與世隔絕。

「是啊，我逍遙快活呢。」他對哥們說：「兩姑娘？小看我。四個！」

「行啊，改天讓你上我這兒來。」他又對給他打電話的女孩說：「改天吧，改天一定。」

他用酒醉掩飾觀察。

要不要去旅遊呢？有一天他心裡想。真正的 off-track 應該去流浪啊。不過，到底是出去拾荒比較好，還是直接準備裝備出海去天邊比較好呢？

這個念頭在他心裡剛過了一瞬，母親就找上門來。

母親首先看到房間裡的昏暗，把窗簾全都拉開之後，又看到靠牆擺放的幾排酒瓶，心中的怒氣和疑慮如同雨中溢出警戒線的洪水，汩汩流瀉而出。他還沒睡醒，答話又心不在焉。又因為始終存在的疑慮而不願對母親交心。母親更生氣了，不由分說把他拉起來，劈頭蓋臉罵過去，淹沒一切辯解。

於是帶他回家，由父母照看，一頓責難，循循善誘，又每天督促他改變生活模式。他心裡不悅，卻無計可施，便以消極來抵抗。他的銀行卡被母親收走了，理由是防止他和不三不四的人來往（實際上，母親認為他的轉變都來自不三不四女人的誘惑）。於是除了打電腦，去球場打球，躺在床上邊喝酒邊看小說，他什麼也不做，也什麼都沒得做。線上遊戲打到了神級，註銷了又玩別的。父母責罵，他敷衍了事。父母叫他找工作，他隨口答應卻不行動。他暗中觀察父母的行動，想知道父母暗中是否接受誰的指揮。

最後有一天，父親終於忍不下去了：「你再不找工作，就來我公司上班吧。」

他有點慌了，進了父親公司，就徹底被困住了。

「那就去找個工作。我跟一個客戶打了個招呼，推薦你去他們那兒面試。」

「別，」他趕快制止，「我自己找吧。我可不想被照顧。」

「照顧不進去。」父親一臉嚴肅，「就是個面試。我也沒跟人家說你是我兒子。」

他拗不過，父親不給他商量的機會。他躺在床上思索計策，最後決定想辦法把事情搞砸。面試那天，他帶了件T恤。早上母親幫他熨好襯衫，給他系上領帶，他在面試公司的洗手間裡全都脫下來，換上了T恤。T恤上有「生活是屎」的標語。

和他一同面試的是一個應屆碩士畢業生：參加機器人大賽拿過名次，懂Java、PHP、C++和一點Perl，編網站沒有問題，還會用 Matlab 和 SAS 做資料處理。那個男孩很靦腆，說話的時候看人一眼就把眼睛轉開。輪到他時，他往椅子背上一靠，說他也不會編什麼東西，就是喜歡打打遊戲，喜歡上網，做事有拖延症，學習能力差，業餘時間酗酒，作息不規律。

「你喜歡喝酒？」面試官問他。

「喜歡啊。每天早上起來就是一罐啤酒，無酒不歡。」他笑著將凳子向後仰，晃著腳。

「能喝多少？半斤？」

「小Case。」他說：「我這人別的都做得爛，就打遊戲和喝酒還行。」

「那就是你了。」面試官說。

他被錄取了，連第二輪都沒有參加。

一同面試的男生也被錄取了，分配到技術部門，而他分配到銷售部。銷售部事先向每個面試部門打過招呼，一定要幫他們物色能喝酒的年輕男生，這方面的人才現在甚為稀缺。

他傻眼了，連這樣都不行嗎？

他被高調招進部門。為了歡迎他，經理召集部門所有銷售一起去吃飯K歌。飯桌上就喝，到了KTV，又點了軒尼詩。他沒什麼酒意，只是硬著頭皮喝。經理給他介紹部門情況、日常工作和同事。經理的酒量不算大，卻帶頭喝，本來是問他的情況，說著說著就開始講述自己的事情，從家裡的老婆講到公司政治，又說起業務部門內部的鬥爭，喝得越多越滔滔不絕。昏暗的燈籠罩著經理慘白的臉，幽幽發光。他被這景象嚇住了，一句話都說不出。

他想方設法逃離。從上班的第一天起，他就不好好工作。銷售任務從來都不主動完成，定額一片空白。上班時間聊QQ還看視頻，違規被批評了也不悔改。到後來乾脆去打籃球。需要跟著經理參加宴請時，他就只管喝酒，宴會上的嘉賓是市長、老總還是明星他都不看。他不想喝，有時候甚至希望自己酒量小一點，可是沒辦法，他不醉就是不醉。

還差一個禮拜試用期就要結束了。按照規定，銷售完不成任務，無論如何不能留下來。他覺得這下總沒問題了，空白業績總留不下來。到後來他上班就下樓去打球，惹經理生氣。

一個上午，他一個人玩的時候被公司籃球領隊看到了，領隊觀察了一會兒，興奮極了，叫他加入籃球隊去參加比賽。他覺得這總不妨事，就去了。集團的籃球賽，十多個分公司，分公司下面又有子公司。比賽中什麼人都有，有三十出頭肚子剛剛發起來的，有將近四十歲除了遠投什麼都不行的。他一時興起，投籃上籃都好，大殺四方，也忘了收斂。學校操場上的日子靈魂附體，汗水甩在空氣裡飛奔。公司的總經理正巧坐在看台上。

「哎呀，這個小夥子好，一定要留下。」總經理指著球場，大腿興奮地抖。

「可是，」經理賠著笑臉說：「這小夥子到現在還沒有一點銷售業績，按規定……」

「笨哪，死腦筋。」總經理用手指敲著桌子，「工商讓他去那一單不就行了嗎？」

他於是被派去工商銀行。他不明就裡，一言不發，冷著臉坐在桌子後面，什麼也不說，只死死瞪著眼睛，想靠冷漠與無知把對方洽談人員嚇跑。這樣總賣不出去了吧，他想，還能連產品都不介紹就賣出東西的道理？可對方的銷售經理一出來就像見到親戚一樣和他握手，什麼話都不用他說，就連聲感謝，說謝謝他們幫忙解決了一大難題。然後就是兩份合同要他簽字。他不知道如何是好，被人把筆塞到手裡，簽得一片恍惚，不明白這是發生了什麼。他帶著銷售合同回到公司，任務圓滿完成，銷售額一躍成為部門第一。

很快，他發現他帶回來的是工商銀行的開卡合同。他們每個人又多了一張信用卡。

當一份五年期的正式合同擺在他面前，他傻了，呆愣著坐著，手被經理抓起來在合同上隨便畫了幾個圈當作簽名。

驚惶之後，他的心裡無限悲哀，像陷阱中的動物一般悲哀，四下掙扎卻無濟於事。

悲哀之後，進入另一種驚惶。

逃離，必須逃離了。他就是那個最不幸的幸運兒。所有的事情都是這樣嗎？像設計好的只為了讓他鑽進圈套。這溫柔鄉已經一天也待不下去了。

他開始祕密實施他的計畫，這一次的目標是天邊外。他將四環外的小公寓又賣掉了。這已經是二〇一〇年六月了，幾乎翻了一倍，七十多平方的房子，又是將近兩百萬賣了出去。他買了一艘國產的遊艇五、六十萬，買了一輛不錯的車三、四十萬，還剩下一些錢他準備留在路上用。遊艇要等貨到港，一切辦好的時候已是二〇一〇年十月。他略感失望。時值冬日，北方海面結冰，無法出航，出海定在次年開春。他去海邊看過兩次自己的小遊艇，在碼頭附近試駕。他撫摸著遊艇如女人肌膚一般光滑的雪色表面，手下有種戰慄的溫柔，抬頭面對濃霧籠罩的灰黑色的動盪海面，呼吸沁涼。看著一望無際的大海和幽暗渺遠的天邊，他相信那才是他的歸宿。

整個冬天他的心無法囚禁。他回到家，時時刻刻想出走，在家裡團團轉，像猛虎一次次撞著籠子。他閱讀，大量閱讀。他仔細查找有關出海的一切資料，從航海地理到古代歷史。窗外的藍天凍結枯枝，是他每天凝望最多的事物，次數遠超過一切女人。

他不去上班了，神情抑鬱，精神卻亢奮。頭髮留長了，鬍子也不刮。菜放在桌上冷掉，形成一層油脂，白膩地包裹著蔬菜。與此同時，他變得清醒。既然一切都是戲，不如釋然。他不再為細節掛懷，心只被天邊牽著。有時候覺得天邊什麼也不會有，有時候卻覺得一切都將在那裡彰顯。所有的帷幕，所有的答案，所有連成一切的圖景，都會在那裡，掛在天上。

他趁父母去上班的時候偷偷溜出去，在城市裡逡巡，悄悄觀察，搜索每個角落的隱祕，像一隻眼睛明亮的狐，出沒在城市的每個裂縫，從尋常裡挖祕密，從垃圾堆裡挖金子。他在牆上貼了《刺客列傳》的插畫，蟄伏於貧寒的仗劍者，像老朋友一樣看著他。

有一天，曾經給他介紹女朋友的同學跑到他家來，見到他的樣子頗為吃驚。

「哎喲，你這是怎麼了？怎麼瘦了這麼多？」

「沒事，沒事。」他擺擺手。

「我來找你，是想諮詢一下，給個建議唄。」老同學用胳膊肘捅捅他，顯出一種調侃的親昵，「別人我不信，你的投資眼光絕對是一流的。我這現在有點閒錢，想投資。你說哪個地段的房子會升值快？」

「不會升值啦。」他說。

「為啥？」老同學趕緊問。

「因為我把房子賣了。」

「啊？這是什麼意思？」

「你難道不懂？」他死死盯住同學的眼睛，想從其中挖出些什麼。

「懂什麼？」老同學嚇一跳。

「你說懂什麼。」他的樣子很神祕，嚇得同學直往後縮。

「你到底在說什麼啊？」

他仔細地審查老同學的眼睛，觀察了好一會兒，略微有點相信了。也許不是每個人都是知情者。他小心翼翼地對同學講了自己的一些疑惑，講自己對於幸運的懷疑，對劇本的推測，對事實的觀察，講他的千般反抗和萬般無法逃離。同學聽得啞然失笑。

「拜託，你能不能正常點？」同學打趣他道，「幸運還不好嗎？我倒是想跟你一樣呢，要是能有錢有姑娘，劇本我也樂意。」

他坐在床上，盤著腿，鄭重其事地搖頭，像是對同學的短視充滿同情。他身體變瘦了，精神矍鑠，頭髮長而凌亂，穿著鬆鬆垮垮的T恤，講話的樣子就像古代荒野裡唱歌的狂士。他一隻手搖著，另一隻手放在膝蓋上，態度嚴肅，沒一點玩笑的意思。「你真的不明白？你以為幸運的人就可以不問緣由？你以為我活到現在、活成現在這個樣子都是無緣無故的？是誰安排了世界，你難道不想知道？一切都是有緣由的。你不信，我可以帶你去看。」

「去……去看什麼？」同學發覺他是認真的，有點被嚇到了。

「你跟我來就是了。」他站起身，換上出門穿的髒兮兮的運動衣，用一隻手招呼同學。出門時他又補了一句：「不問緣由的日子都是不值得過的。」那神態看上去頗為滑稽。

他帶同學來到一座商場大樓的地下室，從一處敞開的垃圾道進入地底。

這不是下水道，也不是停車場。同學心裡膽怯，不知道要跟他去向哪裡。他只是向前走，從一條狹窄的水泥鋪成的通道一路向前，最後突然到達一個出口，走出出口是一個大空洞，只有牆壁邊緣的一條窄邊能夠站人，其餘部分是完全的空和黑。同學向下張望，腳下是深不可測的黑色世界。空間的面積也不可知，一眼望去同樣黑入骨髓。

「這……這是什麼？」同學從未想過地下還有這樣的空洞。

「這是黑洞。」他說：「你看到嗎？掉進來了，掉進來了。」

同學順著他的手指儘量去看，可是怎麼拚命睜大眼睛也看不到他說的掉進來了指什麼。他對黑色空洞比畫著，異常興奮，手指晃動，彷彿那裡有煙花一樣的流火，可是同學什麼也看不到，只能看見無邊無際吞噬一切的、幽幽彷彿顫抖的黑。

接著他又帶同學去看光。穿過另一條彎彎曲曲狹窄的水泥走廊，到了另一個巨大空間。空間不再是黑暗的，而是充滿了光。起初是模模糊糊彌漫的一片，漸漸盛大而洶湧了，這時突然一道領頭的光穿透空間，所有其餘的光就像瘋了一樣，迅速跟隨領頭光芒的顏色方向，萬千光點匯成盲目奔湧的光潮，向一個方向席捲而去。光潮澎湃浩大，帶著冷靜尖銳的決絕，撲向空間的一邊，又在無聲無息中歸於湮滅，消弭於無形。

「你看到了嗎？」他指著那光芒對同學說：「這就是我為什麼幸運啊。我之所以幸運，就是因為被這浪頭沖著走啊。」

「……那又怎樣？」

「我要逃離這一切。」

「你別想不開啊。」同學漸漸穩定下來，呼吸調整均勻，嚴肅認真地說：「你別想太多了。回家好好睡一覺就好了。我不知道什麼劇本不劇本的，我只知道你現在的生活本來好好的，可別把好日子白白扔了。你看你，學歷高，長得帥，家裡有錢，又在大國企上班，投資眼光還高，將來娶個白富美不成問題啊。你說你還有什麼不滿意的？我要是你我天天在家裡笑，管他是誰安排的，給我我就要。什麼逃亡啦，劇本啦，你想太多了，真陷進去就是糊塗啦。這世界哪有那麼多劇本？我勸你趁早別胡思亂想。回去好好睡，然後好好上班，上班一忙就啥事都沒有了。聽我的，啊，走吧走吧，咱回去。你爸媽該擔心了。」

聽了同學的話，他不以為然。此時他已經有了一點瘋癲的跡象，眼睛發著光，陷入自我，完全聽不進去同學的勸誡：「你還不明白嗎？最重要的就是不要趨之若鶩啊。」

他被同學拖回了家。看上去是他帶路，但實際上是同學穩定的精神力量拖他回了家。

又過了幾天，曾經見過的院花也來家裡看望他。她聽同學說了他的事，像很多女孩一樣心下產生了拯救一個人的願望。她帶了一束花，見到他的樣子就哭了。她坐到床頭，還沒問清楚事情，就勸說他要樂觀放鬆，多做運動少想事情。她還委婉表示了來照顧他的心願。

「你別浪費時間了。」他說：「我從來也不喜歡你，更不會因為你來勸阻我就喜歡你。我如果曾有什麼地方讓你誤會，非常抱歉，那不是故意的。」

女孩被他說得完全愣住了。他的態度拒人於千里之外，像是變了一個人。

「我不管你是不是受了導演的指令才接近我，」他自顧自地說：「我都不想去探究了。我不願意做你想像中的那個人了。你也早點死心吧，找個愛你的人比較好。」

女孩被他說哭了，委屈地嚶了一聲跑出門去。

他已經進入了自己的痴狂狀態，一意孤行，就像彈弓上彈出的石子，誰也拉不回來了。

春天，他終於瞅準了一個空檔實行計畫。父母見春光良好就沒有限制他出行。他在海上化凍開封之後第一時間開車去海邊。

在高速公路上他打開窗，心臟狂跳，遮掩不住興奮，大聲叫喚，料峭的風蠻橫地灌進他的脖子，讓他打個哆嗦，耳朵和脖子迅速凍成鐵塊一般冰冷僵硬。貨車在身邊散發柴油味，發動機隆隆的轟鳴聲嘈雜且連綿不休，可他不介意。他快活極了，喲吼，他朝貨車喊。

他太過興奮，以至於一條新聞飄進耳朵卻沒有注意：日本發生了地震與海嘯。

他開到海邊，滿心以為這一下就可以自由了，俱樂部老闆卻堵絕了他的期待：地震海嘯之後，所有船隻都不能再出海，警報不知道何時去除。他怔怔發呆，不相信這新聞的真實。怎麼可能呢？怎麼可能這麼巧？一定是編造，有什麼是導演編不出來呢？他不信老闆的話，抓住他的手臂據理力爭。老闆給他聽電台新聞，他很懷疑。電台裡的聲音聽起來幸災樂禍，客觀中帶著恐嚇，冷靜中帶著居高臨下的嘲笑，像在報導外星人入侵地球。他雙手箍住老闆的胳膊，逼他帶自己去找小船，他要出海親自去看看。老闆的眼睛鼓得像崩開的豆子。

第二天，手機一直響，聽筒裡傳出發瘋般焦急的聲音。母親說發生了核洩漏，海上布滿核輻射，一年都不會散去，叫他立刻回家。母親一接到老闆的通知立馬心急火燎地趕過來，路上一直不停地打電話。他心裡升起無名的絕望，溺水，孤立無援，喘不上氣。整個世界用最驚悚的消息阻止他。天邊原本只是一個縹緲的想像，此時卻成了最急切的欲望。

他被母親帶回了家。又一次回家，他心灰意冷，將自己關在房間裡，不與任何人交流。父母每天敲門，將飯擺在他門口，他偶爾吃一點，但吃得很少。母親反復與他溝通無結果，開始給諮詢中心的心理醫師打電話，幫他約診。他在房間裡躺著，在飢餓與困頓中清醒思索。他不明白這一切究竟有什麼意義，追索有什麼意義，欺哄又有什麼意義。進而，他不明白這不斷奔跑的時間有什麼意義，它推著他，向某種他無法預料的未來狂奔。他的日子變得晨昏顛倒，茶飯不思，只想把自己灌醉，在混沌狀態中感受一種無理的愉悅。

心理諮詢師來了，攜帶著電線密密麻麻纏繞的便攜檢測儀。諮詢師面無表情地將儀器在他床邊接好，將探頭在他頭頂探來探去，最後拿出一個大本子。諮詢師不斷詢問他的過往，詢問他受到的傷害和童年的打擊。他不配合，拒絕回答諮詢師的大部分問題，偶爾回答一些，也沒有任何對創痛往事的回憶和受到傷害的痛哭流涕。他不自卑，也沒有戀母情結，諮詢師習慣的分析法大都無法繼續。

「你願意告訴我最近發生了什麼事嗎？任何事情都可以。工作中的壓力、感情的問題。你能想到的都說一說。如果你需要，我可以替你保密。」

他抬頭看了諮詢師一眼：「他們讓你這麼問的？」

「他們？」諮詢師冷漠地搖搖頭，低下頭在記錄卡上速記著，「我不知道你在說什麼。」

他盯著諮詢師，好一會兒說：「看來你是入戲太深了。」

諮詢師因此給他的父母出具了初步判斷意見：頭腦出現輕度譫妄；視覺、聽覺、定向力正常，但是不能正確辨認周圍環境和個體；有幻覺現象發生，睡眠不佳，理解對話有困難。心理原因不詳，未發現嚴重心理創傷。病理原因排除結構性病因，比較有可能的是中毒性或感染性病因，感染源可能是工作環境中的汙染元素。診療建議：在清潔環境徹底放鬆和休息，服用鎮定類藥物改善睡眠，由於病因未明，先實施一療程抗生素治療，服用小劑量奮乃靜、氟呱啶醇，輔以大劑量維生素$B_1$、$B_6$及菸鹼酸。父母異常嚴肅地記下諮詢師的診斷，當天就派人買了藥，又打電話雇了兩個費用高昂的看護到家。他尖聲驚叫，與人對打。可是醫生見他這樣的患者見多了，完全知道怎樣處理。他被電擊，躺倒。他拒絕服藥，看護就幫他父母將藥物加入飲食，用各種方式哄騙。

醫師和看護都不建議他外出。夜晚的時候，看護睡在他的門外，觀察記錄他的作息。他被囚禁了。這種感覺是夜裡的針，幽閉空間恐懼症從內心的角落裡被勾了出來。黑夜裡，他盯著黑暗的屋頂，窗戶上的樹影緩慢而不懈地張牙舞爪。他偷偷吐掉應該吃的安眠藥，緊張和躲避讓他難以入睡。有時又會在夜裡驚叫起來。他陷入了徹骨孤獨，變得更加沉默寡言，偶爾失控地妄言妄語。醫生給他的藥量加大了，他用各種辦法將藥品銷毀掉包。他一個人在屋裡醒著，死死盯著電視，也瞪視著虛空。他被迫吃五、六種藥片，每一種補充他的某種微量元素。藥效發作的時候，他變得遲緩而順從。藥效褪去，他就進入更強烈的虛妄和癲狂。

他清醒的時間越來越少，睡著時嘴邊不斷流出口水。清醒的時候他就一小時一小時地、死死地看著窗外。父母有時候心疼地坐在他的床邊，他看他們的目光充滿離愁。

這樣的日子過了一年有餘。

他終於有機會出門了。第一次機會是受邀參加婚禮，他的老同學和追了很久的院花結婚，邀請他去，他第一次離開家，父親卻全程開車接送，婚禮現場也陪著他。第二次是一樁公事，真正的機會。某個核心調查部門的兩個人打了他的電話，希望約他出門，配合一樁案件調查。他們的身分讓父母不能拒絕，又不好陪同。

他許久以來第一次獨自面對陌生人。陽光打在臉上，顯出皮膚的虛弱冰冷。餐桌對面，兩個黑衣人出示了證件，封皮上有厚重的銀徽。一個人中年，略微矮胖，另一個年輕瘦高。他們點了咖啡，並不多話，繞了幾個圈就達到主題：他最早工作的公司上市了。

「你不知道？」黑衣人說：「是的，你的一百萬股變成了六百萬流通股，你有錢了。」

他張大了嘴。他顫抖起來，難道還沒有結束？

他們想調查他原來的老闆，涉嫌帳目造假和經濟行賄，需要搜集證據。

「你和他在二〇〇九年吃過兩次飯，就在你辭職前後。」他們說：「在那之後你就認購了股份。你們吃飯的時候說過什麼嗎？為什麼當時你會認購？」

「等一下。」他有些警醒，「你們怎麼知道我和他吃過飯？」

「這個你不用管。」

「你們一直跟蹤他？」

「那倒不是。」

「那你們難道是跟蹤我？」他激動起來，「你們是劇組的？平時監視我的嗎？」

「別誤會，別誤會。」黑衣人感到莫名其妙，「沒有監視你，跟你沒關係。我們只是調取了那段時間的公路監視器錄影帶。你別激動。這很正常的，公路監視器哪兒都有。雖然看不到吃飯的鏡頭，但是能看到他約的人開的車。從車牌看出是你。」

他想像那種場景，監視器像被斗篷籠罩的充滿好奇窺探的眼睛，密布在城市每個角落，隨時記錄下他的行蹤，然後輸入到一間陰暗的大屋子，形成一片綠瑩瑩的光，有人守在背後觀察記錄他的每一個動作。他之前的每一次探查、每一次出行、每一次逃跑和每一次尋找都被記了下來。他以為躲開父母就是逃脫了監視。還有哪兒不是劇本範圍。他突然狂躁起來，情緒波動中上升，躥至頂峰，一分鐘也不能安坐，雙手抖動，不能夠控制，只想大喊並狂奔，把身體裡的鬱結噴發出來。

他突然顫抖著，像是發了羊癲瘋，從座上騰地起來，轉身就跑，奔到西餐廳外，大口喘氣，只想發洩，完全沒注意到街上聚集的人和車輛。他左右四下看著，不知道該如果發洩到哪裡。他忽然看到自己的車，想到就是它每天出賣他的行蹤，內心一下子悲憤起來，衝上去就砸。他需要一個通道。

周圍卻擁上來一群人跟著他一起砸。他嚇了一跳，領頭的一個卻似乎很冷靜，招呼後面的人：「對，對，豐田車！」

後面跟隨著很多年輕男人，也有幾個稍微年長，隨著話語蜂擁而上，一起來砸他的車。他們圍住了他，彷彿帶著快感想要宣洩，用盡力氣，用錘子和石頭敲向車窗和車門。他看得完全呆了。他只是用手砸，沒有什麼破壞力。然而他們暴力狂飆，讓他的車子支離破碎。他完全搞不懂情況了，不知道這些人是從哪裡出來的。他只是被簇擁在中間，被內外兩種狂躁擠壓得痛苦萬分。帶頭者把他當作領袖，推他到前面，一邊砸一邊喊，說接下來還要跟著他。「豐田車！就是這個車標！」那人叫著。

他啊的一聲狂喊，用手奮力拍打人群，從人群中脫離，殺出一條血路。

他雙手捂著頭，開始奔跑。他從沒這樣奔跑過。他要逃離所有追蹤者，也要逃離自己。他飛奔著，像是有一隻猛獸背在身上，怎麼都甩不開。身後好像有許多人跟著他，有黑衣人，也有砸車的人。他拚命跑，許多日蟄伏的焦慮在飛快地膨脹，像大病初癒一般重新獲得生機，充斥他的四肢，他必須拚命奔跑，才不會被它們撐破。他要跑，要逃。他仰著頭，挺著胸口沒命地向前衝。他們在追，在喊。他害怕極了，覺得自己無處可逃卻又不得不逃。

他跑了好久，漸漸甩開了所有跟著他的人，轉過一個彎，跳上了一輛計程車，卻不知道要去哪兒。他家在北面，他就指揮著車子一路向南。堵車的時候他非常緊張，似乎周圍隨時會躥出追他的可怕的臉，將他抓回家，將他關起來。好容易跑到了城市裡最繁華的市中心，他叫車子停下，推門下車，下車之後才發現身上沒帶錢。

「我沒帶錢，先走了。」他說。

「啥？耍我啊？」計程車司機拍了一下方向盤。

「我真的很急，不如就算了吧？」

「靠！什麼話？！」

「難道我也需要付錢嗎？」他自嘲又悲涼地說：「錢不都是送到我手上的嗎？」

司機被他氣得語塞：「靠，你以為你誰呀？」

他卻淒然笑了：「不如你來打我吧。」

他的笑更把司機激怒了，以為是在嘲笑他。

「嘿，我說你這小子是怎麼回事？」司機真的下了車，把他拉出車子，狠狠踢了他兩腳，「不給錢還有理了你！」

司機踢他打他，他卻笑得大聲。他也覺得疼，腳尖踢中腰眼的時候他也疼得扭曲了面孔，齜牙咧嘴，可是他還是想笑。司機本來想認個晦氣就完了，看他這樣發瘋，也打起了勁頭，劈哩啪啦只是低頭揍。他到最後還是倔強，一邊氣喘吁吁地叫著疼，一邊仍然想擠出笑容。司機實在惱了，打了他鼻子一拳，上車揚長而去。

他坐在路邊，鼻子流著血。最繁華的大馬路中央，周圍早已圍了一圈人，看他的可憐，也看他的瘋。他內心早已說不清是什麼感覺，疼痛、屈辱、快感和荒唐交纏在一起，又有種特殊的興奮，伴隨著青紫的手臂和紅色的血包裹在他身上，形成一層無比堅實的外殼，隔絕周圍人怪異的目光。他只覺得悲傷，卻不懼怕任何人。

「我高興死了，你們明白嗎？」他向天空喊，眼睛並不看誰，「來吧，你們還有什麼戲，都來吧！」他掃視了一下周圍人，「你們是看戲的嗎？還是你們也是演戲的？」

人們被他的狼狽和瘋樣子逗笑了，知道他是發了癲狂，嗤笑了一下就紛紛走開。有的人湊過來問他是不是喜歡挨揍，要不要再被揍一頓。有女生喜歡表示善意的，給他遞了紙巾。他沒接，紙巾掉在地上。人群三三兩兩散開。他眼睛裡不知為什麼有了眼淚，卻還笑著。

他不知道該向哪裡去，去哪裡似乎都是死路一條。他不想回家，也不想被抓走。他看到路邊一座樓的地下通道，飛奔進去，穿過停車場，躲進了倉庫。在蓋滿灰塵堆滿廢棄雜物的紙箱子後面瑟瑟發抖，躲了一夜，睡著了。

此後人們開始看到一個乞討的瘋子。他不要錢，只要吃的。他充滿恐懼，和誰都不交談，討到吃的之後也不點頭稱謝。他每次只出來一陣子，然後就像躲什麼一樣消失得無影無蹤。倉庫也漸漸容不得他。管倉庫的人每天不得不像抓老鼠一樣抓他，用掃帚把他掃到門外。他在一個晚上躲進了下水道。下水道空洞，放大了細微聲音，他總覺得有腳步的聲音，這感覺像羽毛抓撓著他的後背，讓他不得不逃。他在複雜的管路間穿梭，在老鼠腳邊跑。

他又看見了吸人的黑洞，又看到了盲目的光潮，還看到一片綠瑩瑩的無窮無盡的螢幕，電腦陣列排成的海洋。他被那景象震撼了，想告訴世人。可是地下水管的網路深奧複雜，他跑來跑去，卻在原地繞圈，像是進入了一座出不去的迷宮，也失去了年月。

有一天，他看到地下水管網在融化。起初他以為是自己的幻覺，但是看到不止一處出現同樣的景象，他開始意識到其危險。管道都在融化，金屬逐漸變軟，消融成液體，一滴一滴往下落，落進下水道汩汩的溪流中。有的管道開始斷裂，還沒完全斷開，水已經開始洩漏。他看到老鼠成群結隊向一個方向逃竄，也跟著跑去。

老鼠跑的方向是出口。光亮刺痛了他習慣黑暗的眼睛。那是一個停車庫，一些衣著華貴的人扶老攜幼，裝載上大包小包的行李，帶著緊迫感像是難民一樣正在快速離開。

他於是飛奔著跑回到地面上，大呼小叫著，說災難降臨了，城市在融化，快逃。

「整個世界都在融化！」他聲嘶力竭，焦急得聲音發顫了。

可是他蓬頭垢面，一身汙泥。沒有人理他。

「是真的！地下全是計算陣列，無窮無盡。下水道正在融化，從水管網路開始，都已經軟化了。我不騙你，有錢人和老鼠都已經開始逃命了，我是認真的。你們停下來！」

他伸著雙手，走向路人。路人繞大圈避開他。他的身上散發臭味，沒有人接近他。他是個瘋子，看到的都是幻象，即使有人聽了，也不會有人信。更何況沒人聽。路人和美安詳，相依相偎走過這繁華街巷。老人領著小孩，新婚夫妻手拉著手，客戶在餐廳門口握手告別，時尚漂亮的女孩子拎著幾個購物袋相互聊天。華燈初上，五彩小燈裝點著超市門口。只有他在路中央癲狂，喊叫著一些無意義的言語。人們都知道他是癲狂者。人們和美安樂地散步，沒有人看他，繞過他倒下的身軀時也沒有低頭。

高樓的外表堅固剛硬，沒有一點融化的跡象，人們彷彿永遠和美安樂。

# 雕塑

城市裡的人陸續變成雕塑，人們不知道是為什麼。

起初還當作爆炸性新聞來報導，有無數記者圍在石化了的女人的身邊，按動快門，閃光燈連成炫目的一片。女人張著大嘴，扭曲著臉，一動不動地擺pose。她生前可能不知道自己有一天會受到令所有當紅女明星都嫉妒的超高關注，如果知道，那她在出門前可能會換一件衣服，至少不會穿一件開了線的襯衣，露出裡面劣質內衣次級品的花邊。女人大概有四十五歲，也許有五十歲了，頭髮蓬亂，但看上去鬥志昂揚，至少從她最後留下的吵架的造型看，她的精力是相當旺盛，甚至過剩的。

第二個事例是與女人在同一天變成雕塑、兩個辛勤工作的維持城市街道整齊的人。他們還在跑，手裡的棍棒還舉在頭頂，人就石化了，這讓他們的造型成為獨一無二的動感造型，這在後來幾天的很多事例中都是絕無僅有的，只是當整個城市的大部分人口都陸續石化了，才有更多動感造型出現，奇異程度超過他們。不過這是後話了。他們變成雕塑後，公務機構相當尷尬，他們遮遮掩掩地用絲絨布把兩個人罩起來，裝上一輛三輪拖回到辦公室，不允許記者拍照。他們非常不能理解這件事情的出現。在他們看來，自己這樣的身分應當是免疫的，一個粗俗的婦女當街變成石頭也就罷了，怎麼自己的人也會變成石頭。

當第三、第四件事例出現，媒體的曝光達到了頂峰。人們開始從簡單的獵奇變成了集體的關注。

調查和解釋層出不窮，先是有員警和私家偵探介入其中，立案偵破，從個別變態者利用新科技犯罪喪心病狂，到大規模恐怖勢力試圖製造恐慌分裂國家，再到外國不懷好意者悄悄潛入妄圖破壞我國社會安定，以及私家偵探給出的複雜的圖像——情殺加仇殺：女人的丈夫有了情人，於是將女人害死，而情人的哥哥，也就是維持街道的公務人員試圖教訓男人，也被害死，而第三、第四個死者——一個企業家和一個流浪漢，分別想為死掉的公務人員和女人報仇，因此也無辜受害，而元兇丈夫和他的情人至今逍遙法外。這個故事相比而言最為完整，因此吸引了最多關注的目光，只是到最後，有人查出來女人的前夫幾年前就病死了，這個故事才勉強自圓其說，沒有越來越大地擴張下去。

在員警和偵探之後，站出來發表觀點的是科學家。有關專家從雕塑的材質化驗得出結論：雕塑是普通的碳酸鈣，碳和鈣都是人體具備的元素，因此作案手段應該是某種化學手段，在短時間讓人體材質迅速變質，凝化成石頭，就像滷水點豆腐一樣。這種手段既殘忍又先進，一定是某組織有預謀的破壞活動。警方因此提醒市民，出外一定要結伴出行，不要去人少而僻靜的地方，遇到陌生人靠近一定要主動遠離。滷水點豆腐的比喻把市民嚇壞了，彷彿兇器是像滷水一樣輕巧的一滴，人們不敢出門，不知道兇手會從哪兒出現，有時候雨落在身上都會有人尖叫，以為從天而降的滷水要把自己點成豆腐。人們對陌生人的懷疑達到了前所未有的高度，有時候有人掏錢買東西，小販會撒腿就跑，以為客人掏出的是先進的武器。所有人都拿出了高強度外套作為抵禦。

可是奇怪的是，石化的事例還是一件接一件不斷發生。報紙報導的頻率變低了，當事件的頻率太高，報紙報導不過來，就乾脆放棄了。人們關注這些事情的熱情也不像最初那麼高，比起關注他人的不幸，人們更關心自己的不幸。疑神疑鬼的高度提防蔓延到城市的各個角落，隨時隨地能看到舉著棍棒自衛的人。只有一些好事膽大的少年還搜集每個事件的時間地點，用數列推算規律，並跑到地方以身試法。可是從來沒有準確過。

時間拖得越久，人們的神經越麻木。恐懼也是有時限的。儘管恐懼的峰值幅度隨著時間推移會不斷增加，甚至達到歇斯底里的程度，但持續不斷的日常恐懼卻慢慢被麻木所取代，人們逐漸學會了在恐懼中日常作息，與恐懼和平共處，久而久之，一種絕望的氣息升騰開來，絕望本身就是恐懼與麻木發酵的結果。

石化仍然在上演。有的時候父親正在教訓兒子，說自己當年是怎樣厲害，突然就石化了。有的時候官員正在批改文件，皺了皺眉想了想，剛剛在紙上簽下自己的名字，手還在握著筆就變成了雕塑。還有很多時候人們是在打架中死去的，死掉的人還在張牙舞爪，面目猙獰，四條胳膊相互把對方的臉按成扭曲，嘴裡還罵著對方過世的先祖，兩個人就一起成了雕塑。雕塑將兩個人永遠聯繫在一起，瞬間的仇恨變成永生永世，比任何誓言管用。

在最初的一個月，很少有人注意到，石化的事例都有著共同的特徵。第一個去世的女人是個爽快的人，只是脾氣暴躁，變成雕塑的那天早上，她因為賣紅薯的小販找給她錢太慢而大發雷霆。執行公務的兩個人脾氣倒不暴躁，只是他們當天太想讓街道變得煥然一新，迎接上級領導當天的視察，以至於情緒過於急切，沒能區分街上的垃圾和撿垃圾的人。至於後來的企業家和流浪漢，他們一個下令去拜訪搖搖欲墜的危樓裡最後一戶居民，另一個接受命令去拜訪，結果都在路上石化了，流浪漢手裡還端著本應放到居民門口的一筐腐爛的臭魚。魚是如此之臭，以至於當天的記者都不情願給他拍照。

直到第二個月的末尾，才有人靈機一動，在報紙副刊發表了一篇洋洋灑灑的文章。估計作者也是猜測，因此他的語氣與其說是找到答案，不如說是發表文人式的感慨。當時的猜測已經太多，經檢驗，大半毫無道理，作者因而也不怕猜得不對。他說，從每個人雕塑的面容看，一個最大的特徵就是醜。所有人都在自己最出醜的一刻被固定住了，邪惡的、殘忍的、欺騙的、暴躁的，都在那一瞬間。

文章甫一發表，沒有引起太大轟動，可是轉載陸續變多了，變成雕塑的人也陸續變多了，文章慢慢火了起來。每天都有人突然凝固，人們帶著臉上的憤怒、冷漠、痲木、驚惶、得意，凝固在自己最不願意的那一瞬間。有時人開著車凝固了，車停在路中央，擋住一天的公路。有時人在商場裡凝固了，雕塑摔倒砸向櫃檯，砸出碎玻璃飛濺到空中。

漸漸地，文人的結論被越來越多的人接受了。恐懼重新降臨，只是換了一種形式。從前的恐懼是不知道災難什麼時候會來的恐懼，而現在的恐懼是知道災難一定會來，卻無法阻止的恐懼。人們在內心裡都知道自己總有醜陋的那一瞬間，如果這是上天的懲罰，那麼自己是逃不開的。

在等待的過程中，人們做出各種事。為了抵禦恐懼，要引入更強大的對手。通常是欲望，只有陷入欲望的海洋，才能暫時不想到恐懼的逼近。死去的人越來越多了，城市的三分之一人口在街上在廣場成為永恆的怪物。每天置身其中，穿過雕塑的叢林，對人是一種挑戰，也是一種很刺激的修行。

有的人在最後的時光大吃特吃，吃得滿臉油水，肚皮撐破，躺在地上四腳朝天，仍想著下一頓吃什麼，早已經忘了雕塑的事，最後的樣子也就是吃，雙手從盤子裡抓食物，臉貼近桌子，臉上沾滿了菜汁和米粒，眼睛被撐大的嘴擠成一條細縫，就這樣成為永恆。也有的人在做愛中死去，死在最激情的那一瞬間。兩個人的腿還糾纏在一起，上身分別向後倒去，手互相抓住，讓人乍一看覺得他們很相愛。可是只有看到了他們的眼睛，才會發現他們的表情形同陌路。他們以為在愛裡的人都是美的，因而不會被命運捉住，就不約而同裝作在愛裡。還有的人死在錢裡，他把銀行裡所有的錢取了出來，在身邊堆成了一座山，一邊咧嘴大笑，一邊一點一點化為石頭。他費盡心力才想到這個讓自己保持笑容的辦法，他誤以為一直笑著就不醜。

有女孩想要保持自己的美麗，她想自己一定不會醜，也一定不要醜，更不要留下醜給世人。為了以防萬一，她提早開始每天化妝，保持表情，擺pose，健身，維持身材，穿最漂亮的衣服，端坐在窗前，哪裡也不去，每隔十分鐘看一次鏡子，以確定自己是否漂亮無疑。她等著命運的叩門，可是始終沒有動靜。她起初滿意於自己的策略，但不知為什麼，她心裡擺脫不了不安。她生怕自己有一刻放鬆，一下子被命運趕上，因此神經始終保持緊張。她不斷起身，落座，修飾頭髮，照鏡子，到了最後成為焦慮的來來回回。越關注美麗，她越焦慮。直到最後，她終於失去耐心，對鐘點工人暴躁地發起了脾氣。她自己也不知道為什麼會這樣，只是在失控的瞬間打了鐘點工人的臉。結果就在那一瞬間，她成了石頭。

有人開始做善事，卻在抱起小孤兒朝鏡頭笑的一瞬死去；有的人相互推諉，在鉤心鬥角破解陰謀的聰明中死去；也有的人始終坐在一個人的書房，留下一張烏雲密布的臉。

世界幾乎全部死去了，人們從恐懼進入恐慌，從恐慌進入潰散。人們下意識東奔西跑，可是卻不知道應該跑到哪裡。在逃散和恐慌的洪流中，不安的爭奪越來越多，打架越來越多，暴躁和撒謊也越來越多。餘下的人類越來越少。洪流變成水流，水流最後變成石柱的荒原。到了最後沒有幾個人剩下，有時候兩個活人在石林中撞見，忽然都驚嚇得大叫起來。

在這不斷死亡的世界裡，似乎只有一個人沒有受影響。他是一個退了休的老教授，每天騎一輛破舊的金屬三輪車，拉著鳥籠和花盆慢慢經過大街小巷。他騎得如此慢而平穩，以至於有人偶爾一瞥會以為他已經化為了石頭。可是他始終在移動，臉上也總是波瀾不驚的淡淡的表情，眼觀鼻，鼻觀心，一步一步蹬著。

最初沒幾個人注意到他，他太不顯眼，在人群中彷彿輕易能找到十個八個。可是到了最後，當和他酷似的老頭都化為了石頭，當這個世界上只剩下寥寥無幾的幾個倖存者，充滿恐懼的其他倖存者紛紛湊到老人身邊，仰頭詢問：敬愛的長者啊，您是怎麼能鎮定自若呢？

老頭眼睛都沒怎麼抬，照樣慢慢地蹬著三輪車。這有什麼大不了的呢，他說。

可是您難道不恐懼嗎？倖存者睜大眼睛。您難道不知道一瞬間的醜態就變成永恆了嗎？這難道不令人害怕嗎？

老人還是很平穩，似乎早已知道這個問題，似乎早已等待這個時刻。我早發現了這其中最恐怖的地方，那就是恐懼本身。老人說。人在漫長的等待中雖然可以盡一切努力保持優雅，但是總有自私的那一瞬間，那一瞬間就把什麼醜態都露出來了，背叛、欺凌、逃避、冷漠、殘忍，甚至包括恐懼本身。它總是躲在什麼地方，趁你不備就跳出來將你捉住。人都是自戀的，這就是人性的弱點。庸人不會理解這一點，但歷史就是這樣。人類啊，就是一種可憐的動物。

老人說完，繼續騎車向前走，再也不看他身後幾個可憐的仍然張著嘴的求問者。

他的車悠悠地轉過狹窄的巷口。他側過臉撇了撇後面幾個人，胸膛湧起一種滿意的情緒。他早就知道會有這麼一刻。他的嘴角露出一絲輕蔑的笑。

就在那一瞬間，他化成了石頭。

# 鏡子

## 羞怯

從前有一個小孩，從小有個玩伴叫羞怯。羞怯長得柔柔小小，總是被他揣在口袋裡。沒人的時候，它露出頭來陪他一起看世界，有人的時候，他就把它塞回口袋。他不喜歡讓別人看見它。因為有羞怯的存在，他時常變得情緒化。有時候嘲笑過來找他們玩，不小心觸到羞怯，他便會不自覺地變得憤怒，裝作很厲害，擋在前面，不想讓嘲笑看到羞怯。有時候膽大包天來找他，給他好東西作為誘惑，他本來猶豫不決，但羞怯拉拉他的衣襟，他便會覺得膽大包天的動作極為惡俗，讓人生氣厭惡。

有時候別人也送他其他玩伴，最常見的是恭維，比如父母的朋友常拋給他一兩隻，小小的恭維搖頭晃腦很是喜慶，他從來沒見過它們，覺得生疏，羞怯會拉著他躲到人後，不讓恭維追到。他不知道為什麼它們會來。

後來，他長大了。

他慢慢有了一些恭維做固定玩伴，習慣了，並且發現它們來找他是有原因的。他發現原來是自己了不起才吸引了恭維。起初他還會疑惑，恭維多了，他也就覺得理所應當了。當然他知道，也不完全是因為自己了不起，有時候別人是希望和他交換一些什麼別的，也有的時候，是別人的恭維養得太多，隨便給誰都送幾隻。但他覺得這都不是主要的。主要還是他自己了不起。

他覺得，那是他應得的。

恭維養得多了，家裡的地方就小了。羞怯只有從小那一隻，住不下了，不知道哪一天就不見了。因為羞怯不見了，膽大包天就重新回來找他。他知道和膽大包天一起玩，將來能得到更多小恭維，於是就答應他了。他們開始出雙入對，他覺得這是世界真正的運行規則，以前看著討厭的東西也不那麼討厭了。因為有膽大包天做伴，當嘲笑再來打擾他，他還是會憤怒，但心裡很空，不覺得疼，而是會惱羞成怒地回擊。

後來有一天，他覺得恭維太多了，揚揚得意讓人討厭，於是向人諮詢之後，找到了一個新玩伴，名叫謙虛。他走到哪裡都帶著它，當恭維再來，他就用它象徵性地抵擋一陣。

謙虛和羞怯長得很像，有時候喝醉了酒，他以為它就是從前的羞怯。可是他這個時候腦子已經有點慢了，看不出它們實際的分別。它們長得很像，但絕不是一樣的。

他已經不記得了，當他和羞怯在一起的時候，他看這個世界是高的。而和謙虛在一起的時候，雖然沒告訴別人，但他看這個世界是低的。

他同樣不知道，羞怯走的時候，帶走了他對這個世界的所有美好期許。

# 我的時間

我偷時間為生。我把時間和別的東西打包賣出去，賺取銀子。時間總是不夠用的，因此我只能偷一些。

很多人都在跟我做一樣的事情，只是他們並沒有意識到這一點。他們在無意識中完成這一切，賺了錢但不知道自己是怎麼賺的。因此他們都沒有我賺得多。有的時候我很奇怪他們為什麼看不到最掙錢的東西，他們拿一個裝著廉價首飾的黃金盒子出去賣，把盒子按廉價首飾的價錢賣。只有我知道盒子的價值。沒有一樣東西是真正值錢的，除非綁定某一段時間。

我的生意很簡單，大部分時間只是轉手。我把時間分成很多小塊，按照不同時間段的特質搭配不同的東西。把早上賣給公司老闆，配上一貫的老生常談，搭幾句新鮮事；中午賣給客戶，把早上從老闆那裡收到的隻言片語賣掉，換一頓午飯和一些合作機會；下午則分成幾個部分，一部分賣給我的下屬，和他們討論一下中午得到的合作項目，把合作項目推給他們，這樣就省出了我自己的時間，而他們看到項目閃閃發光的外觀就很高興，毫不猶豫地用自己的時間來換，這樣，在將來的某一天，我就可以把他們的時間連同成果當成我的成果一同賣回給客戶；另一部分下午則賣給任何能替我行銷的人，比如媒體或調研者，跟他們談談我的工作，再裝作慷慨地附送他們一些小道消息，比如中午談來的合作項目，這是非常必要的投資，用一、兩個小時，可以換來將來很多個小時的空閒；最後是晚上，我把晚上精心地分給不同人，通常是很有地位的人，附送的廉價首飾一般是晚飯或娛樂，換來的則是隔天早上能賣給老闆的新鮮事。一天下來，我能用轉手的廉價首飾換來大量寶貴的資源。

在這整個過程中，我知道我真正賣的是什麼。我絕不會為了要某個消息或者某個專案或者某一筆錢而花費過多的時間，那樣的投資是不值得的。只有時間是唯一值錢的東西，我要非常謹慎地投資，用時間獲得時間。我的下屬或者接受我晚餐的人不知道我偷了他們的時間，他們覺得自己賺了，這何樂而不為呢？

所有的一切都進行得很順利，直到有一天，我遇到一個女孩。

她一見面就知道我是誰，並問我手頭有沒有什麼好時間可以賣。我問她幹嘛，她說她有一筆好生意跟我做。每天只要在一個特定場合說幾句謊話，就能得到跟以前忙碌一天一樣的收穫。我起初拒絕了，但這誘惑太大了，用半個小時收穫一天，投資回報率是百分之一千。這太誘人了。掙扎了一個晚上，我終於接受了。

事情到此處急轉直下，我發覺我上了這個女孩的當。我從那時開始每天說謊，越說越順暢，時間越來越多，我越來越富有，直到終於獲得了無限的時間，坐在這個單人囚室裡寫下這篇回憶。直到這時，我才發現我把靈魂賣給了那個女孩。我不知道這是怎麼發生的。我向她索賠，可是她說，從我偷時間的第一天起，我就已經把靈魂賣掉了。

## 回到原點

我生活在井底。有一天，我看到一些國家的名字，於是水流將我帶走了。

我看到的是無意中得到的進出口資料，那張表格上充滿著我不認識的名字。格林伍德。這是什麼國家？它在哪裡？中國對它有四百萬美元的出口。聖露西亞呢？這麼好聽的名字，我還不知道一個國家可以叫這樣的名字，應該是一個殖民地吧。中國對它的出口有七百萬美元。真多啊。都會是些什麼東西呢？聖露西亞上面的人們該不會都是聖女吧？

我拿出一張地圖，先找到萬那杜和尼日，這兩個地方我沒聽過，中國對它們的出口卻有五千萬和兩億美金。真是不可思議，我想，將五千萬美金的商品送到一個我沒有聽說過的奇幻的地方，會不會消失在另一個空間？我繼續尋找地圖。找到塞席爾和斐濟，我之前都不知道它們是島國。送八千萬美金的貨物到一個島上能做什麼呢？又過了很久，我終於找到了聖露西亞，它在加勒比海，非常微小的島嶼，小到在正常的世界地圖上已經無法顯示了。它和其他一系列小島連成一串，有聖克里斯多福、聖露西亞，以及聖文森和格瑞那丁斯群島。真是奇妙，世界上還有這麼小的國家。

就在這時，水流將我帶走了。它從井底的一端沖進來，另一端流出去，我被裹挾在其中。我緊緊地抓著手裡的地圖，生怕找不到回來的路。我如同貨物一般漂流在水上，越漂越遠，水流衝開了泥土和蘆葦的河堤，豁然開朗，帶我從井底一路流淌，從一條蜿蜒的大河漂過，最終進入海洋。

我終於見到了海洋。藍天在四面八方都有，不再是圓形，我還從沒有見過這樣的景象。白雲一小朵一小朵地飄著，其餘的部分都是清澈的碧藍，海平面的盡頭有船的風帆。奇異的是，我竟然不下沉也不擺蕩，就那麼靜靜地飄著。

我終於來到了聖露西亞，然後是聖文森和格瑞那丁斯群島。棕櫚樹美極了，白沙和青綠色的水面讓我心情狂喜，目不暇給。沒有人發現我。我隨著往來進出港口的貨船一起到達岸邊，在花花綠綠的抬上抬下的箱子中漂流，看穿著奇異服飾的各種膚色的人們說著我不懂的語言。有的人拿著槍巡視，有人抽著雪茄聊天，有人在碼頭赤裸上身打架，有人跳舞。水流又繼續流。我離開了小島，順著貨物的航線到了另外的國度，我不知道那些是什麼國家，只見到在海岸邊赤腳踢球的小男孩，在湛藍海灣乘遊艇曬太陽的墨鏡客，在夕陽下站在酒店臨海陽台上的女人，還有熱帶雨林躍出的大魚。我一直跟著水流，耳畔有時傳來水手粗礪的說笑聲，他們似乎講著周遊世界的故事。我也要周遊世界，在每一個小島上印下一個足印。

就在這時，主管來了。我從意念的水流中醒來，回到辦公桌前。電腦上的表格仍然開著，統計局的 logo 提醒著我此時此刻此地的性質。我在辦公室，只在辦公室。

在那之後的很多天，我陷入了痛苦。周遊世界的過程讓我過於懷念，以至於我不能接受同事們說我從未離開的說法。我說我只是回來了，他們言之鑿鑿地說我一中午都沒有離開。我無法同意他們的說法。我是回來了，從世界盡頭回來了。我曾經是一只貨物，旅行到世界各地的貨物。我見過那些世界，聽到過那些語言，因此和他們不一樣。可是他們嘲笑我。

久而久之，我也開始嘲笑我自己。我仍然生活在井底，但是變得抑鬱。我總覺得井底與井底不一樣，它們之間有很長一段路途，怎麼會一樣呢？可是時間久了，我才發覺，有沒有其實沒有分別。

## 鏡子

他的鏡子照出他的孤獨。

他從鏡子裡看到自己的臉，總以為那不是他的臉。每當他剛要譏諷或嘲笑或批評或不關痛癢地鄙視那張臉，忽然發現那是自己，總有一種地震的感覺。他扶著牆，走到沒人的角落，嘔吐，將內臟嘔出來。再抬起頭看鏡子，鏡子裡的臉會和他的內心一樣變得蒼白。

他自認為內心高傲，一種青藍色的高傲，自以為如荷花的出淤泥而不染的高傲。每一次看到四周的人趨之若鶩地追趕一些目標，並把功利的手段掛在嘴邊，他就覺得那實在是世俗，沒有高遠的目光，沒有冰清玉潔。可是當他從鏡子中看到自己的身影，看到自己和那些他以為他鄙視的人一樣的身影，他的高傲會受到巨大打擊，青藍色一下子變成蒼白色，世界失去顏色，內心的大廈土崩瓦解。

第一次遭遇打擊的時候，他正在一個集會中。集會在雲端，他在一群陌生人中間逡巡。陌生人都是高智商的人，將他們的智商疊起來，能疊到月亮。沒有人認識他，但他認識他們。人們都圍著智商最高的人，端著酒杯頌揚。他努力擠到最前面，向被人圍繞的人提問題。他想了深刻的問題，皺著眉頭顯得嚴肅，他克制著沒有褒獎自己，只以專注的尖銳表達聰慧。他以為自己鶴立雞群，能得到與眾不同的優待。他幻想著高智商的人會讚頌地將他挑出來，告訴大家這個少年智慧出眾，聰明絕頂。可是沒有。沒有人高看他一眼，無論是高智商的人還是圍觀的人，沒有人被他打動。他在氣餒中轉身，在廣場上低頭踱步。這時鏡子降臨了。他看到一個小孩在講世界的局勢，周圍是抹著鼻涕玩得一身是土的其他男孩，這個小孩挺著脖子戴著眼鏡，對一個大人講東亞國和歐亞國的戰爭與自己拯救世界的必然性。鏡子的中心砸在他的腦袋上，他在那一瞬間達到了對自己的厭棄，那種厭棄是那麼深，以至於他甚至想把自己整個拋棄掉。他嘔吐，內心變得蒼白。

他每每嘗試控制自己，用真正的理想給自己樹立約束。可是鏡子總是在不經意間降臨。他隱居避世，內心卻不安寧，鏡子映出窺視者的眼睛。他積極做事，希望找別人忽視的角落，鏡子映出走捷徑者的頭頂。他做平凡而不為人知的事，隱隱約約中希望有一天為後世所銘記，鏡子映出自戀者自以為是的嘴角。他嘲笑自己，也嘲笑這個世界，用反面的俗不可耐包裝自己，鏡子映出嘩眾取寵者乖戾的笑。他找不到能讓自己平靜下來的方式，他也不能阻止鏡子到來，它光潔的冰冷讓人毫無辦法。它就是這個世界。他一次次嘔吐，無法與這個世界和解。

終於有一天，他發現讓他震動的是什麼了。他發現鏡子映出的是欲望的結構。欲望，與向欲望的進發。無論這欲望是黃金殿堂還是高空雲端，在鏡子裡都是一樣的。

從那一瞬起，他開始明白他達到最終平靜的唯一的方法：忘掉那個鏡子外的人，忘掉那個人與他之前之後起點與終點的距離，忘掉他的路。

只有這時，鏡子裡的人才會消失。

# 城堡

我保證我曾經努力地嘗試，但還是沒有人相信我的冰淇淋城堡。

我能理解他們，我明白對很多人來說，對於沒有見過的東西，「相信」不是一個前提而是一個結論。而我，什麼也不能證明。

最後一次見到我的冰淇淋城堡，是十五天前的夜裡。

當時我剛參加完俱樂部的新年晚宴，路上下了雪，七彩的小燈在路邊花園的圍欄上一閃一閃，我一個人走回家。倒在沙發裡，微微的酒意讓我半夢半醒，華麗的吊燈、彩帶、觥籌交錯的人群和幽藍的雪影在我眼前重疊在一起，於是，我又看見它了，我的可愛的久違的城堡。在離開我的記憶一〇八天零十三個小時之後，我的冰淇淋城堡終於又回到了我的身邊。

我知道那是夢，所以我沒有像小時候那樣跑上台階，推開粉紅的大門——那是草莓味道——直接奔上樓頂的天台，我知道我只是在夢裡，只是在頭腦的虛幻裡，只是在自己一廂情願的想像裡和它重逢，所以我沒有動，我哪裡也沒有去，我就那麼站著看著它，一直看著，看到眼睛微微發疼，才慢慢地坐到台階上。我不敢出聲，我怕任何大呼小叫都會讓眼前的景象灰飛煙滅，我怕我再把它弄丟了，就像以往的每一次，剩下我一個人睜著眼在漆黑的夜裡。

我見到它的次數越來越少了，每一次的間隔也越來越長，無論我多麼誠心地許願，每天夜裡都還是沉靜一片，我睡得安詳，睡得寂寞。辦公室的男男女女像白天一樣在我的夜裡穿梭，電影看多了，夢裡就還會混雜著大漠風沙和無聲的戰場，有鴿子，也有大海。但唯獨沒有它，沒有我熟悉的乳白色的牆壁，沒有空氣裡的甜美氣息，沒有檸檬裝飾的門框和巧克力豆點綴的窗台，沒有那種席捲一切包裹一切的冰涼感覺。沒有我的生活。

所以，那一夜當我再一次看到它，我發現自己又開始融化了，我慢慢融化到台階上，台階的一半變成了粉紅。

那一晚，我睡了三天三夜。

醒來時，陽光從窗簾的縫隙裡透過來，斜斜地打在木地板上，光影斑駁。我發現自己沒有哭，沒有像從前醒來時那樣悲傷得不能自已。

我靜靜地起身，洗澡梳妝，整理散亂一地的書本，煮咖啡煎雞蛋，心裡想著新年的假期就這麼過去了又該上班了，有沒有什麼約會自己忘記了。

直到把早餐全都端到桌上，在窗邊坐下來，我才忽然想起前夜的夢境，我忽然明白，那是我和它的最後一次相見了。一瞬間，我的手開始發顫，麵包掉到盤子裡，勺子也拿不動，我的腦子裡只剩下清清楚楚的一句話：從今以後，那真的不再是我的生活了。

新年過後的第一個週末，一個新來的男同事請我們幾個去吃哈根達斯。

熱氣騰騰的巧克力火鍋咕嘟咕嘟地翻滾，每個人的表情也都熱氣騰騰，窗玻璃上淡淡的一層霧，讓人看不清街上的雪和街上的寒冷。

火鍋旁邊整整齊齊地擺著一圈冰淇淋球，五顏六色，像極了從前我梳粧檯上鏡子的花邊。我記得那時正中央的一顆也是櫻桃口味，我總是一邊梳頭，一邊忍不住把它吃掉。那個時候我從來都沒有一點遲疑，可是現在我卻有點不忍心動口。我知道，這些雪球畢竟不是我的花邊，吃掉了就沒有了，絕不可能再長出來。

「喂，該你啦！想什麼呢？不專心，受罰受罰！」

我轉過頭，詫異地看著大家笑嘻嘻的臉龐，忽然想起來，我們正在玩「數七」，數錯的要被罰「真心話與大冒險」。

「哎，你也就別選了，直接真心話吧。也省得他們折騰你。」身邊的娜娜用胳膊肘捅了捅我，眼睛一眨一眨，「呵呵，你就老實告訴我們，剛才那麼魂不守舍的，想什麼呢？」

我看了看大家，慢慢地吸了口氣，說：「我在回憶我的冰淇淋城堡，我從前一直住的地方。」說完了，我一個一個看過去，大家似乎沒什麼反應，幾個人都安安靜靜地瞪著眼睛望著我。我也望著他們，心裡有些忐忑不安，我咬了咬嘴唇，很想知道他們的回應。

就這麼過了幾秒鐘，是小希第一個打破僵局。她托著下巴，滿懷期待地看著我，小心翼翼地問：「然後呢？」

「對呀！你這個小鬼，這麼一句話就想混過去嗎？」娜娜也終於忍不住了，「拜託敬業點嘛，編也要編個像樣的故事出來呀！大家說說，她這樣能算數嗎？」

這時候，連一直專心吃雪糕的菲菲都停了下來，揮著小勺子叫道：「等等，娜娜，我們在玩真心話耶，你哪能叫她編個故事呢？你看她那樣子，分明是想到帥哥了嘛，怎麼能讓她隨口編個小童話就算了，不行，一定得說實話！」

她笑嘻嘻地看著我，我只好說：「我說的就是實話呀……」

「唉，」娜娜戳戳我的腦袋，說：「小丫頭思春，不好意思就算了，我們做人厚道點嘛。何況講個故事也挺有意思呀，她平時就愛胡思亂想，滿腦袋鬼點子。」

「切，講故事哪裡有八卦有意思呀……」

接著，幾個人開始熱熱鬧鬧地討論究竟是讓我講故事還是讓我講帥哥，我忽然發覺，其實沒有人關心我說的究竟是不是真話，他們兩方興致勃勃都只是同一個問題：怎麼樣才能讓這個遊戲更有趣。我的心慢慢地沉了下去，我不知道自己究竟該說些什麼。

就在這時，這次請我們出來的新同事阿黃忽然清了清嗓子，說：「其實，小敏不是在編故事，我以前小的時候，就是住在香蕉城堡裡的。」

大家一下子安靜了下來，扭頭看著阿黃。大K捶了一下他的肩膀笑道：「沒事吧你？怎麼又出來一個搗亂的？」

阿黃看起來很鎮定說：「沒騙你們。是真的。不然我為什麼叫阿黃呢？就是紀念我的香蕉呀。」

菲菲終於忍不住了，噗哧一聲笑出聲來：「我們一直以為是紀念你某隻死去的小狗呢！」

大家都笑了。我感激地看著阿黃，心裡說不出的開心，剛好，他也向我這邊看過來，眼睛裡盈滿理解的笑意。

街邊很多小店依然洋溢著新年的幸福，玻璃上雪白的「Happy New Year」彎成大大的月牙，櫥窗裡精心布置出壁爐和沙發，胖嘟嘟的玩具小熊和小豬擠在一起，眼巴巴地看著外面，我不覺看得有些出神。

「你真的很有童心喲。」阿黃在一旁看著我笑道。從哈根達斯出來後，這是他第一次開口，我倆安安靜靜地走了十多分鐘，誰也沒有說話。我很少讓別人送我回家，這條路我一直習慣無聲地前行。

我微微笑了一下：「只是偶爾看看而已。很少買回家的。」

「那，童話電影你很喜歡吧？如果我沒猜錯，你看過提姆波頓的《巧克力冒險工廠》吧？」

「沒有，但聽說是很經典的片子。怎麼忽然想起問這個？」

「噢，其實也沒什麼。只不過覺得，裡面的巧克力城堡很漂亮，應該是你喜歡的。」

「巧克力城堡……」我低頭念著，記在心裡，「正好你提到城堡，再給我說說你的香蕉城堡吧，剛才只匆匆說了個大概，能再多說一些嗎？你為什麼離開你的城堡呢？」

他停下來看著我，表情有點奇怪，讓我覺得自己說錯了什麼。不過，只是一瞬間的事，他很快又開始微笑了，說：「還是你先開始吧。你不是說你住在冰淇淋城堡嗎？說來聽聽吧。」

現在回想起來，那天下午也許不該和阿黃聊那麼久。其實有不少細節都在暗示，他並不是我期待的理想的傾聽對象。

我們隨意找了一家咖啡館，我的心情很好，因為牆壁是我喜歡的蘋果綠色。我說了很多話，印象中，我很久沒有說過那麼多話了。我細細地描述著我的屋簷、我的桌子和天台上開著的那些花兒，我努力回想著塑造它們過程中所有的艱辛，我還在一張小紙片上畫出了幾個階段的我的城堡，畫出每一次大的變形。當筆尖和白紙細細摩擦的時候，我才發現，這一切對於我來說是如此輕而易舉，我甚至不用一絲努力就能喚起最清晰的記憶，這些畫、這些話一直在我的指尖舌尖，等待著一個緩緩流淌的機會。

我失去了我的城堡，我不想連記憶都失去。

阿黃一直饒有興趣地聽著，他說話不多，偶爾插入幾個問題。

「你說你的城堡能隨著你的想法發生變化？」

「當然啦，我的生活有很大一部分就是塑造它呀。難道你的城堡不會變嗎？」

聽了這話，他微微有點臉紅，說：「嗯……是，它是可以變化，但我，沒怎麼想過。」

我沒有再多問，他也沒有再提。他似乎對我們當時的派對很感興趣，於是我講了很多我們一起聚會的事情。我講我的朋友們，講他們的城堡怎樣和我的一起長大，講我用梅子和杏仁做成的屋簷下的鈴鐺，還有我們晚宴時緩緩流動的乳酪地板。我還告訴他關於飛行者的故事，說他們怎樣居無定所，怎樣行為乖張，怎樣來來回回飛越我們的城堡。

「有一次，一個長得特別特別高的人突然出現在我的城堡外面。他說我住的地方太冷了，他要帶給我溫暖，於是他俯下身發出光來，照在我的屋頂上，我的窗簾開始融化，牆角的小花圃也慢慢化成了彩色的小溪。」

「用烤箱烤冰淇淋，這主意不錯。」阿黃故作一本正經地說道。

「開始的時候，我只覺得每天都燦爛得像六月，那些融化的雪糕也很美味。但慢慢地，我的城堡開始拒絕那種溫度，開始停止融化，不再吸收他發出的光芒，於是，一點一點地，我的屋子又變涼了，我又回到了習慣的溫度，我發現，我們真的不在同一個世界裡。」

「嗯。這也正常，冰山總是強烈反射太陽光嘛。看來你的城堡骨架已經凍硬了。」

「對呀，我那個時候也這麼覺得，我想我的城堡可能已經結實了，不太容易再變了。可是，過了不久，一個飛行者落在我的門前，讓我吃了一驚。他在很多年前曾經飛來過一次，當時我的城堡還很小，沒辦法招待他，只在花園裡請他吃了一碗杏仁冰淇淋。臨走時，他說我的圓形的窗戶很漂亮，我很開心，後來特意把門也改裝成圓形的。但很多年都沒再見過他，我以為他早就忘了這個地方。那天他來的時候我正坐在門口畫畫，他就走過來，坐在我旁邊。我問他這些年去了哪裡，他說他一直在繞著圈子飛，就想找到那年吃過的那碗杏仁冰淇淋。他又抬頭望著我的房子，說……」我輕輕趴在桌子上，「他說：原來你也這麼寂寞。當時我的城堡就開始地震，一會兒就坍塌了。」

「這麼劇烈？嗯……有點像微波爐，引起分子內部共振。」

阿黃似乎想笑，但大概是看到我眼睛盯著地面，神色茫然，便沒好意思笑出聲來。

就這麼沉靜了好一會兒，我們誰都沒有開口。最後他終於忍不住了，說：「你平時也經常這樣嗎？對幻想的世界這麼沉浸，情緒這麼投入！」

我一下子回過神來，但好像並沒怎麼聽明白他的問題。我於是問他：「幻想……是什麼意思？你難道不相信我的城堡會一下子塌掉？」

這時阿黃露出一種驚奇的神情，彷彿看到什麼難以置信，他小心翼翼地說：「難道……難道你真的認為你有一座城堡？」

我直直地坐起來：「我現在沒有了，可是我從前真的有呀！你不相信嗎？你不是曾經也擁有一座香蕉城堡？」

「我……你難道沒看出來嗎？我看你坐在那裡，眼淚都要掉出來了，才幫你解圍嘛。」

「那你還裝作關心我的城堡……」

「我以為是你新編的小說，很想聽聽你的構思呀。」

原來是這樣。《巧克力冒險工廠》。受到啟發開始編童話故事。原來一切只是出於好意。我一瞬間感覺全身的力氣都沒有了，我甚至再沒有力氣跟他解釋什麼，我支撐著走出門，拐到旁邊一條窄小的街道，一下子坐到牆角，臉貼在紋理粗糙的石頭牆上，再也不想站起來。

原來，誰也沒有真的明白我在說些什麼。

從那天開始，我終於發現，這個世界上來自城堡的人並不算太多。

以前住在城堡的時候，周圍環繞著形形色色的同樣漂亮的房子，我們總是摘幾朵雲搭在彼此的房子中間，來來往往，清晨一起喝優酪乳。那時我並沒有想到，我們其實如此孤單。

擁有城堡的人總會在城堡裡和城堡外徘徊，每個人都希望把自己的城堡建成全世界最大最美的，但只有一小部分人會真正留下來，用一輩子生命去建造、去修飾。剩下的大部分人，總會因為這樣那樣的理由離開。有些是住得孤單了厭倦了，有些是找到了自認為更重要的事，有些是想去尋找更好的裝飾自己房間的材料，也有些是跟著飛行者去旅行了，當然，還有一些，也許是很大的一部分，是自己也不知道怎麼就離開了。他們在睡夢中被風吹起來，醒來時已經飄到了一片莫名其妙的天空，風很大，他們在空中望不到自己的家，於是落到地上，落到一個陌生而遙遠的地方。這只會發生在人們長大的時候，因為最初的城堡總是很小，房間只有一個，我們自己和牆壁融合在一起，但慢慢地人長大了，而房子總是長得更大，大得像一座宮殿，讓人在自己的家裡也會迷路，晚上找不到熟悉的臥房。很多人走累了就隨便在哪裡睡著了，於是便被夜裡的大風從窗口帶走了，像一顆種子落到異鄉的麥田，從此忘記了城堡，忘記了從前。

「我會守著我的城堡一輩子的。」一個女孩如是說。兩天前，我在街上遇到她，她叫出我的名字，她說她曾經和姐姐一起到我家吃過冰淇淋，她說她一個人出來玩，想帶回去世界上最好吃的餅乾。我於是帶她到我的公寓，請她嘗我自己烤的餅乾。

看著她揚著頭驕傲的樣子，我什麼話都沒有說。有多少人從來沒想過自己有一天會離開城堡呢？在最初的房間裡，我們都以為那就是一輩子。

「我知道很不容易，但我不怕！」她抱著我的絨布小貓，雙腳搭在我沙發的扶手上，一晃一晃。我笑了，我沒有告訴她，其實大部分人都是自己選擇離開的，即便是那些被風送到遠方的人，也是跑得累了，才自己鬆開了扶著欄杆的手，他們知道風會來，儘管不清楚是哪一陣風。

我只是溫和地看著她，問：「你不怕以後只剩下一個人嗎？」

她嘴角翹了起來：「我不怕。我會把我的城堡告訴全世界，然後請大家都來做客！」

我低下頭，慢慢地往麵團裡加上葡萄乾。我儘量讓自己的聲音顯得平穩：「可是，你知道嗎，絕大部分人是看不到你的城堡的，哪怕離得很近也看不到。」

我清楚這一點。再清楚不過了。從前在我的城堡旁邊，住著一個種水果的男孩，他有一片很大很大的果園，裡面長著各種絢爛的散發著誘人香味的果子，葡萄鳳梨木瓜和許許多多我叫不上名字的水果。他有一種讓水果發光的魔力，於是他的果園每天都晶晶亮亮。我總跑到他的果園和他聊天，聽他講小鳥的故事，看他一顆一顆撿起那些閃著光的種子，最後，我總是摘很多水果回去，而這就是為什麼我的冰淇淋總是出了名的美味可口。

可是，他就是看不到我的城堡，無論我多努力地為他形容，無論我怎樣指著果樹背後高聳的閣樓給他看，他都仍是一臉迷惑，似乎連「城堡」這個詞也不知什麼意思。

「也許吧。不過那我也想試試！」小女孩還是滿不在乎地笑著，我知道，她心裡始終覺得我們都太容易妥協，或是太缺乏技巧，才會讓自己離開城堡，孑然一身。她跳起來坐到我的吧檯邊上，雙手支在桌上，托著下巴，說：「不說我了，說說你吧。你當初到底是為什麼走的？姐姐說你的城堡塌了，但你並沒有走，而是在原地坐了三天三夜，是嗎？」

我點點頭：「我當時想走，我想去找那個飛行者，可是，我發現我的城堡還在那裡，儘管殘垣斷瓦，但不少一絲一毫。一瞬間我開始捨不得，我心裡很亂，便去找隔壁果園的男孩說話。他沉默了好久，一直聽我說呀說，直到最後，才走到屋子裡，拿出一個小布包交給我，說是給我的臨別的禮物，還祝我一路順風。」

回憶到了這裡總是會停滯，因為頭腦中總是會不斷重複著他當時那句話：「越是到了最後，就越在乎細節，因為到了最後，就只有細節可以在乎了。」我當時還不明白他說的細節是什麼，對他的話也沒有反應，我只是魂不守舍地回了家，坐在面目全非的城堡上發呆。坍塌的城堡已經徹底安靜下來，安靜得如此自然，彷彿這只是一副新的模樣，一種新的姿態。我呆呆地坐著，一直坐了三天，坐得幾乎融匯成這種靜態的一部分，就彷彿一向如此，也將一直如此。

我一直都沒想起那個小布包，直到第三天下午，偶然間右手一動，將它從身邊的冰塊上一下子碰掉在地，我才忽然意識到它的存在。那一瞬間，小布包散開了，蘋果綠色的布片在風中飛揚開來，一捧五彩繽紛的亮晶晶的珠子散落得到處都是，滾進城堡碎片的每一個縫隙裡。我忽然意識到，那些是種子，是他果園裡的種子，是那些日子裡我們一起撿起來裝進瓶子的種子。

「然後，奇怪的事情發生了。我的城堡開始融化，雪和冰一起融化，所有草莓香蕉芒果和其他各種味道的冰淇淋，起初是一點一點的液滴，慢慢地逐漸匯成一條小溪，到了最後，所有部分都融化了，融成了一整個大湖，而我就漂浮在湖心上方，隨著波紋一起一伏。小布片就落在我的手邊，我撿起來，看到裡面有兩行字：我看不到你的城堡，我要去尋找一座城堡。當時，我哭了。」

「於是你就離開了？你想找到他？」

「沒錯，我想找到他。我想告訴他，我的城堡融化了，消失了，所以他不用再找了。」

「那你一直沒找到他？」

「沒有。也許我們就這麼走散了。」

「那你也不後悔？」

後悔嗎？我沒有馬上回答她，事實上，這個問題我也無數次問過自己。每次夜裡夢到我的城堡，醒來都會覺得恍如隔世，沒有什麼人會對我的話產生回應，我上路的時候並不知道會如此孤獨。我不能否認，我真的想念過去的那些日子，天上的日子，雲裡的日子。

我打開水龍頭，水流靜靜地衝擊著我的雙手，清涼而溫柔。

「你知道嗎，生活在城堡裡的人並不多，所以，你要珍惜。我想你明白。也許會寂寞，但足以值得驕傲。」我停下來，抬起頭看著她的眼睛，「只不過……只不過，有的時候，你會清楚地知道，是該離開的時候了。沒有什麼理由，只是在那一剎那，你會覺得，自己曾經的執著，將不再是今後的執著了。在這個過程中，沒有什麼後悔可言，因為一切都是自然而然，該發生的，就發生了。」

我沒有告訴她具體的事情，我沒有告訴她，那晚在湖裡，我發現，冰淇淋一旦融化，會化成眼淚。我沒有說是因為我知道她不會遇到這樣的事情，她的城堡是餅乾而不是冰淇淋。而且，我同樣知道，她一定會遇到各種各樣其他的故事，她和她的城堡一起成長的故事，那個時候，她會明白我在說些什麼。

她在我家住了兩天，我們聊了很多人，很多事。

臨走時，她忽然說：「有一件事忘了告訴你。」她頓了頓，故意笑得很神祕，「我曾在路上看到一座沒有人看管的園子，綠樹成蔭，樹上結滿了水果和冰淇淋，你想不想去見一見？」

# 我們的房子會衰變

剛住進來的時候，我們的牆是鐳，屋頂是鉈。弄清楚這一點不太容易——在這個階段，材料灰不溜秋，看上去都差不多——但弄個清楚卻絕對有用處。如果誰家的地板是　，那大家都得小心，我們會把自己的房子開得遠一些，以免他家彈出的中子打在我們牆上。鄰里和睦當然重要，但有了危險，誰都會像沙漠裡的鴕鳥。

在那樣的房子裡住著的人也都非常小心，不敢燒開水，燒了開水也不敢把杯子掉在地上，一不小心把杯子掉在地上也不敢大聲尖叫。我就親眼看到過一個房子，在一陣轟隆隆之後，鏈式反應三十秒就完成了，Oh，Bang，房子就沒了，房客們沮喪地坐在地上，收拾行囊。

最開始的幾天什麼都得小心，我們不工作，每天打撲克，臨睡前打賭第二天房子的模樣。誰也不知道每次衰變什麼時候發生，也不知道會衰變成什麼，所以這樣的猜測成為生活中最大的樂趣。

很多人家都會經歷金的階段，所以金被認為最平庸，鉈會稍微好一點，而誰家要是一覺醒來發現四面全都是鉛，那就大聲樂吧，隨便掰一個欄杆下來，就能做好多戒指賣給愛漂亮的小姐們。

最不幸的是房子一不小心衰變成汞，還沒睡醒就發現自己躺到了大地上，房子變得亮晶晶，流得到處都是。

接下來的一段時間通常生活最幸福，不管是錫、銀、還是砷，住起來都挺舒服。然後大部分房子都會成為銅或者鐵，當然還有少數會是鋅和鈷，不過總體說來是沒什麼區別的。這個金屬階段會持續很長時間，好像房子們自己也很愉快，不願意再抽瘋了似的。

在這些房子裡做飯時間不能太久，時常能聽到這樣的叫喚：「安娜，你快關上爐子，我牆上的畫框開始融化啦！」

住在這些房子裡，冬天不太好過。那個時候最重要的是把床推到屋子中央，以免睡夢中不小心把手貼到牆上，第二天早上揭不下來。另外，這樣做還有一個好處：可以避免臨睡前脫毛衣的時候碰到牆壁，一下子把室友電醒過來。

過了這段時間就要小心了。每個人都會認認真真做好準備。

房子的大部分結構會變成鈣、硫、鋁之類，卻總有一小部分變成氯。有時是窗框，有時是門廊。這些部分通常不會飛走，而是把空氣裡的小水滴吸引過來，變成黃綠色的水膜，維持應有的造型。

有的人還為此感到高興，他們哪知道這樣的後果。只有當晚上夜深人靜躺在床上的時候，聽到持續不斷的咕咕嘟嘟的聲音才會猛然警醒，感到害怕。這是一種像慢性胃炎一樣折磨人神經的過程，你永遠猜不出那些鎂會在什麼時候反應光，但又情不自禁地去猜測，感到危機，幻想著正面牆壁正在一點點消融，這感覺讓人無法入睡。

不過，其實沒有什麼好怕的。對整個生活了然於胸的人就不會有這種焦慮。他們知道一切都是早晚的事，所有的房子早晚都會化成氣體，飛散空中，不用這種方式，就用另一種。

即使有的房子還會變成鈉、碳或是鋰，也不過是延緩了結局，延緩幾天而已。最後還是都會衰變成氣體，變成氧氣、氟氣、氮氣、氫氣。

我們的房子會衰變，只有這一條才是可靠的。

從某種程度上講，看這過程發生本身就是件有趣的事。看那宏偉的堅固的怎樣變成輕飄飄的無影無形的。最後的幾天，很多人都喜歡安安靜靜地坐著，等著看自己怎樣撲通一下子重新回到土地上。撲通。一屁股坐到地上。啊喲大叫，再哈哈大笑。

然後我們再去排隊，等著分到下一所房子，等著整個過程迴圈，以不同的方式和樣貌。過程都是相仿，唯一不一樣的是自己。只有經歷過一兩回，我們才會對任何一個階段本身不那麼認真。

唯一稀奇的事情就是大地不會衰變。我們的房子塌了，我們卻沒有掉進虛空，只是 Oh，Bang，然後揉揉屁股，人還活著。

為什麼呢？為什麼我們的大地不衰變？

# 祖母家的夏天

「他默默地凝思著，成了他的命定劫數的一連串沒有聯繫的動作，正是他自己創造的。」

經歷過這個夏天，我終於開始明白卡繆說薛西弗斯的話。

我從來沒有像現在這樣看待過「命運」這個詞。以前的我一直以為，命運要麼是已經被設定好只等我們遵循，要麼是根本不存在需要我們自行規劃。

我沒想過還有其他可能。

## A

八月，我來到郊外的祖母家，躲避喧囂就像牛頓躲避瘟疫。我什麼都不想，只想要一個安靜的夏天。

車子開出城市，行駛在煙塵漫捲的公路。我把又大又空的背包塞在座位底下，斜靠著窗戶。

其實我試圖逃避的事很簡單，大學延期畢業，跟女朋友分手，再加上一點點對任何事都提不起興趣的倦怠。除了最後一條讓我有點恐慌以外，一切都沒什麼大不了的。我不喜歡哭天喊地。

媽媽很贊同，她說找個地方好好整理心情，重整旗鼓。她以為我很痛苦，但其實不是。只是我沒辦法向她解釋清楚。

祖母家在山腳下，一座二層小別墅，紅色屋頂藏在濃密的樹叢裡。木門上掛著一塊小黑板，上面寫著一行字：「戰戰，我去買些東西，門沒鎖，你來了就自己進去吧。冰箱裡有吃的。」

我試著拉了拉門把手，沒拉動，轉也轉不動，加了一點力也還是不行。我只好在台階上坐下來等。

奶奶真是老糊塗了，我想，準是出門時順手鎖上了自己都不記得。

祖父去世得早，祖母退休以後一直住在這裡，爸爸媽媽想給她在城裡買房子，她卻執意不肯。祖母說自己獨來獨往慣了，不喜歡城裡的吵鬧。

祖母一直是大學老師，頭腦身體都還好，於是爸爸也就答應了。我們常說來這裡度假日，但不是爸爸要開會，就是我自己和同學聚會走不開。

不知道奶奶一個人能不能照顧好自己，我坐在台階上暗暗地想。

傍晚的時候，祖母終於回來了，她遠遠看到我就加快了步子，微笑著問：「戰戰，幾點來的？怎麼不進屋？」

我拍拍屁股站起身來，祖母走上台階，把大包小包都交到右手，同時用左手推門軸那一側——就是及閘把手相反的那一側——結果門就那麼輕描淡寫地開了。祖母先進去，給我拉著門。

我的臉微微有點發紅，連忙跟了進去。看來自己之前是多慮了。

夜晚降臨。郊外的夜寂靜無聲，只有月亮照著樹影婆娑。

祖母很快做好了飯，濃郁的牛肉香充滿小屋，讓顛簸了一天的我食指大動。

「戰戰，替我到廚房把沙拉醬拿來。」祖母小心翼翼地把蘑菇蛋羹擺上桌子。

祖母的廚房大而色彩柔和，爐子上面燒著湯，熱氣氤氳。

我拉開冰箱，卻大驚失色：冰箱裡是烤盤，四壁已經烤得紅通通，一排蘋果派正在撲撲地起酥，奶油和蜂蜜的甜香味撲面而來。

原來這是烤箱。我連忙關門。

那麼冰箱是哪一個呢？我轉過身，爐子下面有一個鑲玻璃的鐵門，我原本以為那是烤箱。我走過去，拉開，發現那是洗碗機。

於是我拉開洗碗機，發現是淨水器；拉開淨水器，發現是垃圾桶；打開垃圾桶，發現裡面乾淨整齊地擺滿了各種ＣＤ。

最後我才發現，原來窗戶底下的暖氣——我最初以為是暖氣的條紋櫃——裡面才是冰箱。我找到沙拉醬，特意打開聞了聞，生怕其中裝著的是煉乳，確認沒有問題，才回到客廳。

祖母已經擺好了碗筷，我一坐下就開始狼吞虎嚥。

# B

接下來的幾天，我一直在為認清東西而努力奮鬥。

祖母家幾乎沒有幾樣東西能和它們通常的外表對應，咖啡壺是筆筒，筆筒是打火機，打火機是手電筒，手電筒是果醬瓶。

最後一條讓我吃了點苦頭。當時是半夜，我起床去廁所，隨手抓起客廳裡的手電筒，結果抓了一手果醬，黑暗中黏黏溼溼，嚇得我睡意全無。待我弄明白原委，第一念頭就是去拿衛生紙，然而衛生紙盒裡面是白糖；我想去開燈，誰知檯燈是假的，開關原來是老鼠夾。

只聽「啪」的一聲，我陷入了尷尬的境地：左手是果醬沾白糖，右手是塗著乳酪的檯燈。

「奶奶！」我喚了一聲，但沒有回答。我只好舉著兩隻手上樓。她的臥室黑著燈，檸檬黃色的光從走廊盡頭的一個小房間透出來。

「奶奶？」我在房間外試探著喚了一聲。

一陣細碎的桌椅聲之後，祖母出現在門口。她看到我的樣子，一下子笑了，說：「這邊來吧。」

房間很大，燈光很明亮，我的眼睛適應了一會兒才看清這是一個實驗室。

祖母從一個小抽屜裡拿出一把形狀怪異的小鑰匙，將我從檯燈老鼠夾裡解放出來，我舔舔手指，乳酪味依然香氣撲鼻。

「您這麼晚了還在做實驗？」我忍不住問。

「做細菌群落繁衍，每個小時都要做紀錄。」祖母微微笑著，把我領到一個乳白色的檯面前。檯面上整齊地擺放著一排圓圓的培養皿，每一個裡面都有一層半透明的乳膏似的東西。

「這是……牛肉蛋白腖嗎？」我在學校做過類似實驗。

祖母點點頭，說：「我在觀察轉位子在細菌裡的活動。」

「轉位子？」

祖母打開靠邊的一個培養皿，拿在手上：「就是一些基因小片段，能編碼反轉錄酶，可以在ＤＮＡ間遊走，脫離或整合。我想利用它們把一些人工的抗藥基因整合進去。」

說著，祖母又把蓋子蓋上：「但不知道能不能成功。這個是接觸空氣的乾燥環境，旁邊那個是糖水浸潤，再旁邊一個注入了額外的ＡＴＰ。」

我學著她的樣子打開最靠近的一個培養皿，問：「那這裡面是什麼條件呢？」

我把沾了乳酪的手指在上面點了點，我知道足夠的營養物質可以促進細胞繁衍，從而促進基因整合。

「戰戰！」祖母遲疑了一下，說：「那個是對照，隔絕了一切外加條件的空白組。」

我總是這樣，做事想當然，而且漫不經心。

靜靜和我吵架的時候，曾經說我做事莫名其妙，考慮不周，太不成熟。我想她是對的。儘管她是指我總忘掉應該給她打電話，但我明白，我的問題絕不僅是這一件事。靜靜是一個有無數計畫而且每一個都能穩妥執行的人，而我恰好相反。我所有的計畫執行起來都會出錯，就像麵包片掉在地上且一定是奶油落地。

由於缺少了對照，祖母的這一組實驗只能重做。雖然理論上還可以繼續觀察，但不能用來發表正式結果了。

我很惶恐，不知道該做些什麼。但祖母卻似乎並沒有生氣。

「沒關係，」祖母說：「我剛好缺少一組膽固醇環境。」

然後祖母就真的用馬克筆在培養皿外面做了記號，繼續觀察。

## C

第二天早上，祖母熬了甜香的桂花粥，郊外的清晨陽光明媚，四下裡只聽見鳥的聲音。

祖母問我這幾天有什麼計畫。我說沒有。這是真話。如果說我有什麼想做的，那就是想想我想做什麼。

「你媽媽說你延畢的問題是因為英語，怎麼會呢？你轉系以前不就是在英語系嗎？英語應該挺好的呀。」

「四級沒考，忘了時間。」我咕噥著說：「大三忘了報名，大四忘了考試日期。」

我低著頭喝粥，用三明治把嘴塞滿。

我的確不怕考英語，但可能這也是為什麼自己壓根沒上心。至於轉系，現在想想可能也是個錯誤。轉到環境系卻發現自己不太熱衷環境，大三跑去學了些硬體技術，還聽了一年生物系的課，然而結果就是現在：什麼都學了，卻又好像什麼都沒學。

祖母又給我切了半片培根，問：「那你來以前，媽媽怎麼說？」

「沒說什麼。就是讓我在這兒安靜安靜，有空就念點經濟學的書。」

「你媽媽想讓你學經濟？」

「嗯，她說將來不管進什麼公司，懂點經濟學也總有幫助。」

媽媽的邏輯是定好一個目標然後需要什麼就學什麼。然而這對我來說正是最缺乏的。我定下的大目標總是過不了幾天就被自己否定，於是手頭的事就沒了動力。

「你也不用太擔心以後。」祖母見我吃完，開始收拾桌子，「就好像鼻子不是為了戴眼鏡才長出來。」

這話靜靜也說過。「鼻子可是為了呼吸才長的。」她說上帝把我們每個人塑造成了獨特的形狀，所以我們不要在乎別人的觀念，而是應該堅持自己的個性。所以靜靜出國了，很適合她。然而，這也同樣是我所缺乏的，我從來就沒聽見上帝把我的個性告訴我。

收拾餐桌的時候我心不在焉，鍋裡剩下的粥都灑在了地上。我的臉一下子燙了起來。

「沒關係，沒關係。」祖母接過我手裡的鍋，拿來拖把。

「……流到牆角了，不好擦吧？您有擦地的抹布嗎？我來吧。」我訕訕地說。

我想起媽媽每次蹲在牆邊細心擦拭的樣子。我家非常非常乾淨，媽媽最反感我這樣的毛手毛腳。

「真的沒關係。」祖母把餐廳中央擦拭乾淨，「牆邊上的留在那兒就行了。」

她看我一臉茫然，又笑笑說：「我自己就總是不小心，把東西灑得到處都是。所以我在牆邊都鋪了培養基，可以生長真菌的。這樣做實驗就有材料了。」

我到牆邊俯下身看，果然一圈淡綠色的細茸一直延伸，遠遠看著只像是地板的裝飾線。

「其實甜粥最好，說不準能長出蘑菇。」

祖母看我還是呆呆地站著，又加上一句：「這樣吧，你這幾天要是沒什麼特別的事，就幫我一起培養真菌怎麼樣？」

我不假思索地點點頭。

不僅僅是因為自己接連闖禍想要彌補，而更是因為我覺得自己的生活需要一些變化。到目前為止，我的生活基本上支離破碎，我無法讓自己投身於任何一條康莊大道，也規劃不出方向。也許我需要一些機會，甚至是一些突發事件。

# D

祖母很喜歡說一句話：功能是後成的。

祖母否認一切形式的目的論，無論是「萬物有靈」還是「生機論」。她不贊同進化有方向，不喜歡「為了遮擋沙塵，所以眼睛上長出睫毛」這樣的說法，甚至不認為細胞膜是細胞為保護自身而構造的。

「先有了閉合的細胞膜，才有細胞這回事。」祖母說：「還有G蛋白偶聯受體。在眼睛裡是感光的視紫質，在鼻子裡就是嗅覺受體。」

我想這是一種達爾文主義，先變異，再選擇。先有了某種蛋白質，才有了它參與的反應。先有了能被編碼的酶，才有這種酶起作用的器官。

存在先於本質？是這麼說的吧？

在接下來的一個晚上，祖母的實驗傳來好消息：期待中的能被 NTL 試劑染色的蛋白質終於在胞質中出現了。離心機的分子量測定也證實了這一點。轉位子反轉錄成功了。

經過了連續幾天的追蹤和觀察，這樣的結果實在令人長出一口氣。我幫祖母打掃實驗室，問東問西。

「這次整合的究竟是什麼基因呢？」
「自殺信號。」祖母語調一如既往。
「啊？」
祖母俯下身，清掃實驗台下面的碎屑：「其實我這一次主要是希望做癌症治療的研究。你知道，癌細胞就是不死的細胞。」
「這樣啊？」我拿來簸箕，「那麼是不是可以申報專利了？」
祖母搖搖頭：「暫時還不想。」
「為什麼？」
「我還不知道這樣的反轉錄有什麼後續效應。」
「這是什麼意思？」
祖母沒有馬上回答。她把用過的試劑管收拾了，檯面擦乾淨，我繫好垃圾袋，跟著祖母來到樓下的花園裡。
「你大概沒聽說過病毒的起源假說吧？轉位子在細胞裡活動可以促進基因重組，但一旦在細胞之間活動，就可能成為病毒，比如ＨＩＶ。」
夏夜的風溫暖乾燥，但我還是不由得打了個寒噤。
原來病毒是從細胞自身分離出來的，這讓我想起王小波寫的用來殺人的開根號機器。一樣的黑色幽默。
我明白了祖母的態度，只是心裡還隱隱覺得不甘。

「可是，畢竟是能治療癌症的重大技術，您就不怕有其他人搶先註冊嗎？」

祖母搖搖頭：「那有什麼關係呢？」

「砰」，就在這時，一聲悶響從花園的另一側傳來。

我和祖母趕過去，只見一個胖胖的腦袋從薔薇牆上伸了出來，額頭滿是汗珠。

「您好……真是對不起，我想收拾我的花架子，但不小心手滑了，把您家的花砸壞了。」

我低頭一看，一盆菊花摔在地上，花盆四分五裂，地下躺著祖母的杜鵑，同樣慘不忍睹。

「噢，對了，我是新搬來的，以後就和您是鄰居了。」那個胖大叔不住地點頭，「真是太不好意思了，第一天來就給您添麻煩了。」

「沒關係沒關係。」祖母和氣地笑笑。

「對不起啊。明天我一定上門賠您一盆。」

「真的沒關係。我正好可以提取一些葉綠體和花青素。您別介意。」祖母說著，就開始俯身收拾花盆的碎片。

夏夜微涼，我站在院子裡，頭腦有點亂。

我發覺祖母最常說的一個詞就是沒關係。可能很多事情在祖母看來真的沒關係，名也好利也好，自己的財產也好，到了祖母這個階段的確都沒什麼關係了。一切只圖個有趣，自得其樂就夠了。

然而，我暗暗想，我呢？

過了這個夏天我該怎麼樣呢？重新直接回學校，一切和以前一樣，再晃悠一年到畢業？

我知道我不想這樣。

# E

隔天上午，我幫祖母把前一天香消玉殞的花收拾妥當，用丙酮提取了葉綠素，祖母興致勃勃地為自己已然龐大的實驗隊伍又增加了新的成員。

整個上午我都在心理鬥爭，臨近中午時終於做出個決定。我想，無論如何，先去專利局問問再說。剛好下午隔壁的胖大叔來家裡賠禮道歉，我於是瞅個空子一個人跑了出來。

專利局的位置在網站上說明得很清楚，很好找。四層樓莊嚴而不張揚，大廳清靜明亮，一個清秀的女孩子坐在服務台看書。

「你，你好。我想申報專利。」

她抬起頭笑笑：「你好。請到那邊填一張表。請問是什麼項目？」

「呃，生物抗癌因數。」

「那就到三號廳，生物化學辦公室。」她用手指了指右側。我轉身時，她自言自語地加上一句：「奇怪了，今天怎麼這麼多報抗癌因數的？」

聽了這話，我立刻回頭：「怎麼，剛才還有嗎？」

「嗯，上午剛來一個大叔。」

我心裡咯噔一下。隱隱覺得情況不太對。

「那你知道是什麼技術嗎？」

「這我就不太清楚了。」

「是一種藥還是什麼？」

「哎，我就是在這兒打工的學生，不管審技術。你自己進去問吧。」說著，女孩又把頭低下，寫寫畫畫。

我探過頭一看，是一本英語詞彙，就套近乎地說：「你也在背單詞呀？我也是。」

「哦？你是大學生？」她抬起頭，好奇地打量我，「那就有專利了？不簡單呀。」

「嗯……不是，」我有點臉紅，「我給導師打聽的。你還記不記得上午那位大叔長什麼樣？我怕是我的導師來過了。」

「嗯……個子不高，有點胖，有一點禿頂，好像穿黃色。其他我也想不起來了。」

果然。怪不得我出門的時候覺得什麼地方不對了。

當時隔壁的大叔帶來了花，我主動替他搬，而他直接用手推向門軸那一側。第一次來的人決不會這樣。原來如此。前一天晚上肯定不單純是事故。一定是偷聽我們說話才不小心砸到了花。

也虧得他還好意思上門，我想，我一定得趕快告訴奶奶。大概他以為我們不會報專利，也就不會發現了吧。幸虧我來了。

「這就走了呀？」我轉身向門口走去，女孩在背後叫住我，「給你個小冊子吧。專利局的介紹、申請流程、聯繫方式都在上面了。」

我勉強笑了一下，接過來放進口袋，大步流星地走了出去。

# F

當我倉皇奔回家，祖母還是在她的實驗室，安靜地看著顯微鏡，宛如紛亂湍急的河流中一座沉靜的島。

「奶奶……」我忍住自己的氣喘，「他偷了您的培養皿……」

「回來了？去哪兒了，跑了一身土？」祖母抬起頭來，微笑著拍拍我的外衣。

「我去……」我突然頓住，不知道怎麼解釋自己去了專利局，換了口氣，「奶奶，隔壁那個胖子偷了您的培養皿，還申報了專利。」

出乎我的意料，祖母只是笑了一下：「沒關係。我的研究都可以繼續。而且我之前不是也說過，前兩天的實驗很粗糙，根本沒法直接應用的。」

我看著祖母，有點啞然。人真的可以如此淡然嗎？祖母彷彿完全不想考慮智慧財產權經濟效益一類的事情。我偷偷掏出口袋裡的小冊子，攥在手裡，疊了又展開。

「先別管那件事了。先來看這個。」祖母指了指面前的顯微鏡。

我隨意地向裡面瞅了瞅，心不在焉地問：「這是什麼？」

「人工合成的光合細菌。」

我心裡一動，這聽起來很有趣。「怎麼做到的？」

「很簡單，把葉綠體基因反轉錄到細菌裡。很多蛋白質已經表達出來了，不過肯定還有問題。如果能克服，也許可以用作替代能源。」

我聽著祖母平和而歡愉的聲音，忽然有一種奇怪的不真實的感覺。彷彿眼前罩了一層霧，而那聲音來自遠方。我低下頭，小冊子在手裡摩挲。我需要做一個決定。

祖母的話還在繼續：「……你知道，我在地上鋪了很多培養基，我打算繼續改造材料，用房子培養細菌。如果成功了，吃剩的甜粥什麼的都可以有用了。至於發電問題，還是你提醒了我。細胞膜流動性很強，葉綠素反應中心生成的高能電子很難捕捉，不過，添加大量膽固醇小分子以後，膜就基本上可以固定了，理論上講可以用微電極定位……」

祖母的話我並不真能聽進去，只零星地抓到隻言片語。我的腦袋更亂了，只好訕訕地說：「您倒是把我做錯的事又都提醒了一遍呀。」

祖母搖搖頭：「戰戰，我的話你還不明白嗎？」她停下來，看著我的眼睛，「每個時刻都會發生無數偶然的事情，你能在任何一家餐館吃飯，也可能上任何一輛公共汽車，看到任何一個廣告。所有的事件在發生時都沒有對錯之分。它們產生價值的時刻是未來。……」

祖母的聲音聽起來飄飄悠悠，我來不及反應。偶然，時刻，事件的價值，未來，各種詞彙在我腦袋裡盤旋。我想起波赫士的《歧路花園》。我想余准的心情應該和我一樣吧，一個決定在心裡遊移醞釀，而耳邊傳來縹緲的關於神祕的話語……

「……是什麼在做選擇？是延續性。一個蛋白質如果能留下來，那麼它就留下來了，它在歷史中將會有一個位置……所以想讓某一步正確，唯一的方法就是從這一步開始再踏一步……」

我想到我自己，想到鄰居的胖子，想到媽媽和靜靜，想到我之前混亂的四年，想到我的憂鬱與掙扎，想到專利局明亮的大廳。我知道我需要一個機會。

「……所以，如果能利用上，那麼乳酪、灑在地上的粥和折斷的花就都不是壞事了。」

於是我決定了。

# G

在那個夏天之後，我到專利局找了實習。我在小冊子上讀到的。

在那裡找正式工作不太容易，但他們總會找一些在校學生做些零碎工作——還好我沒有畢業。專利局的工作並不難，但每個方向的知識都要有一點——還好我在大學裡漫無目的。

安安——我第一次來這裡遇到的女孩——已經成了我的女朋友。我們的愛情來自一同準備英語考試——還好我沒考過四級。安安說她對我的第一印象是禮貌而羞澀，感覺很好——我沒告訴她那是因為做虧心事心裡緊張——一切都像魔力安排的，就連虧心事都幫了我的忙。

再進一步，我甚至可以說之前的心亂如麻都是好事——如果不是那樣，我不會來到祖母家，而後面的一切也都不會發生。現在看起來，過去的所有事都連成了串。

我知道這不是任何人在安排。沒有命運存在。一切都是我自己的選擇。

這是一種奇怪的感覺：我總以為我們能選擇未來，然而不是，我們真正能選擇的是過去。是我的選擇把幾年前的某一頓午飯挑選出來，成為和其他一千頓午飯不一樣的一頓飯，而同樣也是我的選擇決定了我的大學是錯誤還是正確。

也許，承認事實就叫做聽從自我吧。因為除了已經發生的所有事件的總和，還有什麼是自我呢？

一年過去了，由於心情好，所有工作做得都很好。現在專利局已經願意接受我做正式員工，從秋天開始上班。

我喜歡這裡。我喜歡從四面八方了解零星的知識。而且，我不善於制訂長遠計畫，也不善於執行長遠計畫，而這裡剛好是一個一個案例，不需要長遠計畫。更何況，像愛因斯坦一樣的工作，很酷。

經過一年的反覆試驗和觀察，祖母的抗癌因數和光合牆壁都申請了專利。已經有好幾家大公司表示了興趣。祖母沒有心情和他們談判，我便充當了中間人的重任。幸虧我在專利局。

說到這裡還忘了提，祖母隔壁的胖子根本沒有偷走祖母的抗癌因數培養皿。他自以為找到了恆溫箱，卻不知道那只是普通的壁櫥，真正的恆溫箱看上去是梳妝櫃。

所以你永遠不知道一樣東西真正的用處是什麼，祖母說。原來她早就知道。原來她一直什麼都知道。

# 遺跡守護者

閱讀這篇文字的人啊，我要你們知道，這是我最後的告白和懺悔。我用心靈發誓，在此呈現的是我全部的真誠。

我守護遺跡用盡了一生。

我早上迎著太陽奔跑，看山崖下奔騰的流雲，看天空從赤橙變青白；我白天飛躍冷松和白樺林，看一望無際的草場，看荒無人煙的平原上石柱聳立；我夜晚坐在瞭望塔的屋頂，看銀河氣象萬千，看蒼黑的山脈延伸到無窮遠。

一日復一日，七十年過去了。

這麼多昂貴的證據，塵土
使我們相信難免一死，
陰影與大理石的修辭學
允諾或預示了備受嚮往的

死亡的光榮。[1]

我已經蒼老。儘管試圖延緩，但我還是不可避免地蒼老了。我不再有力氣搬動半人高的銅鼎，也攀登不上碳鋼的穹頂骨架，跋涉得稍微長些就眩暈發昏。是的。我知道我已經蒼老，不再是七十年前那個精力充沛的少年。

離去的日子即將來臨。我的腳步將一點點沉重直到停止，我的血液將一點點黏稠直到不再流淌。我將沉入落葉喬木下褐色的土壤，沉入溪水，沉入大地深處羽翼豐滿的記憶。地球上最後一個人類將要閉上眼睛。

我能看到這一天到來，在七十年前接過手中芒杖的那一刻，我就能看到它到來。我不害怕。死亡只在突然降臨時引起恐慌，我從未恐懼過緩慢而按部就班的程序。我在陽光灑滿葉片的林間將孤獨的王冠戴在頭頂，從此為這使命生存，我知道這一天終將到來。

白色的大殿是六邊形的柱體，六道伸出的走廊通向六座小廳，更細的走廊連著六座瞭望塔，這是一片孤獨的雪花，落在阿爾卑斯小峰的山頂。這是我最終的歸宿。

蒼蒼的墳墓很美，
貧乏的拉丁語和末日的鎖環，

---

1 選自西班牙詩人洛爾加《輓歌》。

大理石與花朵會合，
涼爽如庭院的空地
和歷史數不清的昨天
如今凝滯，唯一。

七十年，我守護著人類的記憶。人的生存多麼脆弱，一百億演員輝煌登場，卻還是無法擺脫死亡賦格響徹舞台。屍體在風中瓦解，瓦解成沉默的灰燼。

沒有人再能繼承我的衣缽，我註定將成為戲劇結束時拉幕的人。這是我唯一的憾事。我只能用盡力氣企盼未來的觀眾，盼他們能從廢棄的劇場中將演出復活，盼我們死去而故事留存。

一切都在瓦解，刻滿文字的石碑，花崗岩立柱，鐳射刻寫的晶片，轟隆隆的電動機。衰變永遠不可阻擋。我可以保護它們到我生命的盡頭，但不能再遠。

唯一能避免瓦解的只有生長，表觀的堅固皆不可靠。森林是我最終的伊甸園，我用十年培養，十年實驗，十年種植，栽下滿山遍野的林木，栽下我僅存的希望和最後的夢想。這是唯一的辦法。

基因裡的程序不斷運行，脈管拼搭的主機板可以歷經風雨。只有樹木，只有細胞間流淌的分子電流，才可能穿過時間的烈焰，將存儲的所有資料——所有屬於人類的記憶，一代代傳承下去。

陽光會維持它們千百年的休眠，電子泵是最原始的沙漏，一個比特一個比特地撥轉時間。樹與樹的根系交織成山林的網，離子傳遞靜默的話。它們排成莊嚴的陣列，無聲運轉，在每個晚霞滿天的黃昏記載時光流逝。直到有一天，直到有人重新踏足這片土壤，將它們貯存的歷史重新開啟，我們的一切才會再次呈現在這顆星球的表面。

夜晚降臨的時候，我坐在大殿前的湖水邊，遠遠望著寬廣如海的闊葉林。夜空下，林葉漆黑一片，起伏如無聲的驚濤駭浪。當未來的探險者闖入大殿，觸動殿堂地面上的圖騰，林木會得到資訊，沉睡的電流將被喚醒，殿前的湖水將蕩起漣漪，瑰麗的文字和圖畫將一一展示在泛起微光的湖面。

那本應是留給發現者的最好的禮物。然而，當發現者到來，當我期盼了一生的發現者在我仍在人世的時候真正到來，我卻沒有將這禮物呈獻。這是我這一生最重要的決定。

在刀與激情中振顫，
在常春藤中沉睡，
唯有生命存在，
空間與時間是它的輪廓，
是心靈的魔法的工具。

在我將那一天講述給你們之前，請允許我說一些那天以前的事情。也許，我是說也許，你們可以明白我的決定。

我思索過很久語言的問題。文明和文明能否交流，是我許多年來一直的困擾。

我曾經試著將人類的語言教給伶俐的狗，然而幾代嘗試，終以失敗告終。我能讓牠們識得「蘋果」和「草」，卻無法解釋更基本的字眼，比如「是」，比如「的」。我並不氣餒，我期待未來的訪客有複雜的邏輯和先進的分析技巧，我想他們既然能穿越宇宙，那麼一定有著很高的智慧。

我不敢說造訪者能理解一切，但我仍相信考古可以重建。我花了極大力氣整理各種詞彙的圖像對應，搜集所有事物的照片，注明從閃米特語到網路符號的每一種人類語言。我將綿長的故事拆分成鏡頭，以最清楚的方式添加注釋說明。即便他們無法理解句子流淌的含義，也仍然可以透過從圖像出發，用他們的眼睛闡釋我們的細節，使不可復原的被復原，使隱藏在物質之後的社會被閱讀，使荒煙蔓草間重新充滿生機勃勃的笑語鶯歌。

我在夜晚總會做一個玄妙的夢。我夢見自己站在一個無限深遠的房間，上下左右都通向遙不可及的未知，唯有眼前是一面清澈如水的會顫動的玻璃，一個男孩站在對面，他有著綠色的頭髮和眼睛，眼神空茫，向我的方向緩緩伸出手來。夢總在此時結束，但我一直認為那是暗示，暗示在將來我們會被異域的人重新開啟。

唯一讓我無法釋懷的是詩歌。我用了三十年，起早貪黑，試圖將偉大的詩句雕刻在山崖和峭壁。然而最終我還是放棄了，我扔掉了手中的鐳射筆。詩是超越邏輯的語言，我可以注解隕星和荊叢，但他們卻怎麼可能了解詞語背後浩瀚的隱喻？我只好將目光收回，長久而專注地注視我雪白的聖殿和廣袤深遠的林木海洋。

這就是遇見他們之前的我的一切。

樹木溫柔的陰影，

載送飛鳥，搖盪枝條的微風，
迷失於其他靈魂的靈魂，
有時候它們停止存在就是一個奇蹟，
不可思議的奇蹟。

他們到來的那一天，天氣異常炎熱，草原上殘留的罌粟和雛菊皺縮著匍匐。我在坡後餵雞，狗在腳邊跑著追逐蝴蝶。我抬起頭擦汗，用拳頭捶鐵板似的後腰。

就在這時，我看到了兩個太陽。

一個是真的，另一個是懸停在半空的巨大火球。它降落得很快，起初只像是一顆明亮的彗星，但幾分鐘之後就成了天空中最醒目耀眼的一團光芒。

那是一個八月的下午，空氣悶熱。我心裡激動，頭腦卻鎮定異常。我沒有把手裡的盆子掉到地上，沒有老淚縱橫，也沒有激動地大喊大叫。我大步跑回神殿，珠光白色的花崗岩反射光芒，柔和，卻比平時更加明亮。

我奔跑上一百八十級台階，氣喘讓人昏厥。我顧不上休息，奔入大廳左側的一號房間，那裡有操控整個建築的控制台。我的手指在顫抖，但是思維很清晰。我聽到線路開始運轉，電動機在地下低聲嗡鳴。大廳六個側面的拱頂緩緩開啟，露出傘骨般的鋼筋，穹頂中央的巨大的藍色球體向四面八方射出光華。殿堂中央變得異常明亮。

我按下揚帆的指令，瞭望塔響起鉸鏈轉動的低聲隆隆，白色碳鋼柱從塔頂慢慢升起。完全延伸之後，鋼柱從中間裂開，白帆張成直徑三十米的倒置的大傘，在雪花每一個側瓣上張揚綻開。一分鐘預熱之後，無線電信號緩緩送出。

我輕輕舒了口氣。

然而，接下來發生的事情，超出我的預期很遠很遠。

我從視窗看到，天空中的火球向我飛來。它在視野裡迅速變大，遠遠超過太陽，讓人無法逼視，只能瞥見邊緣處紅紫的烈焰流轉。三個小小的火球從大火球中飄出來，顏色更偏黃，慢而直地飄向我的神殿。

它們在大廳的穹頂上空停留了一小會兒，彷彿繞著鐳射燈盤旋，接著便逕直飄進來，在光滑如鏡的大理石地上投下三個亮閃閃的影子，將地面的菱紋照射得光華流轉。

我一小步一小步向大廳中央挪過去，仰起頭，在它們下面很遠的地方就感到灼熱撲面。它們並不理會我的接近，而是不停息地朝其中一間收藏室飄了過去。我大驚失色，那一間藏有文藝復興時代的大量油畫。

我躊躇在原地，不知該怎樣把它們趕出來，該直接跟進去，還是該上樓取等離子槍。我還沒來得及做決定，就聽到啪啪的電路損壞的聲音。我看到那三個火球又飄了出來，最前面的一個火球身前，一盞紫外燈懸空飄浮著——收藏室裡，為了殺菌，紫外燈常年點亮。

我一下子傻了，它們動作卻毫不滯留。

它們輕飄地上升，眼看就要飄出穹頂鋼架，然而紫外燈的螢光卻在這個時候突然暗淡下去——離了電路，它支援不了多久。於是火球一下子不動了，宛如巨大的吊燈懸停在空中，一時間大廳裡沒有任何響動，空氣分子都靜止了，只見紫外燈的塑膠外殼開始慢慢融熔。

「啪」——約摸過了三秒，扭曲了形狀的紫外燈跌落到地上，空曠的廳堂中回聲清朗綿延。

我靠在牆上，雙手傳來石壁冰涼的觸感。我明白了，它們就是他們，他們是一種火焰狀的生命，也許不是火焰狀，也許他們有四肢和工具，而我看不到。他們也同樣看不到我，他們只能看見紫外光。

這要好久，可能的話，才會誕生
一個險境中如此真實豐富的安達盧西亞人
我用呻吟之詞歌唱他的優雅，
我記住橄欖樹林的一陣悲風。[2]

我明白了，他們看不到我，也看不到我們這個世界的一切。看不到這座百米高的殿堂，看不到山上的樹林，也看不到我精心雕刻的岩壁。

他們只是被紫外燈所吸引，現在失望了，緩緩地飄飛上半空，馬上就要離去了。

我木然呆立了半晌，直到他們已升得很高，才回過神來。我衝回到總控制室，按下鐳射燈的變頻

---

2 選自西班牙詩人洛爾加《輓歌》。

按鈕，加大功率。藍色光球開始發出紫外鐳射。我的腦中只有一句話：我等這一天等了多少年，不能讓他們就此離開。

這一次，降下來的不僅僅是小火球，整個大火球都緩緩降落了。一米一米，似乎他們也非常小心翼翼，穹頂的球體此時在他們看來已經變成明亮的光源。我緊緊盯著窗口，心臟撞擊胸腔。

大火球降到了只有幾十米的高度，天空被火球照耀成一片金燦，隔著殿堂也能感覺到熱氣流在陽光裡翻轉。我開始口乾舌燥，血液不停上湧。

就在這時，我聞到一絲微微的燒焦的氣味。

如同一盆冰水澆在頭頂，我探出窗外，看到西北瞭望塔上的藤蔓在熱氣中被點燃了——我在那裡養了花，綠蘿繞著羅馬石柱，蜿蜒著爬上瞭望塔頂端。

我愣在原地，彷彿挨了當頭一棒。燃燒的葉片燒著我的心。我突然明白了一件事情：對他們的召喚就意味著對我們的焚毀。他們看不見樹，就像我們看不見氫。想讓他們看到，我們只能燃燒自己，就像氫氣燃燒自己。

我慌忙抬起鐳射燈控制開關，燈滅了。

雙方僵持了很久，綠蘿的葉子散放出一串寂靜的火光，最終熄滅了。他們沒有繼續下降——沒有點燃大片草場。

我的手一直在開關上顫抖，我知道他們若走了，可能就不會再回來，我的有生之年就將無可避免地逝去，也許再過千百年才能有生命到來，也許永遠不會再有。

我的心中從來沒有像那一刻那樣恐慌，我知道這是唯一的機會，然而我別無他法。那些樹木裡貯存著我們全部的榮辱興衰，我是這麼愛著我守護的一切，我不能毀掉它們。

他們離去了，沒有做進一步的試探。在一個近乎完全黑暗的星球表面，大概他們也心含恐懼。我跪倒在控制台前，嗚嗚地哭了，五十年來我第一次哭泣。

當生命熄滅，
空間，時間，死亡隨之而去，
就像光明終止
鏡中的幻影也就消逝
它早已在黃昏黯然失色。

現在我把這一切都寫了下來。我就要死了，我慶倖自己能在寫完之後再死去。

火球人離開之後，我的夢境有了新的內容。夢裡綠色頭髮的男孩伸出手掌，伸向我一直攤開的雙手。就在他的指尖碰觸到我的一剎那，他熔化了。

從那之後我想過很多，我猜想火球人的世界有著很高的溫度，我猜想那樣的世界還有很多很多。

從那一天起，我才意識到可見光波段只是多麼狹窄的隙縫，幾乎不可能剛好有另一種外星生命和我們看到同一個波段。

我開始明白，在我死後，將要丟失的不僅僅是那些玄妙的詩句，而還有那些圖像和圖像的注解，還有樹木交織的陣列，還有那片被我當成螢幕的湖水。誰還能再看到它們呢？即便再有生命到來，他們又能看到什麼呢？契訶夫說：「除了另一種形式的樹，書還能是什麼呢」。至今我才明白，這句話反之亦然。鏡像和原像沒有區別，美麗的詞和詞語背後的指稱，在我死後，將同時灰飛煙滅。

也許早就有生命來過了，也許此時此刻就有中微子生命穿過地球，穿過我寫字的掌心。他們和我們沒有碰觸，他們穿過我們，不感覺到一絲一毫。這樣的猜想第一次給我帶來絕望，在這以前，儘管孤獨地生活了七十年，儘管一步步走向命定的死亡，然而我卻從未在辛勤勞作中感到一絲絕望。

現在，我——最後一個人類——即將合上眼睛。我請求你們的寬恕。原諒我吧，我的祖先們，我想像中的後代們，我幻覺中的遙遠的朋友們，我請求你們寬恕我。

我的頭腦中迴響起那句古老的話：「當太陽最終冷卻，地球變成了冰雪荒漠時，演出將隨意識一塊兒消失。」[3]我將帶著這遺憾離去。

你已長眠，
像大地上所有死者，
沒有人認識你。沒有。而我為你歌唱。
為了子孫我歌唱你的優雅風範。

我用呻吟之詞歌唱你的優雅，
我記住橄欖樹林的一陣悲風。[4]

3 選自薛丁格的《意識是什麼》。
4 選自西班牙詩人洛爾加《輓歌》。

# 山中問答

我們對坐在山頂，風送來遙遠的松濤聲，天地寂然。

當我來到山腳下的時候，已經有三個年輕人坐在地上了。

滿山青翠，小路掩映入林。

時值正午，太陽高懸頭頂，沒有一絲風。三個年輕人分坐在一棵老樹的兩側，都顯得垂頭喪氣。

我走向坐在左邊的年輕人，他面目清朗，髮鬚皆淺金色，穿異族服飾，姿態文雅。我輕聲問他：

「你見到那姑娘了？」

他點點頭：「真的是美麗如同十二月的太陽，我無法形容。」

「那你試過了？沒成功？」

他慘然一笑，嘆了口氣。

我繼續打探道：「那麼，究竟是什麼問題呢？」

年輕人長嘆一聲，說：「是宇宙本質的問題啊！關於真與假，關於一個方程，關於存在與不存在。如果誰能參透這些問題，那就真是最智慧的人了。」

「哦？那你是怎麼回答的？」

「我說既然有意義的量都是可觀測量，那麼存在就是被感知。即便這種感知我們不能理解，但也是值得相信的唯一依據，比如暗能量存在，而乙太不存在。」

「那麼他不滿意嗎？」

「伯爵大人有著更深刻的思考和更廣博的智慧……」

這個時候，坐在右側的一個圓圓臉的少年插話道：「薛員外不是伯爵！」

我看看那個少年，他眉眼飛揚，穿一件寬鬆的棉布袍子，斜靠著樹幹。

我轉回頭問金髮年輕人：「你從遙遠的地方來？」

他點點頭道：「我來自西海，我叫貝克萊。」

我拍拍他的肩膀，他報以微微一笑。然後他站起身，拍打身上的塵土，理好領口和袖口鑲金絲的紐扣，向我們揮揮手，離開了。

我來到右側兩個年輕人面前，問他們：「如果能回答出所有問題，就真的能娶那個姑娘嗎？」

圓臉少年沉著臉答道：「如果你確實『能』的話。」

而另一位年輕人補充說：「不僅僅是姑娘，還有員外的龐大院落和無窮典籍，讓你從此能行走天下，立身揚名。」

我打量這個年輕人，他看起來對自己的儀表頗為在意，髮鬢一絲不亂，一件雲紋寬袖袍雖然素樸，卻穿得十分仔細。

我於是問他們：「請問二位高姓大名？」

圓臉少年搶先回答：「我叫莊周，他叫孔丘，孔仲尼。」

我拱手道：「那麼敢問二位是怎麼回答的？」

二人對視一眼，還是莊周先開口道：「我說真理即大統一，用單一弦模型即可衍生出天下紛繁。要知道，物無非彼，物無非是。其分也，成也；其成也，毀也。凡物無成與毀，複通為一。」

孔丘用鼻子輕聲哼了一聲，但面上仍是不動聲色。他說：「太籠統。太幻想。你可知為何有紛繁？你可知這紛繁如何達到？你可知路徑積分？告訴你，儘管所有道路都是可走的，然而只有疊加在中央的那一條才是正道，此乃『中庸之道』，此乃世間真理。」

「說得好聽！」莊周冷笑一聲，「此路何來？聖人定之？荒謬！要知道世間萬物皆無分別，宇宙最大尺度也是均勻各向同性……」

二人仍在爭論，我悄聲站起身來，略微整理了一下衣襟，朝山路小徑走去。

大塊青石鋪成崎嶇小路，邊角被踩得光滑，細草從石縫中四散滋長。我走得寧靜。行至半山腰，我碰到二位長者。他們身著樣式奇特的白色長袍，沒有袖子，領口寬大低垂。二人頭髮和鬍鬚皆捲曲蓬鬆，鼻梁高聳。

我向二人躬身行禮，打招呼道：「二位也是來嘗試答題的？」

他們點點頭，笑笑說：「小兄弟，祝你好運。」

我見他二人眉眼祥和，神情沉靜，並不像剛經歷失敗，便抱拳躬身道：「敢問二位可曾解得真理？」

一位白袍長者托住我的手臂，搖搖頭說：「沒有，我們都沒成功。」

我略感驚奇：「可以述說一二嗎？」

這位長者微微一笑：「我只給出一個假想的模型，我認為所有的物理量都只是投影。就像有人用火把照亮山洞，在石壁上投下影子。」

「這想法甚為精妙！」我讚嘆道。

而另一位長者點頭道：「的確如此。他叫柏拉圖，比我年輕，卻更有才華。我的想法很簡單，我覺得萬物的表觀特徵都不能說明本質，一個性質只是一次測量，一種聯繫，只代表一個矩陣，而這就是數學，所以我的觀點是，世界的核心是數。」

長者說話的時候，目光炯炯，語調深沉，濃密的鬍子彷彿在燃燒。

柏拉圖挽住他的臂膀，對我說：「畢達哥拉斯太謙虛了。他是我們國度裡最有智慧的人，帶領著一個龐大的學派。」

聞聽此言，我心下敬佩油生，於是又向兩位長者深行一禮，問：「那您二位不遠萬里，來此山中，難道也是為了那美麗的姑娘？」

二位長者慈和地笑了，把寬厚的手掌放在我的肩頭說：「不，小兄弟，我們只想要一座花園，像山頂那座開滿月桂的花園一樣。」

「花園？」我還想再問，但他們已經揮手向山下走去，轉眼就消失在山道拐彎處的密林中，留我一人默默立在路上，只聽遠處鳥鳴風清。

接近山頂的地方出現一座樹葉搭成的拱廊，樹枝從兩側彎向正中，絞纏成半圓形拱頂，墨綠的葉子密密集集，拱廊深而長，看不到盡頭。

我正要探身進去，一個瘦削白皙的年輕人低著頭從中跨步而出。他有著棕色而略顯蓬亂的頭髮，深陷的眼窩，緊閉的嘴唇劃出嚴肅的線條。

看到我，他搖搖頭，眉頭輕蹙。

「裡面是什麼樣子？」我小心翼翼地問。

他沉默了一會兒，說：「無邊星空，上下沒有方向。」

「那主人是什麼樣子？」

他又沉默了一會兒，說：「他和我一樣困惑。」

我端詳著他，他顯得有點憂鬱。「你很困惑？」我問，「你不是來解答問題的嗎？」

「但是我不知道答案。」他說：「我們永遠不能理解『存在』，我們只能知道某一個表像裡的『存在者』而已。然而『存在者』能不能夠表徵『存在』呢？什麼樣的『存在者』才能作為追問的出發點呢？我回答不了。還有，我不知道『無』在哪裡，『無』這個狀態是不是存在，宇宙中究竟有沒有真正的空無──『真空』。這些問題我自己也想尋找答案。」

他的喃喃細語顯得有些不容易理解，但我能理解他眼神中迷茫的求索，那也是我自己長久以來的目光。如果有人能同時見到我們，他一定會覺得我們有幾分神似。

年輕人一邊低著頭思索，一邊默默地向我的身後走去，我叫住他，問：「還沒有問你的名字呢，可以告訴我嗎？」

他從沉浸的思緒中驚醒，蒼白的臉上露出一絲微笑。「海德爾。」他說：「我叫海德爾。很高興遇到你。」

他孤獨地走了，我一個人轉身鑽進樹叢。

拱廊漫長，樹葉從四面八方親吻我的身體。許久才見到亮光的出口，像圓形的光斑投在黑暗的牆上。

我爬出拱廊，面前是一小片空曠的山頂。沒有花園，沒有書籍，沒有美麗的姑娘，也沒有繁星滿天。土地上荒草零落，遙遠的山間白雲繚繞。

一個人坐在一塊巨大的石頭上，臉頰如刀斧鑿刻般線條分明，戴著一副圓圓鏡框的眼鏡，懷抱一張紙、一枝筆，若有所思。他看到我，臉上沒有驚奇。

「你看到了什麼？」他問。

「我看到了我看到的。」我說。

我盤腿坐到他對面的石頭上，雙手交叉著揣進袖子。

他指了指手中的紙，說：「我叫薛丁格，我被我自己的方程困惑了許久。我不知道波函數是什麼，它是不是真實的，它究竟存在不存在。」

「它當然真實存在。」我想我的語調很堅定，「它是獨立於我們感官之外的存在。只不過我們的語言太匱乏，不能找到一個合適的名字。叫函數顯得太抽象了，我寧願強行取一個更實在的名字，叫做道。」

他又問：「可如果它存在，為什麼我們每次測量都不能得到它的真實樣貌？」

「這個自然。」我說：「道可道，非常道。」

「那麼，我們看到的又是什麼？它和我們紛繁複雜的世間萬物究竟有什麼聯繫？」

「道生一，一生二，二生三，三生萬物。」

「你是說三種相互作用？」他恍然地點點頭，「是這樣，引力作用先分離，然後是強作用，然後是電弱作用，這樣就有了各種事物。可是，它本身又是從何而來呢？」

「無中生有。」我緩慢地說：「天下萬物生於有，有生於無。」

「大爆炸……」他輕呼了一聲，便又開始了沉思，「一切是虛無中開始，這又意味著什麼呢？……」他不再作聲，筆桿抵住下巴，眼睛望著山下的遠方。

我們對坐在山頂，風送來遙遠的松濤聲，天地寂然。

我已得到我想要的。不是姑娘，不是典籍，不是花園，不是無邊無際的星空，而是在一個荒蕪的山頂上，有人聽懂我的話。

# 皇帝的風帆

這顆小星球處在星系的邊緣，距星系中心很遠，緯度大約45度，不高也不低，附近的區域很空曠。它半徑不大，重力不強，氣體不少，太陽不暴躁，是個平靜安詳的小地方。它距離其他星球都很遠，所以一直安全、孤立、原生態、資訊閉塞。

請想像一下它的樣子：無邊的漆黑中，一顆綠色的小球，裹在一層白白的雲霧裡。

## （上）

這顆小星球上有二十個國家，宇心國是最大的一個。它的國土面積達到星球表面土地的十九分之一，比其他任何國度都大了一圈，因此國王很自豪，親自修改了國名，並在每一本小學教科書的扉頁上題寫了輝煌燦爛的一行字：我們是最大的國家，我們是宇宙的中心。宇心國的所有小孩子從小就知道，宇宙變化多端，是為了慶祝我們國家的偉大。

宇心國的國王是個熱愛星空的人，因而在他的國度裡，天文學家比哪國都多。他們考究萬年歷史，證明宇心國自古就掌握宇宙的真理。他們撰寫當下的歷史，歌頌宇心國現在依然掌握宇宙的真理。他們還預言未來的歷史，宣稱宇心國能永遠掌握宇宙的真理。其實他們證明的只是宇心國在某個時間比其他十九個國家掌握更多的宇宙知識，但由於他們不討論真理的絕對性和相對性，便把這相對的超過理解為永恆。國王很高興，他接連下令派發了三十艘飛船到太空裡，排成一列，掛起巨幅風帆，繞著星球旋轉，以揚國威。風帆又大又結實，金光燦燦，氣勢恢宏，上面印著一整套國王陛下的寫真，有在草叢裡打兔子的，也有在黃土場上打棒球的，雄姿英發，引人景仰。宇心國的詩人和小說家都熱愛天文，他們都說自己從宇宙中領悟了人生的真諦，受星光照耀，如夢如幻，因此能寫洋洋灑灑萬語千言。宇心國的小孩子更是熱愛天文，他們都夢想自己有一天能登上國王的飛船，踏上征服宇宙的旅途。

只有宇心國的普通百姓不熱愛天文，他們時常納悶，天文和日常生活有啥關係？將來有啥用？他們覺得自己才疏學淺，不懂這麼宏偉的事情，因此雖納悶卻不問，只說自己也熱愛天文，國王英明神武，國運蒸蒸日上。

宇生和飛天自襁褓時相識，兩人今年十八，做兄弟已經做了十七年。他倆從小同班，現在都是宇心國第五高等學院天文專業三年級的學生。

宇生小時候名叫土生，在三歲那年，國王修改國名，於是父親便回應國家宏旨，給他改名叫做宇生。這個名字給他帶來很多困擾，無論走到哪裡，重名都是無限，和飛天一起並列全國十大常見姓名之首。宇生的班上就有三個宇生、四個飛天。

宇生和飛天從小機靈跳脫、不服管教、勇敢衝動、嚮往冒險，兩個人都希望發掘被人遺落的寶藏，尋找世人忘卻的路途，想當大起大落的大人物，不想做小本小利的小買賣。他們的爹娘都是小生意人，淳樸老實，與世無爭，默默奮鬥，相互扶持。

自從上了第五高等學院，宇生和飛天就難得回家。偶爾回來，家裡便像過節一樣，喜氣洋洋，給他們做各種好吃的，接風洗塵。宇生娘和飛天娘總是樂得合不攏嘴，忙前忙後，拉著他倆問長問短。他們去的是國家最光榮的學校最神祕的專業，鄰里街坊早就投來欽羨的眼光。

「天兒，你倒是說說，你們學的在生活裡到底有啥用？平時說得怪神祕的。」

飛天娘好奇又虔誠地問。宇生和飛天在熱騰騰的香氣中狼吞虎嚥，飛天娘顧不上給自己夾菜，只是愛憐地看著他倆。

「沒啥用。」飛天說：「真的。」

宇生笑了，也附和著點點頭。

「瞎說。」宇生娘說：「你倆小孩子懂啥。」

宇生和飛天更笑了。自從他們外出上學，家裡就慢慢形成了這樣一種氣氛：他們的娘覺得他們還是小孩子，閱歷淺，不懂就亂說；而他們覺得他們的娘太迷信權威，聽不懂的東西也瞎信。

宇生娘和飛天娘沒有理解他倆的意思。在宇心國，天文一向是很有用的，自古就很有用。國王是宇宙的國王，命運也是宇宙的命運。糧食歉收了，河流潰堤了，貨幣貶值了，戰爭失敗了，都可以問星星。天文學家們最重要的任務就是把天上的觀測對應到地上。宇生他們要學的課程非常多，包括占卜、釋夢、符號闡釋、色彩、命理、幾何構型學等等等等，還有一點點物理和化學，用各種手段和方法理解天象奇觀與國運興隆的關係。這是涉及到千秋萬載國計民生的大事，意義非凡，理論艱深，一般老百姓沒機會聽也聽不懂。宇生娘和飛天娘並不懷疑這些學問，她們想問的只是這些宏偉的理論怎樣操作到實際。但恰好宇生和飛天不是很乖的學生，他們常常覺得很多理論大而穿鑿，牽強附會，聽起來預言所有人的命運，但實際應用卻問題百出。以他倆叛逆的性子，一點點小懷疑就帶來整體的大否定。因此他們常對人說，哄人的，別太認真了。

在外人看起來，宇心國實在有趣得緊。它一方面最縹緲，一方面又最實際。什麼是實際沒有人定義，但宇心國的人們自動將它作為事情的標準。

國王覺得天文好，因為天文有用；宇生和飛天覺得天文不好，因為他們發現，以為有用的東西其實沒用；宇生和飛天的娘覺得天文好，因為她們相信，即使現在沒用，將來準有用。

就這樣，天文被塞到各個角落，在有用與無用之間，變幻了身影。很少有人真的關心星空實際的模樣。一層白白的雲霧就像虛空裡的搖籃，讓綠色的小球安睡其中，悠然自得。

宇生和飛天沒告訴他們的娘，他們決定偷偷退學。

這一年宇心國經濟大為動盪。先是糧食產量大跌，再是渡渡鳥肉價格大漲。渡渡鳥是這顆星球上人們的主要食物，人們的生活頓時變得困難起來，民間怨聲四起，不安潛伏。面對此種憂患，國王寢食難安，連稱天象不祥，召集數百天文學家，重金懸賞良方對策。

天文學家們難得遇到此種歷史機遇，覺得使命重大，責任深遠，便連夜查閱天象奇觀，連同各種古今資料，融會貫通，從多層次、多角度闡述近來事件所呈現的深遠內涵。學者爭相向國王進獻治國良方，各執一詞，唇槍舌劍。

宇心國的學者自古分為南北兩派，北派主張管制，南派主張減少管制，北派稱自己明理，南派稱自己逍遙。這兩派學術傳統均已悠久，著述均已豐富，人才代代相傳，優劣勢時常逆轉。面對這場難得的歷史考驗，兩派自然均不示弱，各種天象都被拿來分析，闡釋常常分成截然相反的兩種。

宇生和飛天的老師，皇時空博士，是南派的主力之一。他精通古人圖騰符號與現代鍊金學，特別擅長將看似無關的圖像聯繫在一起。他分配給班上每組學生一個題目，給宇生和飛天的題目是「尋找星系中心亮度與渡渡鳥肉價格的相關性」，他說這題目意義重大，要他倆好好做，做好了前途無限。

宇生和飛天面面相覷，幾乎是笑著接下了這個題目。微言大義一向不是他們所長，他們心裡覺得這相關性如果能找到那就是見鬼了。

可是沒想到，他們真的找到了。

宇生和飛天先查找了經濟動盪的最初事件，又搜索了同時期的宇宙射線觀測，發現在這幾次事件之前，都有特別兇猛的大氣極聯簇射，就像空氣中一場場粒子的雪崩，且每一次簇射的來源都指向星系中心。

「老師，這段時間星系中心亮度變化不多……」

「重新查！」

「確實變化不多……」

「不是叫你們重新查嗎？」

「但我們發現奇異事件和從星系中心來的宇宙線有相關……」

「啊？快給我看看！」

皇時空博士博學多聞，有勇有謀，眉頭一皺略經沉吟，便道出了合理的斷言。他說這是宇宙對我們的警告，之前有太多人自以為是，對世間指手畫腳，破壞了人世與上天的自然對應，因此星空顯靈，向我們昭示自大的後果。他說他要向國王陛下慷慨陳詞，發揚自由逍遙，以讓人世重獲宇宙的安寧。

博士說做就做，將災變與粒子射線的相關性總結成圖表，命名為皇—宇—飛定律，裝進口袋，整裝待發，匆匆動身，前往皇宮大舞台。他不準備研究粒子射線的來源，也不準備調查粒子的分布與影響。他說那些太花時間，他可沒那麼悠閒，他需要趕緊為人間除去禍患。

宇生和飛天看著老師的背影，心思百轉。他們此時有很多選擇。他們可以跟著老師為學派奮鬥，也可以埋頭坐下來把這定律的深層原因找出來，還可以什麼都不做等著迎取大獎。但他們哪一條都沒選。他們想，既然鳥肉緊缺是受了宇宙射線攻擊，那麼在事故發生時，星球的側面和背面理應免遭影響。

於是，他們決定去鄰國進口渡渡鳥肉回國倒賣。

「娘，我和飛天可能要出一趟遠門。」

宇生娘正收拾碗筷，聽到這話站直了身子。

「去哪兒呀？」

「去南邊做個考察。」

「啥時走？」

「明兒就走。」

「怎這麼急呢？」宇生娘憂心忡忡地捋了捋頭髮。

「學校的任務。」宇生囫圇著撒謊。

「出門在外，小心點。近來不太平，常有人財迷心竅，趁亂發財。你倆小孩不懂事，別貪便宜，當心讓人騙了。」

宇生不答，和飛天相互看了一眼，閉著嘴笑了。

宇生娘想了想又說：「帶本星圖，選吉祥時辰走，別忘了。」

飛天娘一邊幫宇生娘擦桌子，一邊絮絮叨叨地說：「對，選個吉祥時辰。出遠門，多看看星圖沒壞處。多和別人照應著點，遇著什麼事慢慢來，別跟別人搶。老話說，星挪一分，人挪一寸。」

宇生和飛天笑著點點頭，沒往心裡去。兩個人一夜睡得很美，第二天一早便收拾行囊，揮別家人，搖擺著上路了。

皇時空博士的學說發表後，激起了千般反應。南派以為自己勝券在握，卻沒想到北派看到皇－宇－飛定律之後，不但沒有屈服，反而理直氣壯地說，這宇宙射線既然是神蹟，就是暗示了人間德行的方向，因此不但不應減少管理教化，還應當加強國王領導，主動引領世間貼近宇宙結構。

這一下，爭吵變成一團雜亂。兩派都相信自己述說的才是真理，因而便覺得對方是另有目的。學理之辯上升為道德之疑，北派說南派為一己私利，南派說北派為一己榮譽。雙方越鬧越厲害，矛盾漸漸升級。

這時候的民眾並不知曉這些。他們接觸不到這些高級的宮廷學者。只有一些大眾學者向百姓發表演說，告訴百姓經濟變化與宇宙射線相關，並且大膽推出風雲預測。當是時，星圖的價格連番上漲，許多人搬動屋裡的傢俱，按照最新的版本碼放。另一些人像賭馬一樣買斷某種貨品，期待下一次宇宙線降臨後該物短缺，可以哄抬物價，大撈一筆。

沒人關心宇宙射線的來源。

宇生和飛天在國境處來往連連，事業蒸蒸日上。他們不知道老師那邊發生的狀況，只是自信滿滿，低買高賣，意氣風發，得意揚揚。

一天下午，當他倆剛做了一筆大生意，正蹲在街角數錢，忽然衝上來一群官兵，粗暴蠻橫，不由分說，將他們三下五除二扭了起來。

「抓起來抓起來！就是這兩個！抓起來！」

一個帶頭的小官員飛揚跋扈地大聲喊著。

宇生和飛天大聲喊叫起來，拳打腳踢，試圖掙脫官兵束縛，但官兵的數量有他們十倍，蜂擁著抱緊他倆手腳，用繩子將他們捆了個結實。

「還敢抵抗！罪加一等！」小官員搖頭晃腦地戳著他們腦袋，「禍亂鄉野，擾亂民生，影響經濟，發布歪理邪說！」

宇生還想頑抗，但官兵連連捶打他們的胸口。宇生和飛天「啊啊」地叫喊著，小官員大手一揮，

「拉上車去！」官兵便連推帶搡地將他倆塞進車裡。車馬捲起塵囂，喧嘩而去。街上擠滿了好奇的人們，渡渡鳥們瞪大了眼睛看著。

當晚，宇生和飛天被扔進了大牢。他們只是心底憋氣，抱怨小官員蠻橫，卻不知道這是學派鬥爭漸漸升級的結果。南派和北派近來打得不可開交，北派正愁無處發火，剛好發現他倆所為，便稍加示意，手到擒來，出氣示威，簡單又暢快。

隔天，報紙上的頭版頭條惹人眼目：「天文高材生退學賣鳥肉」，「皇─宇─飛定律發現者大發國難財」……

審判前一晚，宇生和飛天在牢房裡擲硬幣。他們覺得兩個人都犧牲太憋屈了，決定將主要罪責推到一個人身上，另一個人爭取混到出去，十年報仇。兩個人捶著胸脯，說來生還做兄弟，將硬幣拋到半空，像一顆星星飛快旋轉。反面。飛天頂罪。

「生哥，你放心。我不會有事的。」

第二天，經過兩個人堅持不懈的努力，宇生被判服苦役，飛天被扔進重犯牢房，等待進一步審訊。

## （中）

宇生被扔上了太空，一個人駐守在光榮船隊，船隊在宇心國上方華美地漂流。

他的工作是保持清潔，保持三十面巨大風帆的燦爛清潔。風帆印著國王的肖像，展開在漆黑的夜幕，擁抱著無盡的太空。他能做的只有三件事：翻動小螢幕，打開外倉清掃器，在睡房裡上下蹬跳。星海茫茫，船艙寂靜。離群索居，百無聊賴。

宇生每天面對寂寞，看不到盡頭。光榮船隊只需要一個清潔員，有兩個人就可以娛樂、打架、搞陰謀詭計，起不到寂寞殺人的懲戒作用。只有下一個苦刑犯才能換他下去，而他知道這希望純憑運氣。他無聊得很，見不到任何人，也見不到任何怪物，連垃圾都見不到。他翻來覆去地擺弄操縱杆，聽木頭發出吱吱呀呀的呻吟。小螢幕上顯示出艙外的紅色防護袋，左一下右一下，在黑暗的背景中，像一隻困頓的水母。他沒什麼要做的，袋子總是空空如也。船艙四壁嵌著三十幾個大大小小的螢幕，列在舷窗兩側，監測各種輻射和風帆的微小變化。

舷窗外總是星光燦爛，宇生常常趴在視窗，俯瞰地面。

飛天，他在心裡說，你小子死了沒？怎麼還不趕緊顯靈來陪陪你兄弟呢？

一天夜裡，宇生正沉沉地睡著，一陣嘀嘀的叫嚷突然把他鬧醒了。恍惚中他以為是鬧鐘，伸手胡亂拍打，好一會兒才發覺，發聲的是牆上的小螢幕。他翻身爬下床，手忙腳亂地奔到舷窗前。五個波段的電磁信號同時超出探測上限，探測器發出尖細的聲聲預警。

好亮啊，太亮啦，我們的眼睛被晃啦，探測器們像撒嬌的孩子一樣此起彼伏地叫喚。宇生採取了最簡單粗暴的家長態度，啪啪幾下將監視屏都關上，艙內瞬間靜了。

他想回床再睡，可是不知為什麼，心裡有些毛躁的不安。他取出資料紀錄看了看，看不出所以然，只得打開外倉清掃器，習慣性地揮動操縱杆。他說不清為什麼這麼做，只是只有這件事做得熟，比較讓他安心。他沒期待什麼，但出乎他意料的是，小綠燈亮了，一行小字提示，防護袋抓滿東西，需要傾倒。他愣了，即使再不敏感，也知道這不尋常。他連忙按動指令，讓收集艙把這一袋東西安全篩查，送進屋來。

袋子裡是許多金屬質地的小圓片，每個有拳頭那麼大，一側標明號碼，另一側密密麻麻地印著繁密的小字和圖畫。

在七十天之後，宇生將知道這些小圓片的來歷和目的。但在當時他想不了那麼多，只是一陣興奮，知道自己終於有事做了。

他第一次由衷地感謝地面上的天文學：他們國家最傑出的學問就是符號破譯，每艘船上都有一台強大的符號分析機，平時用來分析星象與國王健康的關係，附加功能為語言破譯。宇生將拾到的圓片依次塞入破譯機，一天又一天，從光榮三號，到光榮四號，再到光榮五號。

這一下，宇生終於不寂寞了。他一天天閱讀，沉浸在故事中，被破碎而遙遠的歷史打動，心潮澎湃，悠然入迷。他態度直爽，性子單純，沒把他讀到的故事當作寓言。他並不知道，一切文字都是交流，一切交流都有意圖的傳導。

就在宇生讀到第二十二片的時候，通信器突然響了起來，飛天的笑臉出現在角落的小螢幕裡。

「宇生，宇生，在嗎？」

宇生一下子跳了起來，又驚又喜地衝到螢幕前。

「飛天?!」

「生哥！是我。」

「你小子還活著！」

「什麼話！哪那麼容易就死？」

「怎逃出來的？」

「風水輪流轉！你不知道，皇老師可厲害呢。他找出北派的暗中陰謀，上報國王，國王大怒，下令查案，不但把我們都放了，還給我封了個星空小劍客呢！」

「爽啊！」宇生覺得全身上下毛孔都張開了，「這回可爽了。」

「說起來也好笑，大牢裡那兩個看守是牆頭草，前幾天給我餵豬糧，後來看我揚眉吐氣了，倆人自己捧著豬糧大嚼特嚼，求我饒命……」

宇生笑著，忽然想起來：「怎麼沒人把我放回去？」

飛天想了想：「估計是還沒找到替死鬼。沒事，生哥，你放心，過幾天保證接你下來。我爭取把抓咱倆那小官送上去，看他還敢不敢作威作福！」

聽到這話，不知為什麼，宇生忽然覺得有點擔心。

「別急。看意思局勢還不穩，先照顧自己。我沒事。」

飛天打了個響指，笑著說放心吧，就迅速從螢幕裡消失了，像一顆彗星劃過天空。宇生沒來得及問他娘的情況，也沒來得及告訴他小圓片的事情。他看著重歸平靜的小螢幕，興奮之餘，略有一絲茫然。

宇生的預感是對的。此時地上的形勢並不像飛天說的這麼簡單。皇時空博士是在翻來覆去的變化之後才取得了暫時的優勢。他和同伴們小心翼翼地上書，指責北派在暗中耍花樣，是野心想要吞國。好容易才說動國王，罰了北派，賞了南派。

這些細節宇生可不知道。他聽飛天講地上的新聞，只有結果，沒有緣由。天上靜如止水，他感覺不到地面的紛繁，每天躺在小屋裡，一個人讀傳奇。時間彷彿不流動，窗外是恆久的寧靜星河。

圓片的破譯艱難卻有趣。宇生沒有搜集到所有圓片，儘管來來回回打撈了好幾次，但最終只撿到一萬多片，還有許多是重複的，不能算數。據編號推測，完整的一套至少應有幾萬。因此，他的閱讀是一種想像，像一幅不齊全的拼圖，需要用零星殘片，在頭腦中搭造完整的地圖。圓片的語言很複雜，破譯機工作得很慢。間歇跳過大量詞語，沒有譯出。修辭完全不經斟酌，只有最粗糙的意思流淌出來。

女人生壞掉的孩。男人死掉。更熱。人不懂。祕密遺忘。人減少。

圓片講述了整個行星系統十萬多年的歷史，從繁衍生息到種族遷徙，大起落，無悲喜。那顆星距離星系中心比較近，好像是跟著自己的太陽慢慢向星系中心運行。過程中不停有災禍發生，氣溫越來越熱，但不知為何，星球上的氣候研究卻被廢棄，似乎有一道跨越星空的壁壘被熱風燃燒。

宇生躺在床上，雙腳翹到桌子上，一邊看，一邊遐想，時而拍擊床板拍得手掌生疼，時而雙腳一跺磕得腳趾刺痛。他從小喜歡看傳奇，而這是第一次接觸到真正的傳奇。遠在萬萬萬里之外的歷史激動了他的情懷。他彷彿也跑到了星系中心，大展拳腳，與星海為鄰，看皇宮灰飛煙滅。他身在船艙，生活在別處。

突然有一天，一張小圓片將他拉回了現實。

那張小圓片上畫著一幅星系的全景。這幅畫宇生是認得的，儘管宇心國天文繁亂，但觀測卻並無偏差。小圓片上的圖景比他平時所見更複雜，中心是一個大黑點，向外有螺旋狀曲線，盡頭是兩道絢爛的弧形，如同兩彎巨大的浪潮，邊緣處光華翻湧。畫旁有一行小字，簡潔，卻清楚：

黑洞活，亮度增，須防禦。多日後，粒子潮。謹記。

宇生一下子愣住了，如一陣小風襲過全身。亮度增，他想，不說我倒忘了。他跑到舷窗旁，打開關閉了五十多天的亮度監測器，船艙裡頓時響起一片尖利的嗡鳴。

粒子潮。須防禦。

圓片上的小字像洪鐘一樣敲擊他的太陽穴，他只覺得血管突突地跳。

當天晚上，當飛天的笑臉出現在小螢幕裡，宇生像抓住救命稻草一樣將一切告訴了飛天。

「天兒，你聽著，我有件大事要跟你說。」

「啥事？」

「一個大危險。你回去一定告訴大家，粒子潮就要來了。粒子射線可能比以前多好多。」

「對，皇老師也是這麼說。他說要是北派……」

「不是，不是什麼南派北派，是因為黑洞。」

「啥？」

「黑洞。你別問我這是啥。我也不知道是啥。哎，跟你解釋不清……你就答應我，一刻都別耽擱，趕緊回去報告，就說危險了危險了。」

「行。不過你怎知道？」

「前幾天，我不是跟你說我撿到一袋子小圓片嗎？……」

宇生簡明扼要地把一切講給飛天聽，飛天都拿筆記下了。宇生再三叮嚀，飛天連連說沒問題。宇生心上一塊石頭這才算落了地。當天晚上，他還睡了個好覺。

接下來幾天，事情的發展讓宇生大為焦躁。他沒想到的是，他的警告遞交上去便如石沉大海，久久無人理會。

「天兒，這是咋回事？報告你交了嗎？」

「交了。早交了。轉天一大早我就交了。」

「那皇老師說啥了？」

「他說他給國王遞上去了，還沒消息呢。」

「為啥沒消息呢？……」

宇生百思不得其解。飛天也說不清所以然。他倆都是一腔熱血的好少年，以為皇宮就和小時候小夥伴的土戰場一樣，一個人喊一聲危險，所有人就都趴下。

他們不清楚，國王這些天收到了太多次各種各樣的預警。南北兩派都借用災禍來指責對手，天象大凶、星圖不吉的預言不絕於耳，所有人都借星象自辯。再多一份神祕預言也只是多一篇文檔，很快就淹沒在浩瀚的上書的海洋中。人們不知道，危險是不能多喊的，喊多了就沒有人聽了。

正當宇生坐立不安焦急等待的時候，飛天卻突然失去了蹤影。

整整十天，飛天再也沒有信號傳來。對宇生來說，這無異於雪上加霜。他本就對險情惶惶不安，現在則更是全無頭緒。他嘗試向地面發送消息，可光榮船隊沒有通信站，不能發送，只能接收。他一遍遍刷新通信器，可是所有螢幕都保持寂靜，就像是惱人的姑娘，你越守候，她越不理你。

宇生不知道，此時的地面形勢發生了又一次逆轉。正當飛天揚揚得意地寫下「今日天俠去又來」之類的歪詩時，大殿裡卻是煞有介事、嚴肅認真，北派舉出一張大大的星圖，說南派的理論讓天下更亂了，有宇宙為證。星圖從大廳一直鋪到台階下面。然後飛天就又被捕了。

宇生和外界隔絕了。他聽不到資訊，也看不到變化，聽不到星系深處的激情噴湧，也看不到地上翻燒餅似的你來我往。他一個人悶在船艙裡，悶在星球旁、白雲外、被人遺忘的寂靜的船艙裡。他被空曠的黑暗包裹，夾在遠與近之間，遠方聽不見他，近處的人不聽他，遠方光芒萬丈，近處激戰正酣，遠方是無邊無際的星的海洋，近處是安然沉睡的球形的孤島。他看著腳下的大地，一層白雲把他隔開。他什麼都看不清楚，就像國王仰頭看風帆，看到的只是自己的想像。綠色的大地越來越遠，不知不覺中，他成了一個離世之人。

困頓中，宇生只得埋頭看資料。從小到大，他還從來沒像這兩天這樣耐心學習。他把所有相關圓片翻來覆去地看了好幾遍，看得懂的看不懂的都裝進心裡，邊猜邊領會。宇心國的天文還不知道黑洞存在，對星系中心的理解也有誤會，粒子知識更是浮於表面，但宇生卻在這匱乏之下，頑強地將圓片所講理出了大概，借助圓片清晰的示意圖，將大潮洶湧的過程看了個八九不離十。圓片說，黑洞猛烈拋射之前可能有一系列小型預射，因此某星球一旦探測到過量粒子射線，便應及時全面防護。對粒子潮的危險，圓片說得不清楚，只是給出了一系列判斷標準和計算公式。宇生不會算，但他猜想，若之前的粒子射線能讓鳥變成病鳥，那麼威力更大的定可以讓人變成病人。按照時間推算，從發現亮度激增開始，大致會有百餘天延遲，現在七、八十天已過，整顆星球還毫無防備。

看著看著，宇生的消遣之心蕩然無存。讓他感到寒意的已經不是險境本身，而是人們對險境的無知無覺。就像一個人搖晃著走出一座歌舞昇平的城，突然發現四野排滿軍隊，在無聲中劍拔弩張。

宇生仍然每天刷新通信器。飛天，他在心裡說，你小子哪兒去了，咋還不來信呢？

他不知道，天上一日，人間幾重。

又過了十多天，當飛天再次出現在畫面裡，宇生就像從一場大夢裡轉醒過來。

「生哥，生哥！你在嗎？」

飛天的笑容一如既往地歡快明朗。

「飛天！」宇生百感交集地叫起來，「你小子可來啦！這些天跑哪兒去啦？」

「說來話長，生哥，你兄弟我這回可是九死一生，差點見不著你了。你不知道，北派使了陰謀詭計，不但又把我們幾個抓了進去，還指使人把我們學院都砸了呢。你說說，這是不是奇恥大辱？簡直是欺人太甚，無法無天！」

「那你怎麼脫險的？」

「實話說，我也不知道。」飛天嘿嘿地笑著，「關了不到一個月就放出來了。據說是皇老師英明，在大殿上據理力爭。聽人說……」

「天兒，」宇生打斷他，「別的我都不想管，你沒事就好。你知不知道之前預警的事怎麼樣了？」

聽了這話，飛天忽然有點猶豫，態度也沉了下去，默然好一會兒才開口。

「生哥，這事可能有點複雜……我聽皇老師說，他把危險又稟報上去了，不過他說，這是北派胡作非為，惹惱上蒼，才降災禍於人間。圓片就是星空給我派的天啟，若想避禍，必須去除惡霸，斬殺賊黨，還人間清靜。」

「胡說！」宇生急了，「圓片上說得清楚，對粒子潮必須用貴重金屬打造防護房，殺人管什麼用？」

「可北派那幫人就是該殺！」飛天脫口而出。

宇生一下子說不出話了。他明白飛天的心情。學院被砸，在牢獄中感受到種種不公，出來後必定想討回公道。可現在說的是避禍，不是殺人，是用貴金屬就能做到的事情，不需要兵器。

飛天想了想又說：「皇老師說了，人禍大於天災。他問你小圓片上還說什麼了，能不能再找些證據支持他。這回是取勝的好機會。」

宇生忽然有些茫然。飛天在螢幕裡的樣子還是一如往昔，鼻子扁扁的，笑起來嘴張得很大，十八歲的額頭光光亮亮，一臉單純。他看見自己在螢幕上的倒影，頭髮亂蓬蓬，長長的，遮住眼睛，下巴很瘦，活像個八十歲的老爺子。

這一次，飛天沒弄清楚地上的情形。實際情況是，南派並不容易取勝。兩派正是鬥到平衡，打到不可開交，都說要為了真理，兵戈相見。國王不知怎生是好，左支右絀、兩面為難。兩派都不肯先說和解，就像懸崖上的拔河，誰也不敢大度地鬆手。

當天晚上，宇生陷入艱苦的猶疑。他不知道自己的下一份陳述該怎麼寫。如果還只是刻板地說危險危險，那麼可能永遠無人重視。可若照飛天暗示的，寫一些理念鬥爭的話，不僅於事無補，而且會讓他覺得無比彆扭。他想過什麼都不說不寫了，但又覺得不妥，好像欠了所有人的賬似的。他第一次發覺如此難辦，比所有考試、所有論文都難辦。

他靠在床板上，手撐著下巴久久思量，不餓不渴也睡不著覺。

不知道過了多久，他忽然抬起頭，凝視著舷窗外，心裡有了主意。窗外是滄海般的群星閃爍，光榮船隊擺成一隻巨大的扇面，一邊是光芒四射的星系中心，一邊是白茫茫氣體環繞的藍綠色的星球。

第二天，宇生讓飛天遞交了一份報告，在報告中對國王說，他發現星系中心近來光芒閃耀，他用占卜破譯，發現這是千載難逢的吉兆，是宇宙智慧對宇心國的傾臨，是國王陛下的神恩浩蕩，如果能借此機會將船隊排列起來，用風帆迎向光芒所在，讓國王神像沐浴宇宙神光照耀，則定然能仙福永享，壽與天齊，吉祥如意，國威大振，內無裂隙，外無侵擾。此乃天之神器是也。

他絞盡腦汁，把從小到大在課堂上學到的詞彙全都用上了。

一天後，他聽說，國王大喜，當即批准，即刻實行，朝野上下一致稱頌。

這是宇生最後的主意了。他知道，國王的風帆是金箔所做，每一張有堅實的厚度。只要算好方位，盡可能讓風帆覆蓋整顆星球的立體角度，就能阻止許多粒子。更多的努力他已經做不到了。如果這依然不能阻擋，那就任誰也無能為力了。

粒子潮真正降臨的那天，宇生一個人站在光榮三十號的船艙裡，就像一個臨戰的將軍，指揮著孤身一人的軍隊。在他身前，船隊排得整齊，二十九艘揚帆的大船組成向前的先鋒。宇生覺得很開心，因為他終於成了傳奇的主角。雖然遺憾這傳奇沒有觀眾，但他一時也顧不得那許多。他終於發現了被人遺落的寶藏，找到了世人忘卻的路途，當上大起大落的大人物，已經足夠在心裡滿足了。他想像自己揚帆起航，駕著神的車馬，迎向星海中心的太陽。巨大的風帆如風如翼，列成金光閃耀的一排，像沉默赴死的盾手，用身體擋住來自遠方的箭。

宇生直到這個時候才明白小圓片的故事。圓片上講述的是一個走向毀滅的星球。他們一點點靠近星系中心，直到離得太近，被引力控制，無法掙脫。他們來不及逃離，因為他們發現得太晚，而他們發現得太晚，是因為他們一直沾沾自喜地使用黑洞能量相互攻擊，離得越近，戰鬥得越猛。他們同樣陷入拉鋸，眼中只有對手。直到一切已註定無法改變，毀滅來臨。他們在臨終前用全部能量發射出記憶碎片，就是希望能被其他星球收到，將記憶永存。

當被看到，已過萬年，一切皆為廢墟。光亮殘忍，資訊微薄，記載曾經存在。

宇生俯瞰著腳下的大陸、山河、雲彩，俯瞰綠地上覆蓋著流動的白。他知道沒有人看得到他，也沒有人了解他做的事，但他不在乎。他在心裡相信，在此刻，他才是這些風帆的主人。儘管風帆上畫著國王的肖像，但他才是這些風帆真正的皇帝。

## （下）

在光榮船隊住了整整兩百三十二天之後，宇生光榮地卸任了。他被當作小英雄一樣接回了地面。他的獻計大獲成功，自從船隊排好，國王受神光沐浴，便感覺神清氣爽，精神大振，之後親自參與朝野辯論，宣講和睦，穩定了鬥爭。就像伸出一隻大手，將懸崖上的繩子拉了回來。這一下治理穩定了。國王高興極了，恩慈大發，決定封宇生為宇宙小俠士。

勳章授予在皇宮舉行，由國王親自頒發。大殿裡鋪著繪有星系全景的華麗絲絨地毯，金星閃爍，學者臣僚站成密密麻麻的兩大方陣。宇生走上朝堂，四面均是豔羨的眼光。

「親愛的小俠士，你還有什麼想說的嗎？」國王問。

「親愛的陛下，沒有了。」宇生說。

大殿裡響起竊竊私語，因為所有人都以為宇生會借此機會發言議論一番。

「宇生，」皇時空老師在一旁小聲催促他，「你說呀，你不是說有一個宇宙大發現嗎？趕快說說啊。你一說，北派的說法就破產了。」

「老師，我真沒什麼想說的了。」宇生說。

親愛的老師，他心裡想，如果我說了，您的說法也破產了。

「宇生，」飛天也在一旁小聲說：「別怕。想說啥就說吧。」

他沒說話，直直地看著飛天。

天兒，他心裡想，我賭一賭，我猜你能明白我。

他笑了笑，大踏步上前，對國王拱手說：「陛下，我唯一的請求就是免去一切賞賜和職務，早日回家。」

朝堂上一片驚愕。宇生的封賞全國難得，誰都以為宇生會借此步步高升。

宇生現在什麼也不怕了，憑著少年一股固執的韌勁，誰也不理，沉默著昂著頭告別所有人而去。他只覺得自己還沒有從天上下來，眼前的一切都十分遙遠，宏偉的柱子、花紋地面、幔帳帷幕都十分遙遠。他想不到太多大道理，只是憑直覺認定，現在還不是把故事講出來的時候。他在天上最大的發現就是：所有句子都能變模樣，所有星象都能被當作打鬥的籌碼，所有爭辯都能在走失之後攪動起他們所經歷的、牢裡牢外的仇。他雖然目光還不遠，但他覺得此刻他應當沉默。

「生哥！等我一下！」

當宇生走到高高的台階底下，飛天從身後高聲叫著奔來。

宇生暗自笑了，回過身來。

「生哥，你太不夠意思了。不叫我就走，還是兄弟嗎？」

宇生知道他賭贏了。他捶捶飛天胸脯，就像小時候，就像當初在大牢裡。

如果宇心國有一個好的史官，他會記下歷史上獨特的一幕：兩個蹦蹦跳跳的少年，在夕陽下追跑著甩動帽子跑出莊嚴宏偉的皇宮。可惜宇心國沒有。這一幕永遠地失落了。

宇生後來悄悄寫了書，將圓片上所有讀到的故事寫了下來，期待在一個沒那麼多褊狹、少一些急躁、學理之爭只是學理之爭的時間拿出來給大家看。可是他一直沒等到。宇心國換了許多朝代、許多治國之君，可是南北兩派卻一直留了下來。宇生的書被子孫傳了很多代，始終無人能解。

不過此是後話，暫且不說。

在宇生經歷的這場論戰中，南北兩派並不是完全沒有道理。南派說北派的管理教化不是射線的理由，北派說南派的自由逍遙也不是。他們的相互指責都是對的，但他們都忘了，真理除了可以在南或在北，還可以在另一個方向，在頭頂上方。

當宇生最終回到家，他離開家已經兩百六十五天了。他風塵僕僕地出現在家門口，頭髮蓬亂，滿臉土灰，笑起來牙齒潔白。宇生娘從屋裡奔出來，眼淚奪眶而出。

「生兒啊，你可回來啦。你不知道，這些日子娘有多擔心。」

「我回來了，娘，我哪兒也不去了。」

「累了吧？坐下坐下。快讓娘看看。洗個澡。我去給你弄吃的。」

宇生說不用，但娘不聽他的，奔到廚房裡，忙活起來。宇生看著小小的水池，看著生了青苔的水缸，看著娘切肉洗菜忙碌的身影，整個人踏實下來。所有人都盼他說話做事，只有娘只盼他回來。

「娘，我知道星系深處有另外的種族。」

「啥？」娘抬起頭，「啥種族？」

「我也不知道。我猜的。」

宇生確實不知道，他只看見了他們消亡前的餘光。

「在哪兒呀？」娘一邊切菜一邊問。

「遠處，很遠，比京城遠多了。」

宇生估計過，以他們的速度，幾十萬年也許能飛過去。

「那跟咱們有啥聯繫？」

「有啊。他們一打仗，我們經濟就增長。」

宇生回來後查看了檔案，發現圓片上記載的很多戰爭爆發確實被觀測到了，但因為是奇異亮源，被人們解釋為吉星高照，經濟增長的好兆頭。

「喲。真的假的？」娘站直了身子，在圍裙上擦擦手，「我得趕緊告訴飛天娘一聲。這些天買賣不好做，飛天娘急得直掉眼淚。我給了她三盆高高蘭都不管用，原來是這麼回事。得趕緊告訴她一聲，叫她買一本星表來。」

宇生看著娘，心裡有一種微妙的激動。廚房的煙塵環繞在他頭頂，飯菜香鑽入心裡。他仰起頭，天空一片白茫茫，望不到天外。他知道這個星球上所有人都不了解真相，從娘到國王沒有分別。但只有娘不狂妄、不攻擊。他從前常笑娘無知，卻沒注意娘是用僅有的所知去關照。他忽然感到一種堅實的暖意。廚房繚繞的煙和頭頂蒼茫的雲融合在一起。他知道他做對了。他保護了娘，還有和娘一樣的人們。

這就是這顆小星球的故事。它處在星系的邊緣，附近的區域很空曠，半徑不大，重力不強，是個平靜安詳的小地方。它一直平靜安詳，而且還將繼續平靜安詳下去。

# 揭發

早飯和平時相同。吃過早飯，使者就帶我出發了。

飯廳裡很靜，很多人偷偷看著我。他們一邊低頭一邊悄悄抬眼睛，不想引起我的注意。

我也不想注意他們。我低著頭喝我的粥，這是我特意預定的最愛的早點，我不想分散注意。不知道外面天氣怎麼樣，鐵皮牆上連個窗都沒有。我喝乾淨，碗推到一邊，站起身來。

「棒子！」水牛主動過來跟我打招呼，「怎麼樣？今天好不好？」

「好。」我說。

「胃口很好？」

「很好。」

「睡得也好？」

「也好。」

「那就好，那就好。」他開始找不到話說：「我們都盼著你好。」

「謝謝。」

我說著，已經起身走到門口了，水牛還跟在我身旁，腦門上滲出一層汗珠。

「吃得還好？」

「好。一切都好。」

我想伸出手拍拍他的肩膀，但想了想，還是忍住了。看著他哆嗦，我幾乎想安慰他幾句。其實他是個不錯的傢伙，我不會揭發他的。我們的那點兒過節，不算什麼的。

不過我什麼都沒說，從他身邊經過，跟上門口等著的使者。

使者等了一早晨，早就顯得不耐煩了，扠著手，翅膀嗡嗡地鳴響，綠臉顯得有點發白。我猜他也是餓了，就算是外星人也得吃喝拉撒。我見過他們吃飯，吃的東西和我們差不多，不外乎碳基動物都吃的糧食和肉。我理解他的不耐煩，外星人也是人。

使者在前面飛著，我慢慢地跟著，穿過長長的走道，路過一間又一間一個人的房間，全都關著門，看不到屋裡的狀況。走廊是淡綠色，在一節節白熾燈的照耀下，像生病者的臉色，房門和房門之間，有呼叫的紅色按鈕。紅色按鈕有個好聽的名字，叫通靈，誰想起什麼事，都可以隨時向眾神揭發。

我的父親死於揭發，而我今天有了復仇的機會。

我的童年頗不好過。按理說，男孩子之間，拳打腳踢，爭權奪勢，較勁的不過就是頭腦和身子骨，可是我不一樣，我爸爸是被處死的人，他們拿這個笑話我，我用拳頭掙不回面子。水牛他爸是揭發我爸的人，水牛從小吆五喝六，大笑著叫我爸的罪名：趨炎附勢舔屁股的人。我有時候和他們打架，打到流血，但也有時只是沉默，將聽見的東西裝進肚子。每個群體都會擠出一兩個小孩，將所有的開心事都建立在他們身上，我不想變成這樣的角色，所以多數時候還是沉默為好。水牛的爸爸受長官嘉獎，他從小活得威風意氣。而我爸爸死後，媽媽過得很慘，她整日整日在街上大罵，以為這樣就能掙回點什麼東西。她知道我受欺負時憤憤不平，百般慫恿我去找教育司管事的人，懲罰水牛。我沒有聽她的，她紅著眼睛，蓬亂的髮絲顯得很潦倒。

我一直覺得，世間的很多事，在孩子的關係裡都有顯示。

使者帶著我在長長的走廊裡七扭八拐，終於出了這個巨大的倒扣的鐵鍋。我回頭注視，它像平地上的一座小山。我不知道外星人是用什麼方法建起這個怪東西的，只知道建得很快。他們只用了不到兩週，它就從平地上拔地而起，灰黑色全金屬，刀槍不入。

他們建它，說是為了保護我們。為了將我們與我們的長官們隔離，能夠不受威脅和迫害，更自由地揭發長官們的罪過。這是一種非常必要的手段，沒有保障，誰也不會揭發。

據說最近幾天，密報呈幾何級數增長。沒人知道誰開過口了，每個人的房間都關著門。只有最初開口的人引人注目地活著，他拿了一個獎章，綠色的，上面畫著外星人母星的美麗風景。

那個人是鋌而走險。最初對這件事誰都不信。我也不信。從天而降的神明，替天行道。這樣的事情誰能隨便信呢？我暗暗觀望了很久，不相信它們真的有所作為。我縮在人群後面，對它們的前幾輪召喚只是置之不理。那段日子人心惶惶。茶館裡，小酒吧裡，納涼的公園裡，到處都是流言蜚語。人們揣著手進來，只是裝作寒暄，兩杯酒下肚，空酒杯扔到木頭桌上，便開始偷偷摸摸互相彙報消息，頭湊著頭，肩膀碰著肩膀。

「哎，聽說了嗎，昨兒毀了一棟樓。」

「咋沒聽說，火光都看見啦。」

「聽說它們住在神殿裡？」

「可不是！我沒見過。但據說街東頭的老乞丐見了，回來都嚇傻了，三天沒說利索話。」

我置若罔聞，決定什麼都不說，除非我親眼見到那神殿，否則我什麼都不說。

三週之內，兩座長官大樓被毀，十四人死亡，三十三人被囚禁。據說他們都是罪有應得，神諭從天而降，宣講著正義，人的罪名像一條白絹從天頂掛到地上。長官們組織了兩次戰役，試圖阻止人們，但都以失敗告終，人們被集體轉移到這座荒地上的鐵鍋裡。我看著它的樣子，不想來，可是一條狗在我面前被一束光燒毀了，於是我沒說什麼，裹著皮襖跟著人群一起住了進來。

轉眼間，已經一個月沒看見天了。

眼前是一片平原，土黃色高地，只有零星的荊棘散布。天氣不好，沒有太陽也沒有雨，昏昏沉沉的雲，從天邊厚重地壓過來。風吹著我的側臉，我吸了一口冷氣。我抬頭看遠方，地平線附近，能看到那束巨大的從天而降的藍光，籠罩著土地，托舉著那座城堡。城堡在天上飄浮著，白色，扁平的結構，看不清的材料，複雜的城牆與樓閣。藍光像陰沉天色裡不可抗拒的一道明亮的吸引。

我的面前停著一個帶翅膀的圓球，使者打開門，我鑽了進去，使者跟在我後面坐進來，關上門，圓球開始滑行。和使者面對面感覺很彆扭，球車空間狹小，像小時候坐過的摩天輪，只是沒有窗戶。使者的臉綠得發白，下巴尖尖的，耳朵垂著，遮著半張臉，聽著我的動作，不讓我看見他的表情。我什麼動作也沒有，默默地窩在我的座位上。

「見到眾神，要恭敬。」

他尖聲尖氣地說。人類的語言，他們說起來顯得很僵。

我點點頭。

「要念祝禱詞。」

「嗯。」

「你的運氣真是好極了。能受到親自召見。」

「我知道。」

「你憑什麼啊？你憑什麼能進大殿？」他尖細的嗓子顯得有點怒氣，「我都沒進過。」

「因為我講的東西很重要。」我說。

「真的假的？你可別撒謊。」

「你們的神信我。」

「我警告你，你可別撒謊，神最恨別人騙他們，你要是撒謊，你就等著瞧吧。」

他目露凶光，想遮掩自己的嫉妒，像兩把小刀，從耳朵背後的縫隙直直地射到我的臉上。我理解他的心情，他平時一定很努力，卻不如我的幾句話更能得到青睞，這公平嗎。

我不知道眾神是怎麼得知我隱藏的資料的。也許是竊聽了我和瑪格麗特的對話，也許是瑪格麗特無意中告訴了別人，別人又告訴了別人和別人。我只和瑪格麗特說過一次，還是在兩個人單獨約會的時候。但無論是哪一種，我都不覺得奇怪。外星人的耳朵那麼大，雷射槍那麼厲害，在空氣裡扔一些探測器還不是易如反掌？而瑪格麗特這個女人，實在純得可以，除了給自己起一個古代公主似的名字再幻想一些公主的故事，就什麼也不懂了。她可能根本不明白自己聽到的是什麼，又說了些什麼。她愛聽我講話，顯得很專注，但她的腦袋遠沒有表情複雜。

眾神派人找我。這讓我在人群中的位置一下子變得突出。自從十二歲學會忍耐之後，我在人群裡就沒有這麼突出過。外星人的特使站在我面前，人們在我身旁張大了嘴巴。他們撐起身體巴望，桌上的菜被遺忘在空氣裡，慢慢冷卻。

「勇敢的人，請你大膽地說吧。」

外星特使扯著高音對我說，我縮著手坐著不吭氣。

「神的力量是偉大的。」他又說：「你不要怕。」

我沉默了好久，最後決定回答他。

「不行，」我說：「除非我親自面見，否則我什麼也不說。」

從那天起，我走進人群，身邊會自動畫出一個圓。吃飯的時候一個人坐一張方桌，四周的桌子都坐滿人，卻沒有人來坐到我的身邊。我儘量讓自己雙手穩定，專心吃飯，什麼都不想。時常有人在私下裡找我說話，他們不敢在餐廳坐到我身旁，但在私下裡卻顯得親熱異常。與此相比，我更願意接受水牛今天早上遲到的寒暄。和我有過口角的人都來找我道歉，有些事情我都不記得了，他們自己卻搜腸刮肚地搜索到了，也許人欠過別人的東西並不會忘。

「我真的不記得這件事了。」我和顏悅色地對小時候的一個夥伴說。

「啊？不是這件事啊？」他卻一臉愁眉苦臉，「那我回去再想想。」

其實外星人要求大家說的是我們星球上長官的過錯，他們代表宇宙裡的先進文明，替人懲罰地球上原始而不公正的長官的壓迫。然而揭發的人常常順帶揭發一些其他的陳年往事，指出另外一些人間的罪惡，而神作為對揭發的嘉獎，也常常順帶一併處理。我見過一次打架，就在鐵鍋大廈的洗澡間裡，兩個男人赤裸裸地動起手來，一個人最終用拳頭將另一個人擊倒，那人腦袋磕在水龍頭上，鮮血直流。打架是常事。吃飯的日子哆哆嗦嗦得太久了，誰也受不了，總需要爆發一下，讓自己感覺正常。可是過了兩天，勝利的男人就消失了。

不管怎麼說，我還是跟瑪格麗特分手了。我其實不算太生氣，但這個傻女人實在麻煩，什麼都不懂。她哭哭啼啼地求我原諒她，不要趕她走，我走開，她還不屈不撓地跟著，我最後只好打了她一個耳光，當著人群和外星特使，才算把這樁風流韻事徹底了結。

畢竟，神殿在等我。

神殿在雲霄，我仰起頭看不清它的樣子。球車停下的地方是神殿的底下、荒地上、藍光籠罩的區域，此時已經看不到神殿的全景，只能仰視著，看它彷彿無邊無際的底盤，看上去像整個天空，從哪邊上升都會碰到它的遮擋。要不是我已經從遠處看到過它的輪廓，我也會以為它真的無比龐大。在一樣東西底下抬頭看，它總會顯得很龐大。

底盤邊緣像是被雲霧縈繞，看不清楚，大概是噴出的氣體，維持自身重力。中央有一個圓形小門，一束金光在整體的藍光中央，等待著接人升入神間。

使者仍然沒有好臉色，帶著我走到金光裡，我最後看了一眼腳下的土地。

昨天我也曾看過一眼土地，沒有看見天，但是從鐵鍋出口開門的一瞬，看見了一眼土地。他們將一個小女孩推了出去，她跌坐在土地上，沒有起身，沒有試圖跑回來，呆呆地坐著，雙腿蜷縮在身前，含著眼淚看著門裡，我剛好路過門口，看見了她。她七、八歲的樣子，還穿著裙子。她爸爸被眾神裁決，她被趕出鐵鍋，從此不受保護。

她大概很冷，身體哆嗦著。但誰都沒說什麼。誰讓她爸爸是長官呢。

長官的孩子罪有應得，就像壞人的孩子罪有應得。

就像我一樣。

我爸爸不是長官，但他和我都罪有應得。他其實死得很簡單。他欺負了一個小孩，那個小孩尋找一個大孩子保護，他們打了我爸爸。然後我爸爸做了一個將讓他自己後悔的決定，他去找到大司馬，讓他替自己出氣。大司馬是他們那個地方最有勢力的大人，他幫我爸爸撐腰，讓他當上孩子王。可是後來，長官們來了，他們懲辦了大司馬，並且讓大家檢舉揭發和大司馬有關的助紂為虐的人，於是我爸爸被他壓制過的對手揭發了，他死了。

我討厭這一切。我恨這些長官，從小就恨。我也恨水牛的爸爸，但更恨這些長官。對水牛的爸爸，我更多的是鄙視，是長官們給了他揭發的機會，他只是藉機把怨氣傾倒出來。可能所有人心裡都有不公的怨氣，長官們因此變得強大無比，他們用此來檢驗人們對他們的信任，誰說得越多，誰就是越相信他們的好人。他們讓人與人猜疑，就沒人對他們猜疑。

我想要復仇很多年了，這就是為什麼我手頭有最詳細而隱祕的資料。我暗暗探查長官們，探查他們的工作、他們的系統、他們祕密隱藏的寶藏的資訊。所有的這些都是神所需要的，神想要證據，有了證據，就能公正地置他們於死地。而誰的證據都沒有我多。

我就要見到眾神了。

雖然眾神是外星人，有著和我們一樣的碳基外形，但是他們喜歡給自己起一個帶有神祕色彩的名字，就像瑪格麗特管自己叫瑪格麗特，他們管自己叫神。我在金光裡踏上小平台，平台緩緩上升，穿過底座上的小門，一直向上，升到城堡深處，飛船的中央。兩側能看到各種大廳和通道，很多外星人飛著，在一個個球形的房間裡穿來穿去，城堡看起來結構複雜，搞不清楚從哪條路能通向高一層的空間。

我們只是一直上升。

終於升到神殿了，我的心開始有一點激動了。

這許多日子，我一直讓自己保持木訥，但此時仍然不免有一點緊張。我要進入神殿了，這不是人人能有的機會。所有的那些資料都能派上用場了，雖然我沒想到是這樣派上用場。小平台停下了，使者退到一旁，讓開路，他不被允許進入，只有我踏上臨時搭起的台階。

我環視著四周，神殿像名字一樣虛無縹緲。整個神殿是一個球艙，比路上見到的更大，大約有一個體育場的體積。我進來的小門在最下方，現在已經緩緩關閉。我站在台階盡頭的立柱上，眾神圍繞在四周，懸浮在空氣裡。他們長得和使者沒有本質的不同，至少我看不出區別，除了個別的年老的體徵和外衣不同，其他地方都是一樣，尖下巴、綠臉、大大的耳朵。外族人永遠看不出一個群落裡王與兵的差異，只有兵能看出來。眾神們此時浮在空中，身旁看上去雲霧繚繞，他們冷冷地審視我，居高臨下。

「你帶了你說過的東西嗎？」

一個神問我，高音而有回聲。

我點點頭，從懷裡掏出一個光碟匣子，緩緩打開。

「都在這裡。你們要的資料，還有長官們金庫的位置。」

神聽了，彷彿有點惱怒。我不該提金庫，雖然我知道，這是他們飛船重要的金屬資源。神有點不快地將我站的圓柱又升上幾寸，命令我將匣子呈上來。

我捧著。神看著我，我看著神。

「都在這裡。」我一邊考察著自己的高度一邊慢慢說。

「只不過……」高度差不多了。

「我什麼也不會給你們！」我大聲叫起來，一邊叫一邊將匣子裡的炸彈掏出來，扔向坐在中央的神的領頭。我的眼神很好，臂力也很好。萬一扔不到也沒關係，我估計過炸彈當量，炸兩個體育館絕對不成問題，即便飛船是刀槍不入，但神們只是碳基生物，外星人也是人。

「如果我給了你們，我和我鄙視的那些人又有什麼區別？」

我最後一次大叫著。

我恨透了這一切，恨透了揭發的遊戲。我從小最恨的就是這點。我恨透了所有的投靠、懲罰、懷疑、猜忌和索要的忠誠。我早已經厭倦了。小孩向大孩子告狀，大孩子向大人告狀，大人向神告狀，一次次用更強大的處罰強大的，再一次次尋找更更強大的。我厭倦透了。一切都不對，不應該是這樣。小孩欺負小孩是不對的，尋找更強大的力量就更不對，不去尋找源頭，用一個錯誤掩蓋另一個。不應該是這樣。永遠的揭發與被揭發。我恨透了這一切。強大的就是因為如此才強大。我爸爸死了。我早已厭倦了。我這麼多年搜索資料，只是想弱化一個強大的力量，我不需要另一個強大得多的力量來充當神，如果神再錯了，我們又該上哪個宇宙尋求保護呢？我討厭這些。我討厭長官們。我不接受這樣的榮譽。

炸彈炸開了，我和眾神一起，接受一片白色的空茫。眼睛瞎了，不再看得到仇恨，耳朵聾了，不再聽得到揭發。我就要死了。我只盼著將來復仇的外星人看在我打瑪格麗特那個耳光的分上，不要找她麻煩，不要殺了她。雖然我知道這沒什麼希望，他們多半會毀掉地球，可是我除了這樣，還能怎樣呢？

神殿在爆炸中毀了，神們和我一起在火裡掙扎，宇宙白了，他們發出哀號，我要死了，我終於不再害怕了。

# 九顏色

## 黃

剛過了一個小時，湯瑪斯就後悔讓莉莉婭留下來了。

每次都這樣，他一方面清楚地知道這個小女人很胡鬧，而另一方面卻總是拗不過她甜甜的一句撒嬌。

「人家坐了四個小時長途車來看你，就是想你了嘛……」莉莉婭低著頭，嘟著可愛的小嘴，不時還抬起大眼睛，讓他看到她眼裡的淚花，「你就這麼一副冷面孔歡迎人家……」

就這樣，湯瑪斯正想發作的怒火一下子洩到了空氣裡，他鐵青著臉沉默了半晌說：「那你就在我這兒待半天吧。晚上坐同城的車回去。」

於是莉莉婭就興高采烈地跟著他進了辦公室，一邊不停地說著「我不搗亂，你放心」，一邊又好奇地東張西望，嘮嘮叨叨地問個沒完。湯瑪斯的部下看著他倆偷偷地笑，他們早就見過莉莉婭，也早就知道一貫威嚴的頭兒在她面前是怎樣束手無策。

「湯瑪斯，你們看的這是什麼酒店呀？」

莉莉婭看著螢幕，螢幕裡的畫面一直沒有變過，酒店大堂前古希臘風格的立柱和花壇，穿立領襯衫的侍者，來來往往的加長轎車。

「米蘭酒店。沒什麼特別的。」

「你們都看了一個小時了，到底在等什麼呀？」

「莉莉婭，」湯瑪斯儘量讓自己聲音平靜，「你還是到休息室去坐一會兒吧，那邊還有雜誌。實在對不起，親愛的。」

莉莉婭也並不生氣，走到監控室另一端，在一把塑膠椅子上坐下，甜甜地朝湯瑪斯一笑，說：「我保證不再打擾你了，你就讓我在這兒待一會兒吧，我就想看著你。」

湯瑪斯嘆了口氣，他知道自己又無法拒絕了，不由得怪自己心腸實在不夠硬。其實他也不願意把莉莉婭趕走，如果是平時，湯瑪斯還會給她耐心講解一些工作的事，但是今天的任務非同尋常，案件極端棘手，又牽扯數額巨大的跨國黑錢交易，他實在不能分心。

從今天早上開始，他的心就一直跳得很厲害，隱隱有一種不祥的預感。

「頭兒，她出來了。」

就在這時，查理突然喊道。

湯瑪斯精神一振：「切換到二號機，鏡頭拉近！」

二號攝像頭安裝在花壇，螢幕畫面迅速聚焦到酒店正門，一個身材窈窕的女子優雅地走出酒店大廳。全組人員都迅速各歸其位，監控室內安靜而且井然有序。所有人都專注地盯著自己面前的螢幕，為了這一刻，他們已經等待了兩天兩夜。

畫面中的女人一襲紫色絲綢連衣裙，銀白色細帶高跟涼鞋，明黃色寬邊太陽帽垂下面網，遮住半張臉，讓人看不清表情。她慢悠悠地走下台階，左右隨意地張望了一會兒。天氣燥熱，陽光在房檐屋角閃閃發亮，她先是掏出一張紙巾細細地擦拭額頭，然後便走到旁邊的小商店前，在門廊的陰影裡慢慢站定。

「注意一切物品，如果她把紙巾丟掉，嚴格盯住撿走的人。」湯瑪斯吩咐道。

女人仍舊不緊不慢，漫不經心地掃視著櫥窗裡的貨品。湯瑪斯皺皺眉。

「哇，好漂亮的女人呀。」莉莉婭不知什麼時候又悄悄湊了過來，在他身後小心翼翼地觀望著，「手提包是 LV 最新款，鞋子是 Channel 的魅影系列。唉，真是好看呀！」

「奢華的女人。」湯瑪斯哼了一聲，「每到一個地方就撒一大把銀子，她身上這身行頭全是昨天買的，派去盯梢的塞羅一整天就光跟著她逛街了。」

「天哪！她怎麼能這麼有錢呢？」莉莉婭低低地驚嘆了一聲，「我知道了，她一定就是電影裡演的黑幫老大的女人！」

湯瑪斯沒有接話，而是緊緊盯住螢幕。畫面中，女人拿出手機，撥了個號碼。

莉莉婭還是自顧自地評論著：「裙子的顏色真是經典，配的腰鏈和腕表也很典雅，就只是這頂大帽子太不協調了，怎麼這樣的顏色，分明像是夏威夷海灘上……」

「莉莉婭，拜託你，我們真的正在忙著呢。」湯瑪斯轉身招呼另一側戴著耳機的羅伯特，「怎麼樣，記錄下來沒有？」

羅伯特摘下耳機，指著自己面前的螢幕說：「是打給杜林一家酒店，確認她昨天預訂的房間號碼。」

「多少號？」

「1312A。」

「查！再把她剛才說的話細緻分析一下，逐詞，各種解碼演算法都試一下！」湯瑪斯知道這很可能是障眼法，故意轉移注意，但無論如何，任何線索都不能放掉。

羅伯特開始伏案工作，而另外一邊的查理報告道：「米蘭酒店的消息來了，她在退房前沒有發出過任何信件，也沒有託運任何行李。」

湯瑪斯點點頭，嘴唇閉得很緊，他知道這一次真的遇到了難辨的案子。

「啊？那她以前的衣服就都不要了嗎？真是太可惜了……」莉莉婭在一旁不停地搖頭。湯瑪斯不由得想，女人就是女人。

這時莉莉婭歪過頭，問他：「你們是想截住她傳到外面的什麼資訊嗎？」

「一個密碼。上億美金的一個密碼。」湯瑪斯輕描淡寫地解釋著。他臉上不動聲色，心裡的不安感卻越來越強，「羅伯特，有結果了嗎？」

「不知道。沒有任何有意義的資訊，我們試了三種解碼演算法，得出三套字母組合，不知道會不會是密碼。」

「傳給柏林那邊，讓他們想法試一下。」湯瑪斯想了想，「有沒有可能是量子資訊？」

「希望不是，否則我們就沒什麼辦法了。」羅伯特面色憂慮。

這時，查理在一旁插嘴道：「應該不是的。據我們所知，她從沒見過那夥人，這一個月也沒有遞送過貨物，應該沒有機會把相干光子傳給對方。」

湯瑪斯略略鬆了口氣。

莉莉婭輕聲問他：「什麼是量子資訊呀？」

湯瑪斯想，她竟然也關心衣服以外的事情，說：「就是兩個人拿一對互補的尺，一個人量一樣東西，把結果告訴另一個人，另一個人看自己的尺，就能知道被測的東西了。」[5]

莉莉婭似乎有點迷惑：「這和普通的通信有什麼不一樣呀？」

「當然不一樣了。這樣子，我們就算截獲了他們傳的口信，但如果拿不到尺，也等於什麼都不知道，完全沒意義。」

湯瑪斯住了口，心想自己都能開講座了，乾脆等這次任務完成以後，辭了職去大學找個工作，每天給孩子們講資訊學肯定比現在這樣提心吊膽好。

就在這時，一個五、六歲大的小乞丐闖入畫面，挨個向路人乞討，眼看就要來到女人的身邊，所有人都一下子盯緊了螢幕，路易又把畫面拉近了些。只見女人不緊不慢地從紅色的皮夾中取出兩張零錢，兩指夾著優雅地遞給小乞丐，小乞丐歡呼雀躍地跑開了。

「跟上他！」湯瑪斯脫口而出。

「不是吧？」莉莉婭驚詫地說：「連這麼小的小孩你們都懷疑？」

---

5 量子資訊指在同一次反應中可以生成一對相干光子A和B，呈糾纏狀態，一個光子塌縮，另一個光子會塌縮到其互補狀態。兩個人各自拿其中一個到相隔很遠的地方，其中一個人測量秘密資訊C，把結果用常規方式告訴另一個人，另一個人觀察自己手中的光子，即可知C。

湯瑪斯沒理她，接著吩咐道：「告訴賽羅，先別打擾他，看看他把錢拿到什麼地方去。」

畫面中的女人似乎在路邊站得夠了，踱到馬路旁，看起來是開始等待計程車了。湯瑪斯有點心急，之前有可靠的消息表明，她一定會在米蘭將密碼傳遞出去，然而三天過去了，完全沒有線索，眼看她就要上車去機場了，他們還是一無所獲。

「路易，把畫面拉到最大，觀察她衣服和手提包上有沒有什麼特殊標誌。」

三秒鐘後，螢幕上顯示出她三個不同角度的特寫。一切看起來都很正常，女人的耳環和項鍊都是細小的白色珍珠，裙子上沒有任何字母或數字。

「路易，你覺得她今天的行為有什麼不尋常的地方嗎？」湯瑪斯手托下巴，雙眉緊鎖。

「似乎從酒店出來以後在街邊流連得太久了。可又不是在等人。」查理想了想說：「頭兒，你說她是不是在故意拖延時間呢？」

畫面中，女人已經坐進一輛計程車，緩緩地離開了。湯瑪斯並不擔心，他知道奧利克斯他們早已準備好，一直會驅車跟到機場。他只是覺得很失望。

「我也覺得她在拖延，」湯瑪斯沉吟道，「可是為什麼呢？」

這時候，莉莉婭插嘴道：「其實，照我看，她今天只有一點不尋常，就是她這頂帽子可實在不好看。按理說，一個這麼有品位的女人，全身上下都很素雅，怎麼會戴這種誇張的明黃色帽子呢？」

湯瑪斯心裡忽然一動，沒錯，這裡面的確有什麼地方不對勁。

「頭兒！」查理忽然跑過來說：「賽羅剛剛發來消息說，小乞丐拿那兩塊錢買了兩塊巧克力，現在他正盯著糖果店店主，問你要不要直接過去察看。」

湯瑪斯雙臂環抱在胸前，右手食指輕輕敲打著太陽穴，說：「你剛才說什麼？再說一遍。」

「我說賽羅問你要不要進糖果店調查。」

「嗯？哦……不好意思，不是問你。」湯瑪斯歉意地笑了一下，轉頭對莉莉婭說：「我是問你剛才說什麼了。」

「我？」莉莉亞瞪著大眼睛，一臉莫名其妙，「我就是說，她的黃色的大帽子不配她這身衣服……」

「黃色！」湯瑪斯忽然一拍大腿道，「誰說這一定是黃色了！」

這一下，所有人都愣了，相互看著，不明所以。

湯瑪斯有點急躁起來，說：「真是的，怎麼早沒想到！我們被自己的眼睛騙了。」看看大家還是有點茫然，湯瑪斯又說：「你們忘了嗎？人眼根本沒有感黃光的視蛋白，所以黃光可以是一種組合錯覺。」

路易的眼睛一下子亮了起來：「你是說，她的帽子是別的什麼顏色疊在一起的結果？」

「沒錯，只要足夠細密均勻，遠處看起來就是黃的。」

查理也似乎反應過來了，點頭道：「怪不得她在那家店門口站那麼久，肯定是有人在觀察她的帽子。只不過是怎麼做到的呢？」

湯瑪斯搖搖頭：「我也不太清楚，但這家店的頂棚裡面一定有問題。」說到這裡，他提高了聲音道，「查理，派人去查這家店；另外派人去查她昨天買帽子的那家店。他媽的，這個女人可真會使障眼法。」

湯瑪斯鬆了鬆領帶，感覺一陣疲倦。全組人都忙碌了起來，但他知道，他們至少第一仗是輸了。他只期望著一切還不算太晚，儘管他知道這期望有點渺茫。

莉莉婭拉拉湯瑪斯的袖子問道：「你說眼睛會騙人，可是我們看的是用攝像機拍下來的呀，難道螢幕也會嗎？」

湯瑪斯嘆了口氣道：「傻丫頭，你以為電視是怎麼造的？根本就是仿照人眼，你指望能看出什麼呢？」

半個小時之後，消息陸續傳來。先是有電話說瑞士銀行某帳戶剛提取了兩億美金，接著就是奧利克斯傳來消息說那個女人上飛機之前把帽子扔在了機場，他們撿了回來。

接下來的一切對湯瑪斯來說是場噩夢。他們對帽子進行了綠光顯影，帽子上果然細密地顯示出兩串英文，一串是二十一位元的銀行密碼，而另一串是一句話：Never trust your eyes fully.

「Never trust your eyes fully.」湯瑪斯對講台下兩百雙好奇的眼睛說：「人眼只有三種感光視蛋白，大腦根據它們接收的光子數比率來判斷顏色。」

他現在是一所大學的普通講師，自從丟了工作，他就一直住在這座寧靜的校園。

「所以當人看到黃色，他其實無法區分自己看到的是一束黃光，還是一束紅光加綠光。」

湯瑪斯很喜歡自己現在的工作，他早就想過一種簡單的生活，尤其是經過幾次揪心的動盪之後。

「早在一八八五年，法國畫家塞倫特就發展出一種點畫法，將飽和顏色的小點一個接一個畫出來，在足夠遠的地方，不能區分這些點子時，人看到的就是兩種顏色的相加色。」

學生們很喜歡湯瑪斯，他們知道他曾經在機密機構工作，學生們總喜歡經歷豐富而有趣的老師。

「我曾經碰到過一個案件，對手就曾經利用奈米編織將紅綠線條緊密地編成一頂帽子，在遠處看來是黃色，但在一束綠光直接照射下，紅色沒有反射，綠色的圖案就顯現出來了。」

莉莉婭也很喜歡湯瑪斯現在的工作，她終於不用坐四個小時長途車來見他一面了。湯瑪斯現在每天晚上都會陪莉莉婭散步，他開始有那麼一點點理解女人的思維方式了。女人按直覺生活，他想，他永遠也不會忘掉莉莉婭在那一天最後說過的話：「一切不是都很明顯嗎？男人為什麼想問題總那麼複雜呢？」

# 藍

拉贊助是最最受累不討好的工作，自從進了外聯部，我就一直這麼想。

暫且不說無數次直接被市場部溫柔甜美的小姐在電話裡ＫＯ，也不提每次好不容易見到高層主管卻被一盆冷水客客氣氣地澆到頭上，更別提聽那些小不點公司的老闆們反過來向我們大倒苦水，就光說跟那些有意向、有能力、有希望合作的公司商談一些細節問題，也就已經足夠令人洩氣啦。

以前總以為談判就是討價還價，並且以為以自己多年逛街買衣服殺價的本領，在這方面應當不成問題，然而我很快就發現事實完全不是這個樣子。談判最重要的是協調，在一次談判中真正出現的往往不是兩方，而是五方六方，只不過他們並不親自出場，而是由我這樣無足輕重的小角色坐在談判桌旁，負責將所有人的意見整合在一起。

就比如這一次的歌手大賽，贊助事宜就遲遲無法敲定，眼看著初賽臨近，最大的一筆款項還完全沒有著落。

這次的預算實在有些太高，儘管我們催促文藝部一減再減，然而對很多公司來說仍然像是獅子大開口。有一兩家大企業表示了興趣，然而這興趣卻更令我們為難，誰都知道，要求越高，需要付出的代價也就越高。

好，李先生，我一定幫您請示一下。

這是我最常說的一句話。但凡公司贊助，一定是期望在校園裡做最大規模的宣傳，然而學校卻在這方面規定甚為嚴格，不允許促銷，不允許產品展賣，廣告也大受控制。這些鐵規矩不能一上來就說明，英明神武的譚飛部長早就教導過我們，對商家的要求一定先承諾向上請示，兩天後再說明肯定不行。

實在抱歉，李先生，團委老師沒有批下來，因為學校最近正在控制校園商業活動，不允許任何現金交易。其實我們也知道您的促銷對學生有好處，但這事我們真的做不了主……

每次都只能這樣變通著跟兩邊打交道，學校和商家的立場都很明確，然而贊助又不能不拉，文藝部和宣傳部一天一個電話等著我們經費到賬，於是我們就像是夾在婆媳中間的兒子，左右為難。

學校說了，只能送，不能賣。嗯，對，我們也知道給每人贈送成本太高了，所以您聽我說，李先生，您看咱們能不能改成現場抽獎呀？把您的產品作為特等獎，這樣既宣傳了公司，又替您節省了成本。

像這樣的來回交涉是稀鬆平常，能夠跟我們交涉，已經是很給面子的公司了。

「辦法總是有的。」譚飛常常說。

的確，譚飛常常能在關鍵時候想出一些辦法，但是這一次，我卻不知道換了是他能有什麼解決之道。

首先，這次的公司老總希望能在我們的晚會現場講幾句話，而這種情況是一概不能批准的；另外，更困難的是，他們堅持要在晚會的舞台背景上添加他們產品的大型廣告，隨便誰拿胳膊肘都能想到，這個主意不僅校方不會同意，而且大賽組委會更會反對，美術學院設計的藝術背景，要是添上這麼一幅大畫，效果就全毀了。

「告訴你個好消息，」一直跟我談判的李先生突然喜氣洋洋地說：「下星期我們老總要親自來跟你們談，總公司那邊今年開拓校園市場，所以特別重視你們這個活動呢。」

看到我沒什麼反應，他又加上一句：「你們有福氣了，我們老總平時可忙呢。」

我於是表示了感激，但心裡卻暗暗叫苦。這是到目前為止最有希望的一間公司，如果這次談判再失敗了，那今年的賽程啟動可能就有問題了。「你們快點，場館得去預訂了」，「我們準備聯繫音響公司了」，「海報小樣都出來了，你們把錢儘快送到印刷廠吧」，「簽合同了嗎？我得向校領導彙報了」，催促接連不斷，我只好撥通譚飛的電話。

「沒關係，會有辦法的。」譚飛依舊是滿不在乎的樣子，「讓我和他們老總談吧。」

有時候，當領導人就需要有點硬充大頭的氣質，我不知道譚飛究竟有幾分把握，但還是覺得放心些了。

三天後，我跟著譚飛坐在辦公室的小茶几旁，另一側的男人氣宇軒昂。

「你們年輕人呀，現在就得學會放開思想，跟上時代的腳步。就比如說在學校裡辦促銷這件事吧，你們不幹就太沒道理啦……」

譚飛微笑著打斷他道：「對，您說得是。不過這方面學校有嚴格規定。」

「我知道。」他搖搖頭，「我知道。不過年輕人腦子就應該活一些，學校有規定就不能想一些辦法了？你們以後是要走入社會的，現在就得好好學學啦。」

「我明白您的意思了。」譚飛依舊笑著，點頭道，「不過現在還是來看一下這次晚會現場的合作細節吧。我個人認為，您在現場發表演講並不太恰當。」

男人哼了一聲：「怎麼，我不夠資格？」

「不是，當然不是。只不過覺得這並不是最好的彰顯您形象的方式。您難道不覺得一場音樂會中有人發表講話會顯得很突兀嗎？不如這樣，我們編輯一段您個人或公司的錄影資料，再配上合適的音樂，在晚會開始時播放，您看可不可以？」

男人似乎是被這個提議打動了，想了一會兒說：「可以是可以，不過錄影資料最後要由我們公司審核。」

譚飛笑得更開心了，連連點頭：「那是肯定，當然沒問題。」

這個問題的共識讓會談的氣氛變得和緩，這位老總似乎對譚飛的配合相當滿意。「另外，聽小李說，你們不同意在舞台背景上加上我們公司的標誌呀？」

我連忙插話：「不是啦，標誌是可以的，但產品廣告就不行了，學校……」

譚飛忽然打斷我，把我揚起的右手按了下去：「噢，不是，廣告也可以。我們商量過了，您的要求可以滿足。」

「譚飛！」我詫異地看著他，「你忘了嗎，商業活動限制裡包括……」

他沒有理我，還是慢條斯理地說：「不過，我們藝術中心的同學要根據整場晚會設計統一的舞美背景，因此恐怕不能直接把您公司的廣告畫掛出來，而是得作為一部分插入我們大的舞台設計。」

「這沒問題，更好。」男人向後靠到沙發背上，顯得很滿意。他扭過頭對我說：「小姑娘，你得學學這位小夥子的辦事風格，做事不能太死板啦。當然，我明白，現在所有付出都講究收益，所以你們放心，如果做得好，我可以給你們部門單獨贊助些經費，不成問題。」

「那倒不用了。」譚飛替我回答道，「所有款項都得統一入帳。我們部裡不留錢。」

老總還想再說什麼，但譚飛已經站起來，伸出手道：「我會儘快把合同擬出來，您也準備一下，過兩天我找專業的同學幫您拍片子。」

看著老總背著手踱出門去，我一肚子不痛快，坐在小沙發上拍著扶手。「什麼啊！我最受不了這種動不動就想教育人的人了。他總覺得他那一套商業上的規矩才是真理，覺得學生都幼稚！憑什麼呀！市場是市場，學校就是學校！還有你，你怎麼這麼好說話，什麼都答應，還替他們操心！」

譚飛笑咪咪地看著我，也不答話。等我全都抱怨完了，過了好一會兒才說了句：「你真可愛。」

接下來的大賽籌備就進行得很快了，簽合同、宣傳、安排場地、舞台布置、選手訓練，其他幾個部門早就蓄勢待發，各項工作立刻步入正軌。

我們部開始把重點轉移到聯絡嘉賓與媒體，譚飛安排我負責校外來賓接待，贊助部分由他自己全權管理。於是一直到晚會前夕，我都仍然不知道譚飛準備怎樣應對學校和公司雙方面的要求。聽說他用兩個下午給那位氣宇軒昂的老總拍了video，我沒看到成品，但我怎麼也想不出，什麼樣的拍攝才能不讓當天晚上出席的校領導臉色發青。

比賽當天早上在禮堂見到譚飛，他正和藝術中心的同學一起忙著搭建舞台背景，見到我就笑著擠擠眼睛。

「晚上把其他嘉賓安頓好，就跟我一起陪公司代表吧。」

「你準備怎麼幹？」

他揚揚眉毛指著天空：「天為什麼是藍的？」

「你什麼意思？」

「因為太陽是紅的啊。小傻瓜。自己琢磨吧。」

說完，他又開始忙了，拿著喇叭叫著各方人馬，統籌全域。

當晚的一切都還算順利，從下午開始，我就忙著接待各方來賓，電話在校門保安、報社、外校師生之間不停轉來轉去。出了一些小岔子，但基本無傷大雅。一整天的忙碌讓我完全沒空替譚飛擔心，直到一切都順利就位，會場燈光完全暗下來，觀眾的螢光棒興奮不已地左搖右晃時，我才想起譚飛早上的話，連忙奔到主席台右側的小包廂，氣喘吁吁地在他和那位老總身邊坐下。

「不錯，真是不錯！」我進去的時候，剛好聽到老總先生嘉許的聲音。

我低頭朝會場中心望去，當時場內已是一片漆黑，只有舞台中央兩道藍光分外鮮明。我仔細一看，才發覺原來那就是舞台背景上的產品廣告，不知道譚飛用了什麼樣的螢光材料，在黑暗中完美地吸引眼球。

「小李呀，」老總一邊點頭一邊對我說：「你要學學這位小譚同學，你別看他年齡小，辦事頭腦可真不錯。而且又懂得新知識，你看這廣告還有立體效果呢。」

我心裡怦怦跳著，暗自猜測著觀眾們的反應。我探頭朝觀眾席上望去，只見黑暗的海洋頗為平靜，螢光棒的星星點點甚是好看，完全沒有出現噓聲或是跺地板的抗議。

就在這時，幾聲渾厚的鼓點打破了寂靜，舞台兩側的追光突然亮起，頂棚的七彩大燈也一明一暗地投下了炫目的光華，觀眾中爆發出一陣浪潮一樣的歡呼。節奏強烈的舞曲如焰火一般在會場中綻放開來，一陣藍紫色的煙霧過後，三個女孩和四個男孩跳著狂風般的街舞出現在舞台上。觀眾一下子嗨了起來。

而就在這時，舞台背景又發生了變化，幾個舞者身後，贊助公司和老總的畫面伴著激昂的節奏閃現出來，先是老總幾個不同角度的特寫，接著是公司總部園區的畫面，配合著音樂一亮一暗。

「我後來臨時把方案改了，」譚飛輕聲對老總說：「我覺得融合音樂的方式可能比直接播放更有效果。」

老總沒有說話，看上去是被整個舞台的影像所吸引，甚為專注。

我也仔細地盯著舞台中心，畫面變成老總在校園裡漫步。我越看越覺得奇怪，我發覺，所有的影像都太有立體感了，簡直不像是在螢幕上呈現，而分明像是真人實景。

「這是……全像投影……」我一下子明白了，張大了嘴看著譚飛。他使勁踩了我的腳一下，又輕輕地向我點了點頭，我於是立刻閉上了嘴。

老總顯然是對這樣的出場非常滿意，因此，儘管影片從始至終沒有他一句講話，但他還是贊許地拍拍譚飛的膝蓋說：「小夥子，不錯嘛。想不到你們現在拍片子的技術這麼好！」

接下來的一切就很順利了，晚會在燦爛的燈火和優美的旋律中流動，而公司的產品廣告始終在舞台中央閃閃發亮。黑色的布景前，藍色的光影流動，像雞尾酒杯中的霧氣，帶著虛幻的若即若離，一會兒耀眼，一會兒遠離，刺目的同時散發出無可抗拒的誘惑，如同名利場中的夢想一樣閃光。如果不知道真相，沒有人能看得穿。

廣告一直都在，但現在我放心了，除了我們幾個，沒有人能看得到。

每個人都很開心，觀眾、校領導、公司代表，以及我們。

真是一個完美的夜晚。

晚上，當我們目送老總的黑色轎車揚長而去，我笑著狠狠地捶了譚飛一下：「你不夠意思！事先都不告訴我，害人家一直擔心！」見他嘿嘿地笑著，我又加了句，「不過，你這算是欺詐，哪有廣告只打給自己一個人看的！」

「哪裡是欺詐，合同只說了廣告，又沒說必須多少人看見。」譚飛一本正經地搔著頭，「『年輕人腦子就應該活一些，以後是要走入社會的，現在就得好好學學啦！』」

我被他的樣子逗笑了，忍不住又問：「可是這也夠冒險的，你就不怕他走到場館其他角度看看，把你的小伎倆識破嗎？」

「他？」譚飛笑了，「你覺得他會喜歡換角度看事情嗎？」

做一個家庭主婦也不像想像的那麼容易。來美國一年了，我的生活開始無法遏止地向深谷滑去。

也許我不應該選擇Ｆ２出國[6]，應該自己申請，可是做決定的時候，誰能知道所有結果呢。我只是想和他在一起，分開了我會怕。這想法不切實際嗎？只是這樣簡單的一點願望，我從來不向生活奢求什麼。如果我知道美國的生活是這樣單調，如果我知道所謂大學城不過是個村子，如果我知道男人的實驗室要遠遠大於生活，那麼我不會做這樣的決定。我起碼不應該放棄我自己，放棄我習慣的一切，放棄我十六年的讀書考試。我現在什麼都沒有。我害怕承認這一點，可是我不得不承認。我真的害怕，在他身邊也怕，怕失去他，更怕在失去他之前失去我自己。

「你想太多了。今年趕快申請，還有希望。」

吃早飯的時候，他又一次說我想太多了。他常常這麼說，無論我說什麼，他都像扭頭一樣輕輕把我的話扭開，只需要一句：你想太多了。

是的，他是對的，我應該振作，我應該趕上今年的申請。

我向他笑笑，想忍住心裡的委屈，不想哭，不想在他出門之前把他一天的好心情弄糟，我想笑得開心一點，甜甜的，像桌上的布朗尼，像個好太太，像韓劇裡的女主角。我真的想笑，我不想哭。真是討厭，我為什麼這麼沒用。

6 Ｆ１是留學生，Ｆ２是配偶陪讀，不能合法讀書或找工作。

他被我的淚水弄得有點不知所措，接著又有點懊惱，隨後很快變成煩躁。他強忍著怒氣把報紙疊上放在一旁，把咖啡杯推開，像執行一項任務一樣來拉我的手。他想表現得溫柔，這是他最後一道容忍的底線。他說親愛的，別哭，哭得都不可愛了。他的話顯得空空蕩蕩，在廚房的陽光裡碎裂。其實他最討厭女人哭哭啼啼，我知道這一點，所以連我也討厭我自己。他喜歡的我喜歡，他討厭的我也討厭。怎麼辦，我讓他這麼為難。他其實根本不想安慰我，他很煩，但他在努力做形式，只是還想維持關係。

「你不用這樣，我知道你覺得我很討厭。」

我把手抽回來，揉著眼睛，想讓自己看起來強大起來。

「你別這樣。」他像是在求我。

「你快走吧。快去實驗室吧。」我不想讓他看到這樣的自己。

「你到底想讓我怎麼樣啊！」

他忽然有點火了，站起身。我們倆都僵住了。

好一會兒，他緩緩地坐下，將我額前的碎髮撥開，親了親我的額頭，聲音顯得很漠然：「你這幾天有點神經質，也許是不舒服了，去看看醫生吧。」

我搖搖頭，問他：「我中午去找你一起吃飯好嗎？」

他猶豫了好一會兒，終於點了點頭。

他走了，狹小的廚房顯得很大。空靈的陽光打在餐桌上，餅乾渣，半個荷包蛋，咖啡機。身旁是米黃色的木頭櫥櫃，櫃門上有花紋線，碗碟是純白，有一絲綠花，碼放得整整齊齊，鍋灶安靜而光亮，水池邊沒有汙點。一切都是如此乾淨整潔，如此理所應當。它們當然乾淨，因為它們是我每天的全世界。

上午我去超市買東西，想買件顏色溫暖的衣服，希望中午見他的時候，能讓自己顯得溫和一些。換個顏色也許就能換個情緒，這道理或許鬼扯，但這是我現在唯一能抓住的稻草。我的情緒太壞了，實在太壞了。我真想讓自己好起來，好得像檸檬的顏色，而不是現在這樣，一團漆黑。

昨晚我做夢了。夢見我在無邊的夜裡奔跑，哪邊都沒有方向。

我給國內從前的導師發信，希望他能幫我寫推薦信，導師婉拒了。這幾乎是必然的，大四做畢業設計的時候幾乎沒有用心。那時只想著結婚，只想著跟著他出國，只想著到了美國養尊處優，哪裡有心情做汙水處理的調研。我的成績不好，想申請到他的學校實在很渺茫。去年剛來的時候就申請了一次，沒有拿到錄取，今年想著降低標準重新來過，可是連準備材料的勇氣都沒有了。漫長的申請根本就是一場戰役，稍有一點憂慮，就堅持不到結尾。我的電腦在家攤開著，像一個爛攤子，我不想碰。

路上一個人都沒有，偶爾飛速駛過一輛汽車。馬路不寬，可還是顯得空曠。速食店門口有一個咧著大嘴笑的牛仔的路牌，笑得那麼燦爛，是我唯一的安慰。速食店旁邊是比薩店。比薩店旁邊是巨大的像倉庫一樣的超市。超市旁邊是田野，不能再往前走了，再往前走就出城了。我站在停車場中央，縱橫交叉的白線像畫地為牢，我站在那虛假的牢裡，真的一步都走不動了。我很想打電話，想找個人拜訪一下，想聽聽除了我自己之外的另一個活人的聲音，可是頭腦空空如也。事先都沒有定約會，能去找誰呢？

中午去他實驗室的路上。我小心翼翼地重新想了想我們最近的這些日子。

他和一年前肯定不一樣了。這是他變了，還是自然而然的厭倦，我說不清，但我能感覺出來。他不再喜歡和我開玩笑，不再喜歡逗我開心，不再一到晚飯時間就興沖沖地跑回家，到廚房裡大叫著抱住我，說餓死了餓死了，老闆真是資本家，老婆真是人民的大救星。他回家變得越來越晚了，回來也沒精打采，我說話也不認真聽，他有時候看著電視，一個人發呆，眼睛定定地像是看著外太空，我站在一旁看他那麼久，他也沒有察覺。他開始覺得我無聊。他不想表露出來，可還是在話語的邊邊角角露出蛛絲馬跡。你能不能別這麼無聊啊，有一天他說。他看著我的樣子像看著他出錯的機器。我心裡害怕。其實我也不想這麼無聊，可是誰能給我一道光呢？有一道光，我就能從這無邊的生活裡走出去。一道也好啊。

「阿康。」我在他背後叫他。

他嚇了一跳，轉身的時候還有點恍然。

「你幹嘛呢？」

「沒什麼。去吃飯吧。」

他關了螢幕，我們來到餐廳。身邊的大學生熙熙攘攘，音響大聲的放著黑人饒舌樂，胳膊下夾著滑板，喲喲地從我們身邊經過。我說話不得不提高聲音。

「你現在做的課題是什麼啊？」

我微笑著，關心他的學業。我一點都不懂，但我想知道他每天在想什麼。我以前都不問，因為我知道我不懂。今天我想主動問問，人們總說男人也需要被理解。

「黑洞和暗能量。」

「那你都做什麼呢？」

「我們最近設計了一個實驗，探測暗能量。非常細微的扭矩實驗，如果有暗能量和正常物質世界相互作用，應該能探測到。」

「我一直想知道，什麼叫黑洞啊？」

「就是一種引力極大的天體，連光線都跑不出來。黑就是吸進一切，什麼都逃不掉。」

我倒吸了一口氣。原來我的生活就是黑洞。

「原來生活就是黑洞。」我說。

「什麼？」

「生活，還有欲望，吸進一切，怎麼都逃不出來。」

「真是女人。」他毫不在意地低頭切著香腸，「言情風格。」

「難道不是很有道理嗎？」

他聳聳肩：「嗯，有道理。」

「那什麼是暗能量呢？」

「暗能量，」他停下刀叉，有點高興了，「是一種人類還不了解的宇宙組成，推動宇宙加速膨脹。你知道，任何物質都只有引力，只能拉著宇宙時空向中心集中，只能讓膨脹減速，可是現在人們發現，大概在四、五十億年以前，宇宙開始加速膨脹了，這說明至少有一種存在，能夠產生推斥力，而且隨著時間演化逐漸增多。」

「四、五十億年前？那不是地球誕生的時候？」

「差不多吧。」

「既然是這樣，那麼會不會暗能量就是人的悲傷？」我認真地問，因為想到自己敬畏的東西而聲音有點發抖，「會不會生命的情緒真的有重量？因為宇宙中悲傷的情緒越來越多，所以宇宙開始加速膨脹？只有悲傷讓一切相互遠離。而這樣也能說明為什麼是在四五十億年前了。」

他笑了：「四、五十億年前，地球上可還沒人呢。」

「但有外星人啊，比我們早一些的，總之是在宇宙半途中生成的。」

我說得很嚴肅，想到那些在無邊遙遠的地方悲苦的痛哭，化作宇宙中無比強大的推斥力，感覺十分神奇而肅穆。但他完全沒有和我一樣的感受。他只說這個點子不錯，可以發到BBS上。他甚至連笑都沒怎麼笑，很快就心不在焉了，專心將他的薯條和沙拉吃了個乾淨。我問他這幾天工作得好不好，他搖搖頭說不好，做不出結果，和老闆也很僵。我問他怎麼了，他又說沒什麼，讓我別管了。我說晚上去城裡看煙火好不好，今天有個電影節。他說行啊，但他可能要先加班。我說沒關係，我下午就坐車過去，在城裡等他，晚點沒關係。

午飯吃得不冷不熱。我想理解他的努力沒有任何作用。我們都沒有提早上的不愉快。就像路上的一個陷阱，我們都小心地繞開。陪他回實驗室的時候，我們遇到一個很漂亮的女生，穿著短裙和長靴，和他熱情地打招呼，我問他那是誰，他說是新來的師妹，跟誰都打招呼。我說性格真好啊，是不是，他敏感地看了我一眼，說你別神經兮兮啦。那一刻我看他離我好遠，慢慢離我遠去，遠得我連碰都碰不到，更不用說抓住他的手了。

然後，我就和他告別了。

下午一個人在城裡逛了很久。所謂城裡，是離大學城最近的一個城市。大學城就是幾萬人的一個小鎮，一個鎮子一多半都是校園，除了學生就空空如也。我們大規模的採購和娛樂都要來附近的這個城市，坐長途車一個小時，倒也不算太不方便。城裡比小鎮熱鬧些許，街上能看到來往的一些人，舉著熱狗和巧克力，這讓我有了一絲生活的氣息。我好像好一點了，不像早上那樣一團糟了。我給他買了一頂帽子，想著晚上應該能過一個好一點的夜晚了。

可是晚飯時間他沒來。

晚上八點，他還沒來。

晚上九點了，他仍舊沒來。

我在一家速食店坐到自己實在坐不下去了，走到外面給他打電話。沒有人接。高高的露台能看見半個城市，燈火下的高樓街巷頗有種唬人的輝煌。這邊的城市通常雷同，市中心有幾幢聳入雲霄的高樓，除此之外，就只是一座座簡單相似的小房子，零零散散地鋪開。白天看起來算不上繁華，但夜晚燈光都亮了，卻頗有種富麗堂皇的錯覺。

富麗堂皇的空樓，人去樓空，辦公室都鎖著，只有燈光亮著。我站在露台上，看著對面樓空虛而明亮的上百間房屋，忽然有一種闖入另外一個世界的感覺。好像是在夢裡，全世界都沒有人，只有我一個，一個人站著，對著四下裡的黑暗，彷彿到處有光，卻到處都沒人。露台上空曠得如同大漠，夜涼如水，頭頂沒有月亮。我繼續打電話，還是沒有人接，手機裡嘟嘟的聲音一聲接一聲，像穿過深夜的長久的哀號。我證實了自己的猜測，我是在夢裡，我是在另一個世界，我是在黑洞，所有人都將我拋棄了，這個世界沒有人，我想和人說話，沒有人理睬，我想理解人，沒有人想被我理解。

忽然之間，我明白我怕什麼了。

我怕我消失。我怕我在他生命裡越來越小，越來越淡，越來越沒有痕跡，就好像在木頭上劃過一條線，起初清楚，但隨著木頭表面受風沙打磨，最終磨平，再也看不見線的位置，輕輕易易，再也不被需要，甚至再也不被想起，一個多餘的、曾經的存在，一點點在時間裡消失。被忽略。我怕，我顫抖起來，風吹得身體搖擺，我怕。

我繼續給他打電話，電話終於通了，他聽起來很不耐煩。

「對不起，真對不起。但我今天實在去不了了。實驗弄得很差，剛剛跟老闆開嗆。」

「沒測出來嗎？」

「沒有。你自己能回來嗎？我記得長途車還有一班。」

他很忙。他有他的大事情占據心靈。他有他要操心的工作。我在他生活裡畫不下痕跡。他有他的朋友，他的導師，他的師妹。我什麼也不懂，說話都說不上。我是一個透明的人。他為什麼不順利呢？他那麼聰明，那麼努力，怎麼探測不到想要的結果呢？他現在很煩躁，很有火氣。我什麼也幫不上忙。看來我是錯了，暗能量不是人的悲傷。要不然為什麼我這麼這麼悲傷，他還是什麼都探測不到呢？

也許，也許，暗能量不是情緒，而是靈魂本身？也許人的靈魂是有重量的，不是有人說過靈魂的重量是二十一克？也許所有活過的生靈都沒有消失，它們只是化作了推動宇宙的力量，也許靈魂永遠不散，它們就在我們身旁？

我忽然感覺到一股勇氣，我不孤單了，這周圍也不是空的，它們都在，所有曾經的靈魂，它們沒有消失，它們就在我身旁，陪伴著我，溫暖著我，歡迎著我。我終於不是一個人了，我參透了它們的存在。我有勇氣了，我要讓自己再深刻地在他生命裡刻下一道痕跡。這是我唯一能為他做的。我要飛起來。我要變成暗能量。煙花亮了。我只需要一道光，有這麼多道光，足夠了。

他心裡隱隱約約覺得不安，她在電話裡顯得有點遲鈍，他不知道她是不是迷路了。他想去長途汽車站等她，末班車了，也許他不應該讓她自己回來。

老闆真是殺千刀的，今天有點背，又趕上一頓臭罵。他總是這樣，自己心情不好拿學生出氣。為什麼還要跟他拚命幹呢？還是想向上再爬一步吧，也許她說得對，欲望是個黑洞。

不過，他想，男人和女人最大的差別就在於，男人是一步步推導，想到深入，女人總是滿足於表面的相似，大驚小怪。

他拿上風衣，準備出門，臨走的時候看了最後一眼螢幕，忽然發現一個小小的波峰，說明有反應探測到。他一下子把風衣扔掉，撲到螢幕前，連忙查找剛才的資料，雙手在顫抖。他興奮地看著曲線，打字的時候錯了好幾遍：探測到暗能量，這是本世紀最大的發現。

# 橙

珍珍什麼都好，除了有點愛張揚。她長得很可愛，有點嬰兒肥，一笑有兩顆小虎牙，而且很愛笑。可就是愛張揚的這個毛病，讓我陷入一場尷尬。

珍珍平時能自得其樂，不怎麼纏著我。她有各種各樣要花精力的事，逛街，比較化妝品，讀情感專欄，學做點心，還有日復一日地減肥。我不太在意她把精力花在什麼地方，只要她自己高興，而且不必拉著我一起就行。我能自己看自己的書，她也能忙忙碌碌時常有些快樂的小瞬間，這樣的日子還是很不錯的。

除了減肥，她關注的問題很少能超過三個星期。我倒是也佩服她，大呼小叫的感慨過了一段時間竟然能忘得乾乾淨淨。唯有減肥，是一個長期連續不斷艱苦卓絕鍥而不捨持之以恆的老話題，常說常新，永遠沒有效果。我是覺得她不胖，有一點小肥肉感覺舒舒服服的挺好，可是怎麼說都不行，她就是覺得自己胖，夏天穿漂亮衣服不好看，比電視上的演員肥得多，坐著腰上有救生圈，站著胳膊底下能擠出肉，勒緊的小吊帶喜歡也不能買，等等等等。每次忍不住吃巧克力，吃完了又捶胸頓足地拉著我哭訴，說這下又要多長三斤肉了，我說你吃的巧克力加起來也沒有三斤，更別說人每時每刻新陳代謝散發出去的能量了，她說你哪裡懂，減肥的大戰，一刻都不能掉以輕心。走在馬路上，她一看見身材苗條的女孩就目不轉睛，眼睛比我還直。

她報了減肥班，買了健身書籍，還從網上下載瘦身食譜，隔三岔五節食。我每每看著她把銀子花在這些地方，就大肆感嘆中國GDP構成還是太不平衡，寫這些書的人賺錢，研究農村技術的不賺錢。我勸她別節食，當心身體，又嘲笑她輕信，上那些食譜的當，她不聽，一意孤行，每種食品仔細比較，每頓飯精確到按照米粒計算。其實這還是沒心事的緣故，她要是像我這樣憂國憂民，就沒有閒情長肉了。

有一天，她吃柳丁的時候突發奇想道：「要是有一種溫度錶，能夠一下子測出某種食物的糖分和熱量該多好。」

當時我正看電視，她的話只是無意識地飄進耳朵。我沒答話。

「糖分能不能測啊？」她又問。

「能啊。」我有一搭沒一搭地說。

「怎麼測啊？」

「化學書上都有。」

「我要是記得住，還要你幹什麼？」她露出嗔怪表情。

我笑了，她給我削了柳丁，說柳丁是好水果，富含維生素C，熱量還低，上佳減肥食品。我說我可不吃減肥食品，生怕太瘦。一邊說著，我一邊接了過來。

這段對話後來被我們兩個人都忘了，要不是有一天我心煩意亂的時候她格外嘮嘮叨叨，我可能永遠也想不起來了。

現在回想起來，珍珍嘮叨的時候其實真的不多，那一天她也不算是特別嘮叨，可能也是我剛好踢輸了一場球，總結報告又馬上到截止日期了，我心浮氣躁，什麼都聽不進去。現在想想，應該是這個緣故。

珍珍那天也不過就是比平時多抱怨了幾句又吃太多了，唉聲嘆氣，我就很不耐煩地說了一句：「得了，你別這麼沒完沒了了，趕明兒給你做一個糖分檢測器不就萬事大吉了！」

「真的？」她一下子來了精神。

此後的幾天她不屈不撓，撒嬌耍賴要我兌現承諾，我此時再說做不了已經晚了，她覺得我什麼都應該會，說不會的只是敷衍塞責。

於是，我只好騙了她。

珍珍這個人最大的好處就是信任別人。信任到傻頭傻腦的狀態。我就喜歡她這點，從來不像有些疑心病重的女生，五分鐘打一個電話察看你在什麼地方，說沒說謊，肩膀上有沒有不知名的長頭髮。老天爺。誰知道什麼時候在公車上就能蹭上幾根長頭髮，要是趕上這麼個女朋友，日子就沒法過了。珍珍這點好，我跟她說我去哪兒了，我最近在做什麼事，她就信，也不派私家偵探查。她有她要忙活的事情。這樣最好，兩個人都高興。

糖分能查是能查，斐林試劑和班氏試劑，只不過兩種都要水浴加熱，斐林試劑還得現用現配，哪那麼容易就做成檢測器。再說就算能檢出有糖，沒有精確稱量，誰能知道劑量呢？如果這種容易忽悠賺錢的東西很好做，早不知道有多少企業推出大廣告了。這些道理淺顯，只是她不聽我的，我有什麼辦法？

我只好搞了點班氏試劑過來，裝進一枝探測筆，探測糖分。尖端毛細孔吸進一點溶液後，根據沉澱，能判斷是否含糖，這樣就保證不會錯得離譜。我叮囑珍珍只能在熱食物裡測量，以保證有效。筆身上有兩個小顯示幕，分別顯示三位數字，我說那分別代表糖分和熱量，可實際上，糖分欄只是個亂數產生的小程式，在確定含糖的情況下，隨機產生一個很低的值，好像每種食物裡的糖分都差不多，而且都不高。而熱量是按照糖分計算的，起碼是成比例的，保證不至於穿幫。為了讓她高興，我特意把表面塗成溫暖的橙色，珍珍這人簡單，看著顏色亮麗往往就不再計較內容。

我把這個小東西給了她，她如獲至寶，接下來的幾天都在一樣一樣試著測量，熱巧克力、即溶咖啡、雞蛋湯、玉米粥、紅豆沙，每一碗都先插進去測一測。她驚奇地發現原來生活中的大部分食物都如此低糖低熱量，高興得無以復加，認定之前的書上的說法多半危言聳聽，以後可以放心大膽地過日子，再也不用神經兮兮了。

她就是這麼相信我。

對我來說，這是個好消息。她的愁眉苦臉變少了，我們一起高高興興的時光就變多了。她為計算飲食熱量花費的時光變少了，我們一起出門看電影吃飯的時光就變多了。

我起初擔心，敞開禁忌大吃特吃的珍珍會迅速吹起成小皮球，這對她對我都不是什麼好消息。然而神奇的是，過了一段時間，珍珍竟然沒有胖起來，甚至稍稍瘦了那麼一點點。對此，我大惑不解。

我想過三種可能，一是她原先吃得就不少。別看她每天壓抑自己，列各種禁忌，但其實越禁越想吃，把不能吃的東西寫在表格貼在牆上，反倒是一種提醒。再加上女孩心情鬱悶時愛用吃甜食解悶，她越是壓抑自己，就越需要爆發一下。

另一種可能是她最近活動得多了。以前整天對著電腦查減肥攻略，除了一週一次跳操，都不怎麼出門，近來心情舒暢，時間也多了，沒事就陪我騎車去公園，體力消耗變大了。

最後一種可能是心理作用。當她相信這些食物吃了不會變胖，就真不會變胖。這種說法聽起來很唯心，放在以前，我怎麼也不會信。但是最近我覺得，心理可能確實會給整個機體一種暗示作用，擔心變胖和相信不會變胖，在身體裡激起的分子活躍程度大概就是不同的。

不管怎麼說，她生活在一種虛幻的表象裡。雖然說我們每個人都生活在某些表象裡，但只有她的表象看得到出處。她的表象是我製造的。

平靜的日子有一天終於走到了盡頭。

那天我一接到電話，就趕到商場，珍珍的吵架已經到了最後的收官階段。我遠遠就看見珍珍，橙黃色的羽絨服在眾人圍繞中顯得亮眼，她正理直氣壯地瞪著眼，身旁她的好朋友琪琪正在和銷售姑娘你一言我一語地據理力爭，兩個人說話都快而高聲調，交疊在一起，讓人一句話也分不清。我擠到人堆裡，問珍珍是怎麼回事。

「去你們公司！」琪琪大聲說。

「你們想幹嘛？」銷售小姐警覺地問。

「你不是不知道、也做不了主嗎？」琪琪說：「我們去你們公司，找你們頭兒說去！」

在這空檔，珍珍給我大致解釋了事情的由來。她們買了這個公司的嬰兒米粉吃，是昂貴而包裝誘人的那種。女孩子常常有這種奇奇怪怪的嗜好，愛吃嬰兒米粉，愛抹嬰兒潤膚霜，大概因為質地尤其細膩的緣故。她們買這種米粉有一段時間了，以前沒有太仔細，最近出了毒奶粉事件之後，她們的警覺性一下子提高了兩個量級，連忙找來米粉的包裝，用我的測量筆一測，發現含糖量和熱量都比包裝上寫明的低了很多，頓時勃然大怒。要知道，大人少吃點熱量是好事，嬰兒正在生長發育的關鍵時期，少了營養可是要影響身體的。尤其是買這麼昂貴營養品的家長八成是很篤信資料資訊的那種，要是按照這個包裝資料給孩子餵食，豈不是誤事！這麼貴的東西，怎麼能這麼坑人！

我越聽越汗顏，在人群中又不知該怎麼解釋，只能低聲對珍珍說：「算啦，小事，咱們回去再說吧。」

「不行！不能算了！」琪琪回答我，不屈不撓地瞪著銷售小姐道，「什麼態度啊？不能就這麼算了！說我無理取鬧！我告訴你，就衝你這句話，你們公司我是非去不可了！」

琪琪是那種能把小事化大的人，買了東西常常去退貨，這一點上，她給了珍珍相當不良的影響。

「珍珍，」我尷尬得臉上發燙，低聲說：「我那個小東西，算不得數的。」

「不行，那也不能糊弄。」珍珍也學著琪琪的勁頭說：「怎麼也得去找專業部門鑒定，看看到底誰是對的。」

「唉，算了，又不是什麼大問題。」

「誰知道是不是大問題！奶粉的事情你又不是不清楚！」珍珍的眉毛可愛地揚起來，「就不明白你們男人了，整天憂國憂民，真正到了較真的時候又退縮！要是人人在小問題上都有較真的精神，這個國家哪還用得著憂！什麼事兒說得好聽，一到臨頭就退縮。」

她都這麼說了，我還能說什麼呢！大家都看著我。憂國憂民總有難處啊。

就這樣，我被她們拉上了公司的運貨車，伴著一車清空了的米粉箱子，晃晃悠悠地開到了公司大樓。

公司在城裡一幢高聳的寫字樓，長長的走廊一間一間辦公室，大理石地面光可鑒人，國內國外各個公司的名牌，在掛著風景畫的牆上列成一排，看上去氣派。我們找到米粉公司，和前台小姐打招呼之後，坐在門口的椅子上等著。我看著周圍的走廊，兩個女孩嘰嘰呱呱。她們一路上鬥志熱情不減，商量對策，不但自己的事情壯懷激烈，還主動與身旁的人搭腔。走廊上時而穿梭捧著資料夾的男男女女，打著領帶，穿著西裝套裙，到茶水間沖咖啡。他們是菁英代表，統籌各種貨物買賣，可是他們見不到自己賣的貨物。在人樓裡什麼都見不到，很多辦公室的百葉窗都是垂下的，遮擋陽光，遮擋天空，遮擋大地，只能見到辦公桌上的電腦螢幕和辦公桌之間的曖昧鬥爭。這裡有各種各樣的公司，販賣的貨品也各種各樣，從進口乳酪到國產手機，從人的培訓到人的夢想。身旁的珍珍和琪琪像兩個異類，絲毫不管周圍的環境有多麼文質彬彬，兩個人就是高聲說著，拉著身旁一個中年女人的手高聲說著。我忽然覺得世界有點不真實。

那個中年女人也是來找米粉公司的。她穿著不合身的棉外套，抱著一個小孩，看上去面容愁苦。她中年得子，但孩子有先天性糖尿病。平時嚴格控制飲食，本無大礙，但最近吃了這家公司的無糖米粉，孩子的血糖卻突然升高了，差一點昏迷不醒。她不知道是怎麼回事，抱著試試的打算來公司問問。

珍珍和琪琪自然不會坐視不理，她們立刻找了小碗，衝到開水間，現場把米粉泡了，拿測量筆伸進去一測，小螢幕蹦出幾個數字。

我一下子跳了起來。

我的測量筆在數字上說謊，可是有沒有糖是真的。

事實上，以測量筆粗糙的精度，濃度低於一定程度，根本測不出來。它只會往低了報，不會無中生有。有糖的都可能顯示為零。能顯示數字就說明，無糖米粉不僅有糖，而且不少。

這下子我和她們一樣激動起來了。我們拉著女人的手，等都不再等，直接繞過前台小姐，吵鬧著闖進辦公室去。燈光虛幻的辦公室被我們攪起一陣塵埃。

後來，事情轟轟烈烈地運行下去了。我們的小事情一點一點擴大，先是鬧到檢驗部門，然後見報，再後來引起無糖食品嚴格標準建立的廣泛呼籲。很多標明無糖的食品價格昂貴，但實際上只是個別工序的小小花招。不知道之前之後還有多少糖尿病小孩有過危險。

這樣的結果讓我覺得有點恍惚，就像那天在人樓，看到身邊的世界覺得不真實。有時候，真相是禁不起追的，一重表象的破裂，會引發許多重表象的揭開。

自從知道我的測量筆只是騙人，珍珍就開始露出「原來……」、「好啊……」和「等著瞧」的一連串複雜表情，然後就開始試圖找出我還有哪些其他地方忽悠了她。結果發現我以加班名義去打麻將，該買醬油的錢買了足球彩票，聊天軟體上的甜言蜜語只是自動回應。於是，從那天之後，我的日子就慢慢變成了這樣：

「珍珍，你穿這個還真好看。」

「真的？我才不信呢。你是不是懶得逛了，故意敷衍我？」

「週末我陪你逛街吧。」

「有什麼事求我？沒事？沒事幹嘛顯得這麼殷勤？」

「我今天去趟小李家。」

「小李？還是小莉啊？幾點去？住哪兒？坐什麼車？我剛才給你打電話怎麼不接？我不看，看你手機也沒用。誰知道那顯示號碼是真的假的！」

我的好日子就這樣走到了終點。生活裡總有一些東西打破了就難以修復，打破了才知道好處，比如鏡子，比如純情，比如信任。我自己是懂了，只是我不知道，那些大樓裡的人有沒有懂。

# 綠

再次踏上這列火車的時候，三年已過。夜幕中的田野一片漆黑，無法勾勒的細節就像這一路匆匆經過的生活，速度那麼快，然而什麼都不曾看見。

西北的土地一馬平川，沒有鑽入鑽出的山洞，也沒有讓人不斷轉移注意力因而回避困擾的燈影霓虹，只有無限重複而深廣的靜夜，只有足以讓人迷失在其中並且面對記憶的寂靜的天穹。

三年的生活宛如這玻璃上的幻象，我以為能看到風景，車窗卻始終如一。明亮的玻璃上映出自己的影子，映出正在歡愉遊戲的身邊的旅人，映出狹窄的個人空間和倉促的擦身而過，映出亙古不變的車廂的恆常。這正是我的路途，我的尋找。我想找到心底的那片綠洲，可是一路走來，只看到幻象。我仍然記得三年前望著天空時心底那清淡而單純的願望，不求聞達，不求顯貴，只求聽喜歡的音樂，讀喜歡的書，在一個人流浪的路上迎向藍色的陽光與流水，在天邊清簡而孤獨的路的盡頭與心裡的綠洲不期而遇。現在想來，這願望是如此固執。從那之後我走了很多路，綠洲卻一直沒有出現，車窗只映出恆常的車廂，擁擠卻歡鬧。

這一次回來，是收到學生寄來的信。三年前在這裡教一個月，留下些許未斷的聯絡。當初教的學生中考剛剛結束，現在是高考結束。有兩個孩子考上大學了，其中一個寫信給我，要我無論如何來看看她們，吃一頓給她們慶祝的家裡的麵條。我欣然允諾。

學生住在山裡，除了縣城，她們哪裡也沒有去過。雖說西北的荒山不像西南那樣險峻，但出山進城的旅費依舊讓人無法負擔。她們考上了大學，這就意味著可以走出山，走進這個看起來繁華的花花世界了。

記憶裡還有三年前的那一趟火車。那一次是白天，陽光燦爛，平原遼闊一覽無餘，田地的四方形黃綠交錯，路過大片大片的金黃的油菜花，帶著無憂無慮的茁壯撫慰生活的貧瘠，讓人看了心生暖意。我們在車上拍了很多照片，同行的美國學生更是呼叫連連。對他們來說，貧瘠不是問題，這樣的異域風情，連貧瘠都是一種風情。我們在車廂裡討論時事、生活夢想、未來的世界。美國學生總有一種在我看來有些誇張的拯救世界的熱情，口中不停說著領導、改變、救助，彷彿他們的到來真能拯救這片古老的土地。他們的話語映著窗外燦爛的太陽，顯得熱氣升騰，我們坐在對面，常常沉默以對。一個美國女孩問我們生活的激情，我們說了很多關於愛好、關於學術、關於尋常生活，她問我們為什麼都是逃離世界的激情，一個男孩說，世間黑暗，讓人無處踏足。

「那是當然，世界總是黑暗的，」女孩說：「所以才需要我們嘛。要是已經到處一片光明，還要我們幹什麼？」

大概這就是思維差異了。

廣袤的土地休養生息，在陽光的普照中看不出久居其上的人的悲苦。乾旱少雨的地方，連悲苦都是乾旱的。除了一九九八年水災，再沒有過大災大難，沒有讓人放聲哭泣的場合，沒有嘶喊。然而年年都是乾旱而漫長的，小麥栽下去只有稀疏的收穫，豆子有時死在地裡，土壤裂開傷疤似的裂口。年年如此。莫說三年，怕是三十年也難有太大變化。

時光在每個人身上畫下痕跡與烙印。土地用萬年褪盡青澀，人只用三年就夠了。同樣是不可逆轉的過程，卻不知道結果是否同樣赤裸而粗糙。三年中，那個美國女孩已經結婚了，在洛杉磯買了房子，做了闊太太。同行的一些夥伴有的遠走異國他鄉，有的繼續學業，有的已經開始在大都市的霓虹裡償還生活的貸款。大部分我們教的學生已進城打工，和我們失去聯繫。我一個人繼續著沒有結果的尋找。

物是人非，只有火車依舊。

小站到了，已是晚上十點。

出站就看到王老師，給我寫信的女孩的父親。他在村裡的初中教書，五年前是我們主要的接待。我在他家住過兩天，因而和他、和他的女兒都分外親切。

一見到我，他就熱情地迎上來，憨憨地笑著，接過我的背包。他人沒有什麼變化，皺紋也不見多。成人的面容總是不像孩子那樣容易變化。他將我帶到他的廂型車上，背包放後排，我坐到副駕駛座，車門鬆鬆垮垮地碰上，透著夜風，一路駛上盤旋的狹窄山路，駛入舊時光。

我問他這幾年還好不好，他說還行，老樣子。我說女兒可真爭氣啊，這下不用擔心了，他嘿嘿地笑了，沒有誇讚，但笑容裡透著自豪。他一直說孩子上不上得了大學都無所謂，但看得出來，女兒能考上大學，他比什麼都高興。

夜闌如水，土坯的民居在道路兩旁偶爾滑過，輕易讓人想起那時每天乘車去上課的時光。也是這條路，也是這樣曠達的視野。那時總是隊長阿平坐在我這個位置，我們擠在後座上，在每一個轉角相互擠壓出大聲呼笑。

「你這幾年都沒來看看啊。」王老師忽然說。

「哦，不好意思，」夜色遮住我的臉紅，「總說要來，但總有事情。」

「啊，」王老師連忙笑道，「不是責怪你，只是以為你會和小李一塊兒過來呢。」

「隊長？」我詫異道，「他後來常來？」

「何止常來，有一段時間是常住哩。」

「真的？他來做什麼？還是教書嗎？」

「不是，是做項目。」

「什麼項目？」

王老師忽然扭頭，帶著含義豐富的笑問我：「你不知道？我以為你倆好著呢。」

夜色再一次遮住我的臉紅，我支吾著說：「沒……沒有。您誤會了。」

那時阿平確實在追我。只是我沒有答應。我們有時午飯後會去村後的小河邊一起走走，下午回來的時候難免出雙入對。時間久了，不僅大人看得出來，連上課的孩子都起鬨笑著。阿平會佯裝惱怒，跟笑他的小鬼追跑打鬧。這畫面現在想起來已經那麼遙遠，畫面裡的笑容都恍然成了攝影一般，靜止著沒有動作，咧開嘴沒有聲音，眼睛亮得像星星，無論是阿平，還是笑鬧的孩子們。王老師的誤會是正常的，然而他不知道的是，我們已經三年沒有聯繫了，原本就不是同學，之後更是各奔東西。

我不敢再問，怕問多了又引起曖昧的懷疑。阿平來這裡做什麼，我心裡一點概念都沒有。他不是我從前喜歡的類型，我們和平地把話攤開，之後告別分手，心裡沒有太大波瀾。也許他心裡有波瀾，我不知道。我只是盡我所能做到坦率，把話說得坦率，說我只是還想流浪，而他不是喜歡流浪的性格，不是他不好，真的。我不知道當一個人對另一個人無法回應時，除了實話實說，還能做些什麼。我不曾掩飾自己因年少輕狂而充滿幻象的矯情，而這不掩飾已經是在那時那刻我能做到的最大限度的真誠。他接收了我的坦率，從此成為了解我輕狂的陌路行人。我不知道他現在人在哪裡，過得好不好。

黑夜包容人的一切遐想，我沒有再開口，王老師也善解人意地沒有多問。

車進了村子，開始顛簸。除了穿村而過的國道和中學門口的一段柏油路，村裡的大部分道路仍然是土路或石路。零星的路燈低矮昏暗，照亮土房門口一隅巴掌大的空間。遠遠就能看見綺梅站在門口，披著一件長襯衫，穿著拖鞋，仰首看著。

我下了車。她已經長高了這麼多。還是一句話都不愛說的忸怩性子，只是看著我笑，雙手還是相互攥著，臉蛋上的高原紅倒是褪去了很多。女孩子常常在某一個時刻突然舒展，因為未來在面前的龐然展開而眉眼獲得不期然的舒展。

我跟著她進了房間，看到一切都沒有太大變化。十八英寸的小彩電，牆上貼著大幅年畫，爐子不知為何撤掉了，但寬闊的炕上，還是能看到熟悉的繡花枕頭和被子整齊地擺在一端。綺梅說那是她繡的，高考之後沒事在家繡的。她又拿出一雙鞋墊，繡滿了鳳凰和鮮花的鞋墊。三年前她就給我繡了一雙，說是女孩子出嫁時需要的嫁妝。我笑了，說三年前那雙還沒用上，她羞澀地笑笑說沒關係，多留兩雙，嫁人之後也可以用。綺梅對嫁人有著和我自己從前相似的祕密的凝思，她家來過一個畫家，住了幾個月之後離開，她便想走出去尋找他，或者尋找和他相似的人。

綺梅的媽媽端著一碗熱氣騰騰的肉臊面出來了。村子裡的麵條馨香漫溢，不知比東部城市裡賣的好吃多少，不加肉末的純素麵就已經有唇齒留香的幸福感覺。

村裡缺水，小麥和馬鈴薯是主要作物。地裡種出來的基本只夠一家人餬口，每年靠糧食的收入不過千八百塊，再刨去燒煤取暖的五百塊，剩下的零零星星只是買一些生活用品。孩子的上學、大件物品的添置都要靠大人去城裡打工。王老師和妻子算是幸運，都有一份文職，總算可以不必遠行也能把女兒供到畢業。剩下的大部分家庭，孩子都與父母長期分隔在國度的兩端。村子沒有礦產、沒有歷史、沒有手藝絕活，只有一片籠罩空無的陽光。曾經有一個台灣慈善商人想為這裡投資網路，幻想教村民直接進入資訊時代，但在我們那年到來的時候，這工程正像無水的河道尷尬地懸停，地域就是生存的限制。

綺梅和媽媽坐在床上，絮絮地給我講著這幾年學校的狀況，各個學生的變化，王老師笑著站在門旁，扠著雙手悠悠地聽著。

村子和外界的溝通越來越多了，村子在一點點變好，留在村子裡的孩子比前幾年多了。

我看著面前的綺梅，思緒又一次回到三年前。

三年前。木桌木椅的教室。紅磚綠框黑板的教室。拉著我們問東問西的孩子。一心希望從我們身上了解世界從而走出去改變命運的孩子。純良的孩子，早早懂得世故和功利的孩子，沒有學會看天下先學會憤世嫉俗的孩子，而又純良到不懂得掩飾這一切的孩子。剛見到他們，隊裡有幾個人震撼了一番。孩子們不像他們想像的那樣懵懂純樸，一相識便眼淚汪汪地講述自己家庭悲慘，或是怒火中燒地控訴世間腐敗而不公。他們或許將我們誤解為能夠將他們拯救出生存窘境的人，這實在不難理解，村子裡來的外人實在太少了。

其實，能教他們什麼，該教他們什麼，我們心裡一點都不清楚。他們在意的是如何改變自己的命運，說話帶著電視上學來的腔調與措辭。我們大部分人手足無措，陪他們流眼淚，但不知道如何言說。他們說的我們何嘗不知道，若不是為此，我自己又為何想去流浪。

只有阿平和我們不同。還記得在第三週的一堂課上，他突然嚴肅而憤然地拍擊黑板，說：「你們說，我們這世上有多少沒有腐敗的地方？」

孩子們嚇得愣了，不明了他的意思。有的小聲猜「一半」，有的更加小聲地猜「四分之一」，阿平讓他們再猜，他們也訥訥地不開口。

最後，阿平自己回答：「沒有。」

孩子們略略騷動起來。

阿平端來一個空置的花盆，盆裡有土，他在上面澆上半盆水，說：「沒錯，淤泥遍天下，但這不是什麼稀奇的事。這個世界的本質就是腐朽。包括你我的人體自身，我們都在腐朽，所有的動物和細菌都在不停地吃，實際上就是在驚恐中試圖延緩這種腐朽。除了樹，一切都只是消耗財富的腐朽者。你們知道葉子為什麼是綠的？很簡單，因為葉子吸收了紅藍光子。但這種吸收和其他顏色都不一樣，葉子不僅能吸收，還能轉化。你們看這水，清不清？它和泥分得這麼開，有多麼清。可是清有用嗎？你把這盆泥水放上三個月，要麼泥水混合了，要麼微生物讓盆裡腐臭。你將它倒掉重來，三個月後還是一切從頭。能改變這一切的不是水，而是葉子。只有當某一天綠色誕生了，能將能量轉化，這個系統才有了生機。世間有淤泥誰都知道，但正是如此，我們才要去轉化。」

阿平的長篇演講孩子們聽懂了多少我不知道，在當時，即便是我們，也只是坐在台下，像孩子們一樣靜默地聽著。一些孩子哭了，但我想他們是被阿平語言中湧動的激情所打動。下課後淚水平息，生活繼續。阿平那個時候就是想要踏入泥沼的人了，他不介意應酬喝酒，也不介意商業侵蝕，他不喜歡遠行流浪，只是一個人做尋常的事情。

記憶片段化地飄進心裡，和眼前的現實混在一起。晚上和綺梅並肩躺下，她還是不想睡，小聲地時不時問我一些問題。我看著她欣悅期待的年輕的臉，想像著在她面前展開的未來的旅途。其實是他們能改變我們，我們什麼也改變不了他們。改變他們的只是他們自己。

「姐，你最大的心願是什麼？」她忽然問我。

我靜了片刻說：「找到心底的綠洲。」

「什麼樣的綠洲？」

「乾淨的、寧和的、讓人心靈沉靜下來的一個地方。我仍然幻想著世間有這樣的地方。也許還有很多綠色的房子。」

「是嗎？」

不知為什麼，綺梅的聲音顯出一種特殊的驚奇。我想問她，她卻笑笑不說話了。我們又斷斷續續地說了一些話，不知不覺睡著了。鄉村的夜晚靜得出奇。

第二天早上，綺梅先我一步起床。我起來獨自穿衣收整，疊好被子，在牆邊的盆中洗臉。正在梳頭髮，綺梅忽然從門外跑進來，拉著我的手，也不說話，就帶著我跑到後院爬上梯子。我問她這是去哪兒，她只是笑著，卻不答話。

屋頂陽光燦爛，我瞇眼了好一會兒才適應。

我一瞬間呆了。眼前是一大片綠色的小房子，乾淨、寧和、閒散鋪陳，有炊煙裊裊升起。房子還是那些熟悉的土坯房，低矮渾厚，形狀樸實。然而房子的屋頂和牆壁卻變成了綠色，大片大片全村的綠。那是一種新鮮而青嫩的草綠，像春天葉子剛剛開始繁盛時候枝頭的綠，介於黃與濃綠之間的輕盈淺綠，讓人滿眼發亮而心頭沉靜的無邊的綠。有老人和孩子在小巷裡行走，清早的陽光有透明的溫度。那一片綠，那一片安寧，正是我幻想中的綠洲，分毫不差。我吃驚地呆住了。

「這是怎麼回事？」早飯的時候我問王老師。

「這就是小李的項目啊。」王老師像前一晚一樣富含深意地笑著。

「隊長？」

「嗯。你們走以後，沒過多久他就回來了。他帶了一項技術，叫什麼綠色房屋工程，是一種光合作用細菌，可以培養在我們土房的牆上和屋頂上。我們這地方離電網遠，用電困難，冬天燒煤又得從內蒙古買，很貴，別的資源啥都沒有，只有陽光多。他就拿了這技術過來，太陽能蓄電，晚上取暖，多了用不了的還能賣給企業。他和那個台灣商人談了，讓他把建網路的錢拿來投資，跟縣裡也說了，在稅收上給了優惠，結果兩邊都很滿意。」

我沉吟了很久沒有說話，心底波瀾起伏。我踏過那麼多清水般的路途都沒有找到的綠洲，竟在塵土遍布的貧瘠土地上綻開了容顏。阿平知道我的幻象，因此他建了它，讓我走到天邊，終於在原點與它不期而遇了。

我輕聲問王老師：「隊長他現在人呢？」

王老師搖了搖頭：「這我就不知道了。專案推進了兩年，因為不難，所以挺順利，然後他就走了，沒說要去哪兒。我還以為你比我們知道呢。」

我的眼淚瞬間湧上眼眶，在眼底打轉。我把阿平弄丟了。我找到了綠洲，但丟了他。他人在哪裡？他為什麼不告訴我呢？

窗外陽光點亮高牆，一片溫柔。清者清，濁者濁，唯其綠者自生息。

# 紫

唯一一次見到阿蓮是在公安局，一個有點奇怪的地方。她坐在盛裝打扮的大仙、巫婆、盲人算卦師和風水先生中間，像一個不小心混入的遊客。我一進門就多看了她兩眼，不知道為什麼，我立刻想起了愛絲美拉達和河灘廣場上的烏合之眾。

公安局把我找來，是因為我們之前已經有過幾次合作。這是一個「在市文明辦的帶領下，由市民政局、公安局、工商局、城管執法局組成的聯合執法隊」，本著「打擊封建迷信刻不容緩」的精神，每隔一段時間，就抽查城裡某個人口密集的區域，清查其中用算命、卜卦、遊神、歪理邪說掙錢的各種神人，嚴肅處理。我在中科院工作，業餘時間寫些科普文章，也和電視台合作做過科普節目，加之導師頗有名望，久而久之，便在科普和反偽科學的領域裡有了一些聲譽，公安局有了問題會請我過來，幫忙檢視一些不容易定性的偽科學遁詞。

阿蓮坐在木頭長椅上，讓周圍的一切顯得黯淡無光。

她滿不在乎地看著其他人，包括走來走去的戴著警帽的公安人員和仍然身披黃袍喋喋不休的算命大神，嘴角含笑，彷彿看戲，悠悠然饒有興致，絲毫不覺得驚恐。她皮膚不算白，但細膩有光澤，披一條不規則的披肩，戴著一串銀鐲子，長而直的頭髮用手帕鬆鬆地繫著。這樣打扮的女孩我見得多了，通常是為了假裝個性，但她的裝束和自身融為一體，彷彿也是某種神仙的行頭。她抱著一隻大書包，就像一個擠車上學的中學女生。

我不知道她是什麼人，微微詫異地皺了皺眉。

一個裝作盲人的算命老漢一見我們進來就準確地奔到執法隊長面前，拉起他的手說他有大富大貴的命，將來一定多子多福，執法隊長說計劃生育是基本國策，老漢說國策是國策，有福是有福；一個穿一條灰色長袍的老太太一臉淒苦地湊過來說，她什麼壞事也沒做，只是替人把背上的鬼趕走，那些人自己看不到，只有她能和它們說話，是真的，隊長問她為什麼她能看到，她說這就是命啊，她也不想這樣啊；另外一個國字臉的中年人不屑地哼了一聲，手中的拐杖在地上頓了頓，彷彿對這種討好和申辯嗤之以鼻，我認得他，他是常常到我們所門口宣講萬有斥力學說的民間科學家，我連忙問隊長他是為什麼被抓來，隊長笑笑說，因為發明一種功，指揮大家運功，用萬有斥力治療結石。

阿蓮就坐在他們中間。

我遲遲沒有問隊長阿蓮的罪狀，也故意不多去看她。我覺得一個總是盯著陌生女孩看的男生是很沒有出息的。當然我也怕她覺得我沒出息。可能後一點更嚴重些。

坐在隊長的辦公桌前例行公事，我多少有點心不在焉，不知道這個女孩為何會坐在這裡。其他大部分情況都是常常遇到的胡扯，不必用我參謀，隊長的經驗就足以準確應對。只有小部分聽起來頭頭是道，混雜了傳統周身氣血、五行八卦、天人合一之類的說辭，聽上去非常動人，實際卻將各種精確的症狀和起因混作一團，用模糊的說辭為自身找藉口。這時才不得不動用專業醫學的病理詢問，從其回應中找到錯漏和站不住腳的地方。我一向反感這些理論。畢業之後做科普寫科普的一個重要原因就是能夠與這些模糊說辭對抗，讀過大量資料，處理起來得心應手。

「這位小哥，我看你印堂發黑，頂冒虛火，八成是陰陽失調，陽氣太盛，來來來，老夫幫你診一診脈象。」一個下巴上留著一綹小鬍子的老頭坐到我對面就要給我診脈。

我將手抽回來，厲聲問：「姓名？」

「莫動肝火，」老頭說：「勞碌傷陰，陰氣內虛，再動肝火，恐有損陽壽。」

「姓名?!」我更加厲聲地問。

老頭做出一副嚇到了的姿態，坐在我身旁的隊長笑出聲來。

阿蓮突然湊到我們身邊，站到老頭一旁，俯身看著我，用手撐住膝蓋，笑咪咪地問：

「你不信氣功吧？」

我皺皺眉：「不信。」

「陰陽氣息、經脈、元神？」

「當然不信。」

「那上火呢？」

「也不信。」

「我懂了，」她微微笑笑，露出兩個細小的酒窩，「看不見的你都不信。」

「本來就是胡扯。」我說。

她總結似的點點頭，問：「你是一個科學主義者？」

我剛要點頭回答，忽然發現這形勢不對，不知怎麼問答就反了，明明應該我盤問她的，現在還沒開始就變成了她問我。我連忙低頭翻閱她的抓捕紀錄，卻發現自己連她的名字都還不知道。

「姓名？」我問她。

「小哥，」坐在我對面的老頭插嘴道，「過於執念一事，死鑽牛角，有損氣血，於己不利。姓名一事，不過代號而已，何必苦苦追索？人生在世，不過白駒過隙，『看開』二字……」

「沒你的事。」我匆匆打斷他，手下卻不停。

「沒我的事啦？」他站起來就要走。

「坐下！」我朝他叫道。

他於是又悻悻地坐下，嘴裡還嘮叨個不停。

我終於把阿蓮的記錄找出來了，憑年齡，二十四歲的年紀在這烏合之眾中只有她一個。「阿蓮。」

我輕聲念叨，滿心狐疑，「碩士研究生……巫術行醫？」

她根本不理會我，倒是充滿好感地對老頭笑笑，老頭也像大明星一樣朝她笑笑。然後她又繼續問我道：「你想要掃除天下邪門歪道？」

我故意不搭理她。

「你覺得這個國家太不理性？民眾糊塗易騙，而騙子又遍地猖獗？」

我忍不住點點頭：「沒錯。」

「可是那麼多人相信星座塔羅撲克易經，你難道都要掃除不成？」

我想了想說：「自己玩玩可以，拿出來謀財害命就不行了。」

「我懂了，你是一個理性的人。」她忽然有點溫柔地說：「而且對未來仍抱有希望。」

她的話觸到了我。她說得沒錯。我對生活中看到的種種非理性實在有一點恨鐵不成鋼。這個國度早該進入現代科學的理性階段，可是茫茫然等了一百多年，似乎也沒有一點長進。兩人中就有一人迷信求籤；四人中有一人迷信星座；五人中有一人迷信周公解夢，五十個人中才有一個人具備基本的科學素養。這不僅是國計民生的問題，也是真正生活細節的問題。若不是這輕信和愛騙，又怎麼會有各種亂七八糟的所謂因果，謀財害命，損傷真正的探索研究。愛之深，責之切，若非還有一絲希望，我又怎麼會做現在這些事情！

男孩子小時候難免會盼望成為救世濟人的大英雄，當時聽人們嘆息中國沒有科技革命，心裡並不覺得缺損，只想著等自己長大了憑聰明智慧自己來充當哥白尼愛迪生，領導革命，可是長大了發現這個理想離自己越來越遠了，才感覺到那種徹骨的無望的意味。原來前人們說的「沒有」不是指歷史而是指現狀。環視周遭，充斥著呼喊老祖宗的學問可不能丟的人，可是有幾個能有耐心再往前走一步呢？在法國旅行的時候看到帕斯卡十九歲時造出的第一台電腦，精密複雜，結構精巧，金絲雕刻，成為後來不斷複雜的計算器和電腦的鼻祖。它的旁邊躺著算盤，各種材質的算盤，一眼望穿羞澀。我當時就想到在電視上聲稱算盤無限偉大的文化家，讓我難過的根本不是算盤落後，而是沒有一種氛圍生成哪怕一個帕斯卡。

「對。」我嘆了一口氣向她承認道，「你說得對。」

她雙手撐在老伯的肩上笑了：「當然對，我是從你命盤上看出來的。」

「你……」

我惱得無話可說，周圍的大仙們也笑了。我覺得自己好像被包圍在一個巫神仙鬼的圈裡，身邊全是笑聲和命道劫數的聲音，只有我一個人像神經不正常一樣嚴肅地坐著。

我想要重新開始審問，扳回局勢，於是拿起紀錄卡，板著臉對阿蓮說：「你的東西呢？拿出來。」

「什麼東西？」

「騙人的東西。」

「你是說神之瓶吧？」她不慌不忙，從包裡掏出一個小瓶子，放到桌上說：「就在這兒。」

我看著它。小瓶子晶瑩剔透，立在一只銀色的底座上，底座刻著四種文字，一塊晶體在細長的托架上立在瓶中，遠看上去就像一滴透明的淚水。燈光的映襯中，銀盤顯出一種奇異的光輝。

「這是什麼？」我問。

「它叫神之瓶，」阿蓮聲音柔美、帶著點神祕地說：「天地間有一種靈氣，一種宇宙精神，瀰漫透明，無影無形。它看不見也摸不到，但總是能保佑相信它的人。它陪著奧德賽在海上走了十年；在黑死病蔓延的小村落救了中世紀；它護著哥倫布的風帆，讓他沒有打道回府；它跟著一個人從容地走上火刑柱；又保護了另一個住在地下室的人；它就在我們身邊，一直都在，到今天也在。這個瓶子就是連接它與你的通道。如果你生病了，就將手放到這個盤子上，安靜地思索，感受它的存在，將自己融入它的廣博。它會用顏色告訴你答案，平安是白，不平安是紫。如果它說你會平安，那麼就會保佑你平安。」

「說得好。」旁邊的老頭禁不住贊了一聲。

「什麼亂七八糟的？」我皺起眉，「你真用這個給人看病？」

「嗯。不行嗎？」

「胡鬧。簡直胡鬧。」

「為什麼？」

「這還用問嗎？什麼靈氣神明，都是沒有的事。」

「你覺得沒有，我可以覺得有。」她的聲音忽然安靜了很多，也不那麼嬉笑了，「客觀裡沒有，主觀裡可以有。主觀世界裡存在的東西，你永遠也無法否認。」

她譫語一樣的話我思量了片刻，還是決定不和她繞圈子，直接處理。也許是怕自己又被她的話繞進去，也許是怕她靈動的眼睛看久了就被迷惑。她像是算命姑娘念出占卜一樣溫柔地說話，有一種讓人確信的強大力量。

「這個沒什麼好說的。」我轉頭面向隊長說：「簡單的言辭蠱惑。東西沒收銷毀就得了，念在是初犯，也別罰錢了。」

「哎，這可不行！」她聽了我的話急了，一把將小瓶子抄起來，「不行不行。」

「這是規矩。」

「絕對不行。」

「還對你寬大了呢。你問問他們以前都是怎麼處理的，少說也得燒了東西罰幾千。」

她就是搖著頭，將胳膊裡的瓶子緊緊地抱著，緊閉著嘴倔強地看著我們，像是在說，罰我倒是可以，把瓶子拿走是萬萬不行的。

我皺了皺眉：「要不然你給個合理說法？」

她仍然不說話。

我只好低下頭，說：「那就這麼定了。隊長。下一個吧。」

「真是的。」她果然開口了，「焚琴煮鶴。我說，還不行嗎！」

她於是不高興地將小瓶子又放回桌上，瞪了我兩眼。隨後將手放在銀盤上，一言不發。我們都默默地盯著，好一會兒，沒有任何事情發生。水晶靜靜的，無色透明。我們正在納悶，她忽然握住身旁的燈泡，片刻之後手心熱了，再次將手放到銀盤上同樣的位置，安靜地等。重複了一兩次之後，瓶子裡的水晶漸漸變紫了。

「沒有情調的人。」她小聲地說，聲音變得簡潔而實際，與剛才大不相同，「其實，這個東西再簡單不過。放手的地方是一片熱敏電阻，瓶子底部有紫外線螢光管，中間的紫晶是一種特殊的晶體，能被紫外線激發到高能級，再躍遷到色心發出穩定的紫顏色，放回暗處久了會回到基態，變成無色。熱敏電阻的敏感閾值是攝氏三十七度，高於這個溫度，電路開啟激發，紫晶變成紫色。也就是說，這整個裝置只是一個大大的溫度計，用顏色表示體溫。只要聽懂這一點就行，其他不懂都沒關係。我用這個給病人量體溫，就是為了給病人一些痊癒的信心。人相信自己，身體會有奇蹟。我說完了，你們愛怎麼處理怎麼處理吧。」

這原理我能聽懂，聽上去還算合理。隊長看著我。我拿過小瓶子，在她的指點下察看了底座的電路，又親自試驗了幾回。如她所說，變與不變只在於溫度的差異。變換緩慢而優美，看上去確實像神蹟顯靈。我向隊長點點頭，示意是這麼回事，可以放過了。

「你早說不就行了！」

「你還不明白嗎？」阿蓮一邊收拾東西一邊說：「重要的根本不是你信的東西是真是假，而是你的態度是真是假。說明白了，又信什麼呢！」

她背起包轉身離開，臨走時用甜美的笑臉和屋子裡的大仙們一一揮手作別，祝他們好運。她長長的頭髮一搖一搖，走路的時候環佩叮噹作響。我看著她窈窕的背影漸漸遠離。

忽然，她在門口又轉過身來，看著我一字一頓地說：「焚琴煮鶴！」

就這樣，我和阿蓮告別了。再也沒有見過她。我後來偶爾又想起過她，在實驗做得煩悶的時候想起她的甜美和故弄玄虛。

有一天，我一個人坐在食堂裡吃飯，端著鐵盤，展開當天的報紙。我總是喜歡看報紙，看到世界的其他角落。圖片和文字在眼前盤旋，像攪動空氣的風，帶來開窗一般的遼遠氣息。那幾天的報紙各版均被救災占據。各地的災，各種各樣的災，長久而過不去的災。千千萬萬人在風雨飄搖的各個角落做著保衛生命的事情，看來讓人動容。暴雨已經止住。繼續加固堤壩。市長表示有信心迎接下一輪泥石流。小規模餘震。最新營救出一隊被困七天的村民，只一人死亡。死亡人數幾天以來沒有太大的增加。募捐仍在繼續。我的眼睛快速滑過所有標題。

等等。我忽然對自己說。有什麼地方不對。

我連忙又倒退回去，仔細察看剛剛掃過的版面，將那幾條新聞逐一閱讀，忘了手中筷子。我的心跳加快了，一種不祥的預感莫名地湧上心頭。我讀著讀著，忽然發現了癥結所在。

我看到了阿蓮的名字。她和幾個山村的小學生和老師一起被坍塌和泥石流困在山道拐角一個黑暗的山洞，整整七天，食水皆竭，所幸有空氣，不至窒息。當開路的救災軍隊將山路清通，無意中發現了他們，其他人都還奄奄一息地活著，只有阿蓮死去了。她仍懷抱著她的通神的瓶子，被救活的小孩死死拉著她的手不放。

「阿蓮姐姐。」小孩在醫院裡，說著說著話突然情緒失控，大聲哭起來，「她明明說神在保佑我們。可神保佑了我們，為什麼不保佑阿蓮姐姐？……」

我坐在椅子上，心被人用最鈍的錘子給予了重重一擊。報紙像是不動聲色而寒光凜凜的刀刃，我頭腦一片空白。

阿蓮死了。她死了。她為什麼會死，為什麼會這樣？是的我知道她為什麼會死。只有我知道。她曾說過重要的不是真假，而是相信。她成功地讓別人信了，可是她自己不信。她了解真相。了解真相的人怎麼可能那樣信！她給了所有人神明的希望，可她自己知道，這世界上沒有神，也沒有保佑。

阿蓮也許靠自己的力量堅持了很多時日，可終究有一天沒能咬緊牙關。在一片滿是黑暗傷痛、看不到拯救的世界裡，不信神明的人是活不下去的。她從一開始就知道這一點。她死於徹底的孤獨，比我更孤獨的孤獨。

我對著面前圖文並茂的報紙，一個人坐在食堂裡，嗚嗚地哭了。

背後的譜線紅移得越來越厲害了。說明飛船正在加速。這並不正常。

飛船的引擎沒有開，自從脫離地球的引力場，引擎就關了，利用慣性漂移可以節省燃料。在沒有阻力的真空中，飛船以〇．八倍光速一往無前，像叛逆的小孩決絕，家園被甩在身後。在將近十四年的飛行中，飛船的速度一直維持在一個穩定的範圍，只有少量測得出的減速，基本可以忽略。減速並不奇怪，宇宙畢竟不是絕對真空，但平白無故的加速還從來沒有過。這種情形最直接的可能是前方有巨大的引力場。可他們目前的航線上沒有恆星，前方沒有，兩旁也沒有。船員們開始了低聲的猜疑和躁動，各個螢幕操控台前重新坐滿嚴陣以待的面孔，空置了多年的椅子第一次聚滿人的身影。

希希望著螢幕，思緒卻回到遙遠的地方。

前一天晚上，她又一次夢到了阿倫。

她不知道這是為什麼。仔細回想前一天的言語思緒，她確定沒有任何事件的觸發和提及。這許多年來，她總是以為自己已經忘了他，可是突如其來的夢境卻總是給這種確信溫柔一擊。遺忘之神似乎是在她身邊輾轉兜圈：平日的清醒航行中，她已經完全能夠做到不再想他，但每隔一年半載，她就毫無防備地在夢裡又見到他。她不知道這意味著什麼。

宇航中學有一望無際的草坪。她就是愛上那綠色才報了那學校。草坪隨低緩的山勢起伏，他們每天在那裡一次次練習飛機起落、判斷和視野。她光著腳走上去，藍色的天空裡飛翔著彩色的飛機，山坡上奔跑著一群一群孩子。他們扔下頭盔，相互追逐，汗水在陽光下閃閃發亮。她離開自己的夥伴，向草坪中央走去，他也離開他的夥伴向她走過來，他們笑了，似乎說了什麼，像隔壁的鄰居般閒散親切，沒有提到分離，似乎沒有分離。他們站在永遠的草坪中央，學校還是從前溫柔的樣子：博大、安詳、憂傷。那是她的天堂，她年少時的夢境。她在最好的年華與那夢境相遇，又在現在的夢境中與那年華相遇。

她十四年沒有見到他了。

希希對著螢幕茫然地按動操作按鈕。螢幕前方是茫茫星海，光點像思緒在黑暗裡飄零。她沒有注意螢幕上的顯示，只是動著手指，下載資料，自動分析能譜，監測異常信號。航行了這麼久，所有的操作都可以下意識完成。每一小時一段觀測，海量資料在螢幕上畫出密密麻麻的線條。

身旁的達達隔一會兒就扭頭問她一句什麼。她冷靜熟練而不經過大腦地回答，話說出口像是別人的語言。達達十四歲，出生在船上，跟著她學習觀測處理技術。她是飛船最好的導航員之一，每天在四面八方多波段的信號裡遨遊，就像大海的水手看著天空辨別方向。

她手裡工作不停，心裡卻在仔細地回憶，一句一句回憶夢裡的話和心裡的話。她在夢裡與阿倫說的話比這十五年加起來都多，那些話沒有一句是真的，只是被夢境偷偷從別處取來，為了撐滿一段充滿陽光和落葉的凡俗劇情。現實中這樣的場景從來不曾出現，她和他從來不曾接近。他們只是相互遠遠地望著，遠遠地徘徊，遠遠地猶豫。好容易鼓起了勇氣，還沒來得及說話，就以五分之四倍光速相互遠離。她十五歲登上飛船，從此再也沒有回到地球。

她記得這些年他們說過的每一句話，因為實在太少，所以實在很好記。

她臨走之前，曾經和他站在同一個路口。他們的朋友都自動先行離開了，只剩下他們，局促地面對面站著，相互擠出一個微笑，眼睛對望著，卻不知道怎樣開口。

他輕聲問她：「你現在去哪兒？」

她不知道她想去哪兒，只好臨時編了個謊話：「去那邊一個商店買行李箱。」

「在哪兒？我好像不知道。」

「不遠。」她支吾著。

他們沉默了下來，好像都在等著對方開口。她希望他提出來與她同去，她自己不敢開口。她心裡的期待越多，就越不敢去開口驗證，怕眼角眉梢只是一場誤會，怕自己提出而被拒絕，讓這唯一相處的幸福像落在地上的水晶一樣碎裂不存。她希望他能向前多走一步。

「你回去吧。家裡人還等著呢。」她說出的話和內心相反。

「……那你忙吧。一個人小心點。」他於是說。

然後他們就分道揚鑣。她靜靜地向前走了很久，希望他能跟上來。可是他沒有。

後來她迅速進入封閉集訓中心，只在登船的前兩天回家住了一晚，然後就踏上了征途，從那天以後再也沒有見過他的面。

現在想起來，他們之間似乎並沒有任何關係。所有的相處都在開始之前戛然而止。時間越經過，一切就顯得越不真實。她時常懷疑曾經若有若無的感覺究竟是有是無，遙遠的往事像放得很慢的鏡頭，一顰一笑拖長成定格，往事跟地球一起後退，記憶與光一樣紅移。

「中尉，去小沙龍開會啦！」

一個聲音忽然從希希身後傳來，嚇了她一跳。

她回過頭，是中隊的阿泰。他在門口向她招手，她點點頭，將手中的程式點了暫停。

她站起身，身旁的達達卻沒有跟著起來。她招呼他，他卻仍然緊盯著螢幕，手指翻飛。

「中尉，」他一邊敲擊一邊問她，「你看這是不是一個黑體譜？」

她俯身看過去。螢幕上赫然亮著一個非常乾淨的黑體譜。這是一段X射線能譜，達達已經將它拆分成了幾個部分，除去了雜訊，剩下了一段微弱的黑體弧線。微弱，卻乾淨漂亮。以她多年的資料經驗，她一眼可以看出這是什麼。她湊上前查看他的擬和溫度，在心裡估算出對應的品質，頭腦豁然開朗。

「是。沒錯。」她拍拍達達的肩膀，「幹得漂亮。」

達達抬起頭想問，但她已經轉身朝小沙龍走去。阿泰問她出了什麼事，她淺笑了一下，招呼兩個小夥子跟上自己，沒有解釋，迅急地穿過明亮的走廊。小沙龍裡已經聚滿了人。還沒進門就能聽見門裡的爭論。

她進門，走到中央，雙手啪地撐在桌子上，眼睛環過每個人，用肯定的語調打斷了正在進行的討論：「先生們，聽著。不用爭了。大副是對的，前方確實是一個黑洞，大約四倍太陽品質。吸積盤已經看到了。剛剛發現的。」

小沙龍裡頓時一陣躁動。

「確定嗎？」有人問。

「如果不是黑洞，還有什麼東西能生成一個 keV 溫度的黑體譜？」她反問道。

「可是這麼重要的目標，為什麼之前一直都沒探測到呢？」還是有人懷疑。

「我不知道，」她說：「但我推測，很可能是因為它不在雙星系統裡，缺少吸積物質，因而光度十分微弱。可見光波段更是空空如也。」

她的話像扔進大海，掀起一陣波浪。人們立刻進入了熱烈的討論。在宇宙星海中發現一顆黑洞，就如在大海深處航行時發現一座神祕的小島。想讓船員們不好奇是不可能的。人們並未預料到在如此近的地方就能遇到一顆黑洞。之前人們探測到的最近的黑洞也要幾百光年以外，現在只航行了十一光年就碰到，不能不說是一種意外的驚喜。

當場就有人提議向黑洞裡行駛。但立刻遭到了反對的聲音。

進入黑洞等於自殺。沒有事物能出來，連光都不能，更何況人。反對的人仍然想回家。不管視界裡面是何等風景，一條不歸之路總是令人膽戰心驚。他們出發時沒有準備永生的離別，現在突然要進天堂，心裡的驚懼和不甘化成臉上的蒼白與赤紅。贊成的人則是想探險。他們想近距離接觸奇異點與可能的蟲洞，對保守的聲音嗤之以鼻。他們出來遠行就是為了尋找奇蹟，現在奇蹟在身旁，怎可能拍拍雙手一走了之！

「我告訴你，」一個人拍著桌子，「這次要是錯過去走了，你得後悔一輩子。」

「回家後悔一輩子也比死在路上強。」另一個人使勁搖頭。

「他奶奶的，你還真以為能回家嗎？我跟你說，你不死在黑洞裡，就得死在無聊裡！」

希希不與他們爭論。她看著周圍吵鬧的人們，像是與己無關。

她知道船員們為什麼這樣興奮。她看著面前的小沙龍，空氣中充滿百無聊賴的頹廢氣息。牆壁光滑得沒有縫隙，視窗掛著電影海報似的虛假風景畫。桌椅凌亂，打開的食物袋子攤開在四處，圓桌上鋪滿船員們自製的撲克和棋子，花花綠綠的賭注籌碼像小酒館裡拉客姑娘鮮豔的裙子。船員們已經發明了十種新玩法，贏錢欠債都已迴圈了無數輪，只是兌現不出任何實際的財富。他們盼一件新鮮事已經好久了。

希希覺得去與不去都無所謂。她早做好回不去地球的心理準備，因而死在哪裡並不重要。只要回不去，死在哪裡都一樣。她只是帶著一點不為人知的悲情想，就這樣永遠地踏上遠離他笑容的不歸之路，連一句清楚的喜歡或不喜歡都沒有說過呢。

「中尉，」達達叫她，「我聽說接近視界的時候，時間會停止下來，是嗎？」

她微微笑了。「不是。只是從遠處看過去，那個人的光無限紅移，好像時間停止了一樣，但在那個人自己看來，時間卻是照舊。這是光的傳播效應，跟雙生子悖論差不多。」

「嗯……其實雙生子悖論我也不怎麼懂。」達達推了推大大的眼鏡，「照理說參考系都是相對的，兩個人都應該看對方更年輕啊。」

「沒錯，是這麼回事。」

「那為什麼最後有一個年輕，一個年老呢？」

「問題在於轉身。兩個人的參考系本來是等價的，但是一個人轉身了，兩個人就不等價了。」

「不明白。」達達有點迷惑。

希希沒有繼續解釋。廣義相對論的算式引入狹義相對論本來就是一件複雜的事，隻言片語說不清楚。她只是被這意象久久地打動。兩個相互遠離的人，只要都不回頭，看到的對方就都屬於一段自己已失去的青春。

在她的記憶中，阿倫永遠活在那段年少而憂鬱的往昔。那張面孔俊朗清秀，在男孩群體中熠熠生輝，他和他們一起在窗邊笑著，投入地打打鬧鬧，面孔有陽光的溫度。他偶爾會看自己一眼，眼光越過她身邊的所有女孩，像燈塔穿過泊船照亮黑暗。他們對視，然後都轉開目光。他的臉永遠是無所虛飾的少年的臉，和身邊習慣了粗糙笑話人情世故的船員們都不同，他的面容定格在每個人都羞澀的時空的彼端。

登上飛船之後，她收到過一條他的資訊。那時她已二十歲，他清晰的影像只有十八歲。她無可避免地先於他成長，她變成冷靜的中尉，而他還是酒醉的少年。

接下來幾天，飛船進入一種緊張而狂熱的辯論狀態，廚房裡、操作台前、臥室間的走廊上隨處可聽到激烈的爭吵說服。想要探險的人對保守者曉之以理，動之以情，說奇異點在召喚，寶藏在召喚，真理求知和勇氣都在召喚。

慢慢地，探險者占了上風。隨著探測資料越來越豐富，人們對眼前這顆黑洞有了越來越深的了解。它大概誕生於中等品質恆星塌縮，前身星不超過十倍太陽品質，沒有留下什麼爆炸的遺跡，現在也在黑暗中寂靜地沉淪。它的引力場範圍很小，高溫吸積盤不大，潮汐力也不足以在視界之外將飛船撕裂，所有的一切都說明人們可以順利闖入黑洞的領域。

跨過視界，看看會發生什麼，這聽起來多麼誘人。

就這樣，決定了一切。希希在最後的日子裡平靜地處理每一天的資料。隨著飛船離黑洞越來越近，飛船的速度始終在緩慢增加。所有來自背後的信號都紅移得越來越厲害了，想要定量分析並處理出資訊就越來越難。飛船變速飛行，剛剛用譜線測定某刻紅移，飛船就已經越過了這段速度範圍。她能感覺到速度在一天天增加，遠處的星體活動時標越來越長。

飛船勇敢地駛向未知和死亡。四周已經能看到被黑洞吸引的氣體和扭曲了的速度曲線。黑洞所在的位置還是看上去空空如也，然而這空卻比任何具象的怪獸更多一種神祕的恐怖。他們加速到〇．九五倍光速以上了，飛船也像人一樣進入興奮狂野的不穩定狀態，雜音非凡。速度。還是速度。宇宙似乎都消失了，剩下的只有速度。

突然，她收到了他的話。

她曾在二十歲的時候收到他十八歲酒後紅著眼睛的留言，他剛和同學聚會出來，告訴她他哭了，後悔自己當初沒有再大膽一點。她那一刻心裡潮起潮落，播放那條留言許多遍。她不知道他是酒後吐露了心底埋藏的遺憾，還是酒後突發奇想回憶起另一種可能。她希望是前者，但覺得哪怕是後者也知足了。她遲疑了一整天，才回了一句：有你這一句話，這些年也算不枉，一直怕自己是自作多情，如若不是，苦也心安了。

從那之後，她等了八年也再沒有第二條消息。她為此承擔了枯燥辛苦的導航員工作，每天不厭其煩地查檢多波段信號，不覺得委屈。可是八年裡她什麼都沒有收到。自從飛船進入黑洞的引力場，來自家園的信號就越來越少。她的心情很複雜，看著飛船越來越接近視界，她的心越來越下沉，以為這最後一點期冀馬上就要落空了。

可就在這時，她收到了那句話。

接收的時候沒有任何波瀾，就像平日裡收到每一條資訊一樣機械而細緻地分析。但過了兩天，她突然被破譯出來的、已經無比低頻的無線電波震撼了全身，麻木地呆坐在椅子裡，淚流滿面。回覆只有一句話，畫面裡的阿倫仍然有著年輕無比的面孔。

「你從來不是自作多情，你的位置一直在那兒。」

她安靜地哭了。這是他們十五年裡說過的第九句話，然而它收攏了所有她忐忑的青春。它在最後一刻到達，像飛過千里刺不透白絹的箭矢。飛船跨過視界，光暈留給人最後的暈眩。

阿倫在地球上度過了二十九歲的生日。他很快就要結婚了，未婚妻正在忙忙碌碌地籌備大小事宜。他對所有的儀式都不熱衷，但他知道，一些事情總要經過，人的成長和蒼老終要跨過各種不得不跨過的門檻。

女朋友的話題已經從化妝品轉移到家居飾品和嬰兒教育。她和朋友們開始對家庭經營斤斤計較，開始用隱喻督促他努力上進，開始在背後議論兩家親戚的鉤心鬥角。他默默聽著，不置可否。她是一個正常的女人，按照正常女人的年齡經歷正常女人的變化。

阿倫走著成年男人的路，一步一步。他愛女友，但偶爾想到希希，心裡還有些許遺憾。他曾經也有過喜歡而不敢表達的年少的時光，現在想來覺得很不真實。他不知道該怎麼形容對希希的感覺，不能叫愛，但就是覺得她和他身邊其他女孩都不一樣。她們都和他一起變老，只有她留在往昔。他二十三歲半的時候收到過希希的最後一條消息，她看上去只有二十歲，仍然害羞，比那時已在情場摸爬滾打的他年輕白淨得多。他心裡難受，不知道該怎樣面對也曾經純情的過往，猶豫了一整天，才給她發送了一條消息。許多年過去了，不知道她收到了沒有。

阿倫的生活在時間中平穩。他不知道，由於他和希希各自猶豫的一天，當他的回覆終於到達希希的螢幕時，飛船已經太接近黑洞視界，被彎曲的時空裹挾，發出的信號無限紅移。飛船在離黑洞尚遠處給地球發送的消息都要在他死後到達，而在穿過視界的那一刻希希流著眼淚喊出的我喜歡你，則將永遠都不會飛到他耳朵裡，直到他死去，直到他子孫死去，直到天荒地老海枯石爛，都永遠永遠永遠不會飛來。她穿過了視界，她再也不老。而他永不知道自己沒有聽到什麼。

# 青

見到阿冰屍體之前，我沒有想到我會這麼傷心。

屍檢官對我很和氣，可能年輕女孩來驗屍的不多。他先給了我咖啡和麵包，大約怕我見了屍體會驚懼暈倒，然後才帶我上樓，穿過青灰色大理石鋪地的長長的走廊，來到一間不起眼的小門前。門是黑色金屬質地，門上有一個磨砂玻璃的小窗，透出屋中的慘白的光，門口擺著一輛醫用器械小車，瓶瓶罐罐擦得一塵不染。

屍檢官推開門，走進屋，掀起空曠房間中央左邊一張床上的床單，示意我過去。床單是淡青色，很乾淨，褶皺勾勒出所覆蓋的軀體的線條。兩張床像兩座小山，一座寬而短，一座窄而長。我站在門口，看著對面牆的窗戶上附加的鐵條。

我知道我會看見什麼，那是阿冰無疑。他的臉和身體會顯露出片片瘀血，沒有傷口，但面容慘澹失血，看上去恐怖。而另一張床單下躺著的會是鬼佬。他會和阿冰死狀相似，但比阿冰醜陋許多。他那麼胖，我幾乎能看到鬆懈的肉從床邊流溢而出。

我站在門邊，寬大空蕩的房間盈滿戲劇。只有在這樣的時候，時間才擺脫線形，充盈而疊加在一起。一個人的所有面容都自由了，相互衝突的它們在死裡終於合為一體。鬼佬第一次出現的時候就已經這麼胖了，胖得醜陋不堪。只是那時他還不那麼老，飛揚跋扈，反倒有點生氣。隨著越來越富有，就越來越臃腫。他叫葵佬，我們都叫他鬼佬。我們那時都還小，阿洋十六歲，阿冰十五歲，我十四歲，盼盼只有九歲。鬼佬第一次出現的時候我們都嚇了一跳，他一下把街老大打死了。他的槍打得很準，瞇著肥肉眼睛，動作也笨拙，卻那麼準。街老大因為他笨拙而沒把他放在心上，他卻只用兩顆子彈就解決了問題。他戴著一頂土黃色突顯他大臉的小圓帽，穿仿製的美國大兵制服，朝我們走來，咧嘴時打嗝散發著酒氣，轉著手裡的槍。街上的柵子倒了三個，小賣店都提前關了。阿洋站在最前面，阿雷和阿浩跟他站在一起，阿冰摟著我，我摟著盼盼。街上只有風在動。黃黃的塵土捲著金紙碎片，紅紙飛來飛去，帶著焚燒的灰燼。

屍檢官以為我害怕，重新回到門口，問我要不要放棄或先休息一下。我搖頭說不用，走進房間，以我所能達到的最好的程度控制自己，安靜地走到床前，端詳阿冰的臉十秒，然後對屍檢官點點頭，表示毫無疑義。他拿出一些文件讓我閱讀簽字，我做出讀的樣子，找到簽字的地方，寫得潦草，遮掩手的顫抖。

跟我們同來的黃警官在我身後拍拍我的肩膀，表示安慰。我待會兒要和他去做筆錄，之前已經略微談過一些，我知道筆錄會問什麼。不外是一些老問題：你上一次見到陳冰是什麼時候？一年之前。上一次聯絡是什麼時候？三個月之前。他都說了什麼？說他要出國，託我在他爸爸忌日時去給他爸爸上一炷香。他沒說為什麼出國？沒有。你們之間關係很好？他以前在孤兒院很照顧我。你們什麼時候分開的？十二年前。他被葵伯收養，我被阿爸阿媽收養。你還知道陳冰的什麼工作資訊嗎？不知道。我問過，但他不告訴我。他有仇家嗎？不知道，但葵伯有，他就也有吧。

黃警官是個溫和的人，看上去很誠懇。他問我這些只是過場，沒指望我能提供什麼資訊。他們會追查，但不會用全力。黑道上仇殺太多，多半是內部火拼，九龍員警的慣例是睜一隻眼閉一隻眼。

「節哀。」黃警官輕聲對我說。

我點點頭。

「你們被收養之前，一直在孤兒院？」

「我四歲去，阿冰七歲去。」

「那孤兒院還在嗎？」

我搖搖頭：「原本就是私人經營，李伯病死就沒人了，除了被收養的都四散了。」

「童年坎坷啊。」

「沒什麼，習慣了。」

「憑直覺，你知道有誰想殺他嗎？」

「不知道，真的不知道。」

黃警官點點頭。他和屍檢官對視了一眼，覺得沒什麼事了，就提出離開。我問能不能讓我再看看阿冰，一個人待一會兒，幾分鐘就可以。好多年沒待在一起了，有很多回憶，有些最後的話想說，能不能讓我一個人就在這裡待幾分鐘。

他們有些詫異，這樣的要求大概沒什麼人提過，尤其是女孩子。他們商量了片刻。或許是看我兩手空空沒有破壞屍體的可能，就遲疑著同意了，說在門外等我。

黃警官和屍檢官出去，我留下來。眼淚開始流出來，慢慢地，無聲無息，洶湧不絕。我沒想到自己這樣悲傷。知道這件事很久了，久得像一個世紀，之前已經無數次在心裡想過、琢磨過這最後的告別，所有場面都想到了，所有話都已經在心裡說完了，可我沒想到自己還是這樣不能自已。我握住阿冰的手，跪在陳屍床旁。

阿冰的手貼著我的臉，骨瘦而冰冷。手臂上布滿青紫色的瘀塊，顯得既僵硬又虛弱。這雙手我太熟悉，在分別的那個下午它們緊緊抱住我。那是我與塵世僅有的隔離。我看著阿冰，他看著阿洋。我能感覺他手指的力度和冰涼的溫度。那種溫度，時隔十二年我仍然記得。那不同於現在的冰涼，那是帶有火焰的冰涼。那是我記憶的閘門，碰觸到它，就觸到街的味道，燥熱的太陽，黃沙，血的味道，死的味道。

阿冰的臉已經僵了，可是眉頭仍然緊鎖。他的臉上也有瘀青，但並未因此影響線條，鼻子的直線，下巴斜削的弧線連到耳根。他仍然好看，像生前一樣好看。阿冰從小有這樣容易瘀血的毛病，時常一撞就是一片瘀青，比誰都容易。從小他爸爸給他覓了位老中醫，常年吃藥調著，藥罐子泡大，自己都成了大夫，在院裡給我們大家醫病。他也跟阿洋他們出去打架，但極少像阿洋那些鮮血淋漓地回來。阿洋的眉弓、手指和膝蓋上常年留疤，舊傷沒好就又添新傷，他早已經習慣一邊包紮一邊講故事，一邊疼得齜牙咧嘴一邊說笑話。阿冰不流血也不說話，他坐在阿洋邊上微笑，身上是一片一片瘀青。他永遠沒有疤痕，但需要很久才能恢復，甚至幾乎沒有完全恢復的時候。

阿冰喜歡和阿洋一起出去，還有阿雷和阿浩。阿洋是那種生命力極旺盛的人，把朋友看得比什麼都重，我知道阿冰喜歡他這點。當阿洋跟了街老大，阿冰什麼都沒說。

我低下頭，將臉埋在床邊，無聲抽噎。

我不知道阿冰這十二年都是怎麼過來的，他最後給我的那封信寫得那樣平靜而歡愉，我想不出他平時每一天嚴肅的樣子。他的信在笑，可他從來不笑。他是鬼佬手下的愛將。我知道鬼佬手下人都有點怕他。我在街邊遠遠地看過他一次，他穿修身的黑色西裝，查看手裡的文件，對幾個聽命令的人耳語了幾句，他們就沿街散開，像牧人散開的獵犬，都遵他部署。

阿冰讓人看不透。有時候他隨意得像是什麼主張都沒有，但有時候又堅決執拗得像是一切都在肚子裡寫過好多遍。他從前給我打水洗臉的時候，給我煮藥的時候，寬慰我受委屈的時候，他常說人最重要的是淡然心寬，要原諒這個世界，才能調養好自己的身心。可是輪到他自己卻沒有遵守。阿冰，你為什麼不這樣做？你為什麼不肯心寬？

我攥著阿冰骨節分明的手，像十二年前一樣不願意放開。冰冷漸漸傳遞到我的手指，十二年時光從我們的指間從容滑過，就像沙滑過石縫，滑過生與死的河床。

阿冰的路走得很難。我知道鬼佬很喜歡阿冰，但他還是很難。阿冰眼睛敏銳有分寸，做事可靠，學東西又快。他是鬼佬身邊永遠安靜的好孩子。鬼佬送他去讀書，他替鬼佬打點生意。鬼佬的白粉要有正常貿易做掩護，正常貿易要有讀過書的人打理。鬼佬不知道這個孤兒院長大的小孩有這樣的潛力，阿冰給了他驚喜。鬼佬給他很多錢，給他機會和女人，給他房子和車。

阿冰從孤兒躍升為年輕的富翁，這樣的路不是誰都有機會走。鬼佬眼中的阿冰始終和他第一次見到時的感覺一樣：蒼白、瘦削、伶俐、聽話。他學會了穿華麗的禮服，戴戒指和金鏈子，在派對上讓年輕女孩坐在他的大腿上。

他曾來我家看過我一次，只那麼一次。我們坐在屋頂上聊了很久，他說，你知道嗎，人有時候奇怪地簡單，簡單得自己都不會信。人那麼看重外表，因為外表就是他能知道的一切。重要的不是表也不是裡，是連貫，是一致，是一如既往，人就是這麼樣相信一張表皮。他那天和小的時候一樣，溫和平靜，講話時像看得到另一個世界。臨走時他按習慣吻了吻我的額頭，我不知道那是一切將盡，他最後一次吻我的額頭。

我的眼淚又流下來，淌在他的手上，我低下頭吻他的手指。我不知道阿冰是在怎樣的心境下度過這許多年的許多時日。這漫長而緊張、令人厭惡的許多時日。在他小的時候，他可曾想到他的醫術將是此生最後的天堂與地獄？他奇特的病症，他的虛弱卻剛強的小小身軀，他內心的希望和最後的庇護。他可曾想到這一切？如果他想到，那該是怎樣宿命的悲傷。當阿冰終於有機會開始給鬼佬調補養和保健品，他應該知道，一切已來臨。這幾年是怎麼過來的，我無法想像。他和鬼佬同飲食，以消除忌憚。鬼佬從來不曾充分信任任何人，飲食要和烹調者分享，不讓任何人帶槍接近，身邊永遠侍立著強壯的保鏢，他用一切懷疑避免去死，可終究要去死。阿冰該以怎樣的心情面對這一切，當他一口一口吃下自己調製的湯羹，並看見鬼佬也一口一口吃下的時候。那該是怎樣的幾年。

以鬼佬的智商，可能永遠無法理解自己為什麼會死。阿冰是這世界上最堅強的戰士。阿冰學醫，他學自己。一個人的毛細血管為什麼會脆弱，容易破裂，容易瘀血，怎樣的藥草會堅固毛細血管，怎樣的藥會弱化，他比誰都清楚。他幾乎能看到那些細小的分子武器進入餐桌對面龐大的身軀，侵蝕那脂肪下密密麻麻的血的網路，腐蝕血管的厚度。他看得到那些微小的毛細尖端一天一天變得不堪一擊。不堪最後的一擊。

然後就很簡單。需要的只是一次強烈的激動，血液上湧，全身破裂，沒有中毒症狀。一個放蕩的女人就夠了。

阿冰在最後的信裡告訴我一切，那個時候他還沒有死。他寫下自己預見得到的死亡，寫下復仇，寫下十二年的愛與恨。阿冰。阿冰，你放心，我不會告訴黃警官或這世界上的任何人。這是你拿命換來的勝利，我不會讓任何人知道。

「晴晴，阿洋說的所有事件我都還記得。仍然歷歷在目。你還記得嗎？夜裡偷考卷讓老師逮了個正著，去肉店偷肉吃的那次，在菜刀下落荒而逃，不知有多狼狽。肉店老闆第二天還不屈不撓地找到學校，小事一樁鬧得滿城風雨。我們六、七個弟兄那一回結伴受罰。咱們學校在樓群裡，出門就是市場，後牆有一個豁口，我們總翻入翻出，在校內惹了禍往外跑，校外惹了禍往裡跑。那種事我和阿洋是全勤。他總惹最大的麻煩，我很少衝在最前面。他身上有那麼多傷。這也難免，既然走這條道，早晚得適應。他擦血的樣子總讓我覺得疼，但他倒笑起來。相比而言，我的傷就少多了……」

阿冰，你為什麼要寫這些呢？你以為我會不記得嗎？你明知道我一輩子都忘不了，你為什麼還要在最後一封絕筆的書信裡花整整三頁寫這些呢？你明明比阿洋多活了十二年，為什麼臨死的時候卻好像一輩子都跟他在一起？你以為我不明白你嗎？我知道你為什麼不找機會用子彈解決問題，你不能讓人知道這是復仇，不能讓人發現它和我們孤兒院有關。你這是保護我，保護所有還沒有死去的我們。

我埋頭在床邊，任由眼淚抽空了身體，進入另一個無聲的世界。直到最後才站起身，吻了阿冰的嘴唇，看他最後一眼。這是他欠我的，第一個與最後一個吻。

做完筆錄，從警局出來，我一個人坐公車回家，心裡恍惚不像真的。

在車上，我忽然想到一個問題：阿冰為什麼要死？即使只有鬼佬死了，也不會有人知道是他幹的，即使有人懷疑，也查不出。而他雖然這些年也吃了那些藥，但只要永遠能夠避免強烈的情緒，至少能生活很久，而他又知道怎樣調理以恢復。

唯一的可能，就是阿冰自己求取了死亡。

那麼，為什麼？

我重新回顧記憶中的每個片段，黃沙中，阿冰信紙上的片段。砸得一片狼藉的飯館。阿洋帶人偷襲鬼佬，替街老大報仇。這是一次出人意料但不自量力的出擊。幾個人械鬥，混戰。阿雷第一個死去。阿冰跟他們一起，潛在窗簾後，卻沒發現身後逼近的鬼佬。阿洋突然殺到，轉移開注意，子彈穿胸，血濺當場。阿冰混亂中脫離，沒讓鬼佬見到。他回到孤兒院，洗掉冰冷的手上的塵埃，換了長袖衣服，遮住打鬥中的瘀青，裝作乾淨、膽怯、蒼白、聰慧，像從來沒有出門參與鬥爭。他洗臉的時候我在一旁，他洗了那麼久，從臉上頭上流下不間斷的水，晶瑩剔透，像要洗掉所有昨天。當鬼佬最終來視察我們留在孤兒院的孩子，阿冰抱著盼盼坐在角落裡，彷彿膽怯地退縮。鬼佬看中了他，看不見衣袖下的青。那夜風沙大作，我們最終沒能去給阿洋收屍。

阿冰一定是想到了這一切。如果不是這樣，他最後凝在臉上的表情不會那樣痛苦。

我忽然回憶起阿冰信裡的最後一段，似乎明白了什麼。

「……偷肉阿洋的傷比我輕，翹課也是。他基本沒事，只是小臂被空中彈開的一小塊碎片劃破了皮，流了幾滴血。我瘀青，卻疼了一個月。從小到大這麼狼狽地跑了無數次。月光下。路燈下。昏暗的窄巷裡。我們跑了這麼些年，一直是這麼跌跌撞撞。他在前面，我在後面，他流血，我瘀青。李伯勸我別和他們幾個一樣，我始終沒聽李伯的。我知道為什麼。阿洋是那種會真醉的人，不是借酒澆愁，而是真醉，他醉的時候想都不想就用自己的命砸人。他算不明白。也不在乎。

鬼佬不會知道這些。我平時從來不讓自己去回憶，回憶了就一定會在面上露出來。我到最後只想對他說一句話：你以為只有瘀青，就不疼嗎？」

我想像著阿冰最後的樣子：他站在鬼佬面前，看著鬼佬體內湧出的血和消逝的生命，幾乎是縱容自己，讓自己壓抑多年的記憶一併噴薄而出，讓自己憤怒，讓渴望許久的激動湧上心頭，湧上頭顱，湧入身體的每一寸皮膚和每一個角落，將自己粉碎。他終於與一切和解了。我坐在公車最後一排，靠著窗戶，悄無聲息地哭了。

# 白

他是一個作家。他發現了一個祕密。

他之前寫過各種通俗小說，從辦公室裡眉來眼去的愛情到大漠沙場上英雄救美的傳說，各種各樣的類型他都寫過，賺了一點錢，也得了一些獎，不大不小的名頭能稱為一個作家了。可是他心裡仍然有點遺憾：他稱不上成功，也沒有什麼知名度，引不起什麼關注，出過的書在架子上待幾個月就下來，印上八千、一萬冊，就沒有追加沒有轟動沒有再版，什麼都沒有了。他認認真真地寫，堅持在寫，頗費腦筋心血地寫，只是任何事情重複進行得久了都難免成了清湯寡水的白米稀飯——每天見面的口糧，但實在缺乏點味道。

他琢磨該怎樣寫出深入的東西，深到生活內部，深到感覺的核心，深到某種真實的狀態。他不是一個很有天分的人，也不足夠敏感和博學，許多事情在他身邊飛來繞去，他就是把握不住那其中打動人心的關鍵部分。他寫得中規中矩。

忽然有一天，他去了一個朋友的實驗室。那朋友學生物，正在實驗室裡觀察人眼睛裡的感光蛋白結構，他湊上前去好奇地看著，朋友一邊在旁邊忙碌，一邊斷斷續續地給他講解。他不懂細節，但聽得懂原理。他是那種被稱作雜家的人，什麼都有點興趣，什麼都懂點皮毛。他沒事的時候常去各個朋友的公司工地實驗室走動，聽他們講他們的生活和他們手底下專注的事情。那些事情讓他覺得有趣，比自己編出來的血雨腥風還有趣。學生物的這個朋友是他小時候的玩伴，在研究所工作，每天對著顯微鏡試管操作台，過著一種在他看來與世隔絕的生活。他到他的實驗室看著那些顯微鏡，就像在科技館裡看著繁複多彩的萬花筒。

實驗室瓶瓶罐罐堆積，操作台上鋪著膠皮墊，溶液散發著輕微的刺鼻氣味，蛋白質在鏡頭底下染著螢光像動畫人物一樣左搖右晃。

「為什麼顏色有差別呢？」他一邊看一邊問。

朋友在另一個操作台前，沒有抬頭：「結構或者組分有差別唄。差個基團或者角度什麼的，能級略有差異，敏感的光頻就不同，沒什麼大不了的。」

他恍然大悟般點點頭，又仔細看了看玻片上標注的記號，靈感乍現。

三天後，他請另外一個好朋友吃飯。那個好朋友是個出版人，最近正在給一個知命網路雜誌做實體推廣，先鋒雜誌總是花俏複雜，圖文並茂，銅版紙全彩印刷，大片留白很是藝術。這朋友以前在印刷廠工作，現在變成出版人，仍然對印刷技巧最為熟悉。

「問你個事，」他夾著白菜一邊吃一邊問，「你們印刷用的彩墨能不能自己調配？」

朋友納悶地怔了怔說：「按理說沒問題，反正印刷機是人工加墨的。只不過，誰有本事自己配墨啊！我要能配，成本省一大截呢。」

他神祕地笑笑說：「不是配現有的，是想另加種成分，行嗎？」

朋友疑惑地望著他：「行是行。不過為什麼啊？」

他笑了，沒有回答。又過了兩週，他重新找到學生物的朋友，興沖沖地請他吃火鍋，極品羊肉甲魚大蝦點了一桌子，笑呵呵地說儘管吃別客氣。朋友一臉狐疑地遲遲不肯下嚥，問他有什麼麻煩要解決，他說沒有沒有放心吧，就是高興想好好款待他。

他沒有說自己心裡的愧疚。他的發現本應歸功於朋友，如果他當時告訴了朋友，那就有一系列好論文能發表在主流科學雜誌上，全都記到朋友頭上，朋友定然能得到閃亮亮的一串影響因數和銀子。可是他沒說。他怕這消息迅速傳播開去大家都曉得了，他計畫中的故弄玄虛就沒人再上套。這是多麼好的一個商機，他不想錯過，寫字這麼多年了，還從未有過這麼有趣的一項嘗試，總要先試試再說。

就當累積資料吧，他想，等成了，就把這些證據一道送給朋友發表。

他發現的祕密究竟是什麼呢？他自己想著，不覺嘴邊露出一抹微笑。這發現說起來實在太簡單也太鮮明，每個人都會同意，只是沒有人會覺得稀奇。生活中的很多大發現都是最簡單的事實，只不過沒人想得到以此掙錢而已。

他的發現用一句話就能概括：男人和女人是不同的。

他能發現這一點，或許是因為原本就對此比較敏感。生活中同樣一件事，交給男人品評和交給女人品評結果大相逕庭，不但思維的切入角度不一樣，而且連正面反面的判斷都有時截然相反。比如一個最簡單的例子：兩國交戰，一個國家賄賂了另一個國家國君的情人，讓她誘惑他一起隱居山林，結果那個可憐的國君聽了她的話，與她一起私奔了，王國覆滅了。男人看了會說真是沒用，女人看了會說真是勇敢。男人說這是人性的弱點，女人說這是人性的珍貴。男人笑了，女人哭了。他自己寫故事，他了解這個。

這些東西他以前就知道，不過，他從前只以為這是教育、成長環境和影視文學的影響，但直到這一次他才發現，原來這件事有生理基礎！原來是男人和女人眼睛本身的蛋白差異！敏感的光頻不同！怪不得男人喜歡偏藍黑的嚴厲陰冷，女人喜歡偏粉紅的溫柔暖和。這發現多麼有意義！

他一個人走在馬路上，蹲在街邊抽菸，看著大街上匆匆行走的人們，默默在心裡猜測著在另外一種性別的眼中這條大街、這個世界看起來是什麼樣子。他從亮蹲到暗，從白蹲到黑，直到整個城市開始在濛濛夜色中亮起遮掩一切的彩色華燈，讓人暈眩在其中，悄悄晃了眼，忘記一切細微的分辨。

他站起身，把菸頭掐了，嘿嘿一笑，轉身來到出版人老朋友的工廠。這天是他們約好的日子。他鑽進工廠，心情忐忑。

「怎樣？」他問老朋友。

「沒問題。」老朋友拿起一本樣書給他看，「不過這有什麼新鮮的？你有把握嗎？」

「我先看看再說。」

他端著書頁，仔細瞧著，離得近了遠了來回比較，又側過角度斜對著光對比。書頁上是一個愛情故事，兩個初相識的男女坐在公園裡看湖水。內容和排版都是他自己親力親為的，風景描寫排出風景般的大片形狀，對話簡明扼要，一行行錯落著從上到下，像一排樓梯從天落到地上。正文和對話都是黑色，紙張是白色有淺淡隱約的浮水印效果花紋，對話一側有淺色的小字添加，他能看得清清楚楚。

「這些字你能看見嗎？」他指著那些小字問朋友。

「廢話，當然能。」

「那這邊呢？」他指著紙上對話的另一側問道。

「這邊？什麼也沒有啊。」

他嘿嘿地笑了，說：「那你把你看到啥了念給我聽聽。」

朋友皺皺眉瞪著他：「幹嗎？」

「你別管了，幫個忙。大字小字都念。」

朋友猶豫著開始念：「大字：他對她說：『對不起，我錯了，我發誓真的只愛你一個人。』小字：『怎麼沒完沒了的，樓上還等我打完這一局呢。』大字：他……」

「行了。可以了。挺好，挺好。」

他滿意地笑笑，朝朋友豎起大拇指，稱讚他們工廠技術水準高超，然後讓朋友稍等，自己跑到車間的另一側，抓住一個正要下班的穿高跟鞋的女人，點頭哈腰地打了招呼問：

「姑娘，你能幫我念念這段話嗎？」

姑娘狐疑地上下打量著他，低頭看了看紙張，又抬頭看了看他。

「……哪段？」

「就這段。大字小字都念，你看到什麼就念什麼。」

姑娘用清脆甜美的聲音開始念道：「她說：『我也愛你。其實我不怪你。』小字：『今天我穿的這件毛衣是不是很顯胖？我得收腹。』她……」

「謝謝，謝謝。」他打斷她，指著剛才讓朋友念過的地方問，「你看這邊呢？」

「什麼這邊？」姑娘茫然地抬頭看著他。

他滿意地喜笑顏開，說沒事打擾了，就告別姑娘回到朋友身旁。他穿過高大轟鳴的工廠，覺得頭頂的管道像彩虹一樣漂亮，身邊的鐵皮印刷機看起來優美又親切，一摞一摞堆放的新書散發著油墨的清香，像好朋友一樣圍繞在身邊。他用力拍著好朋友的肩膀，說改天一定再請他好好吃一頓。

手裡的樣書被他帶回家，高高地供了起來，白色水紋似的紙張華麗地敞開著，站在架子上宛如通向大海的地圖。

他的想法很簡單。女人感光蛋白在紅端敏感，能覆蓋到一小段紅外，而男人的感光蛋白在藍端敏感，能覆蓋到一小段紫外。往常的可見光規定是用了所有人的平均，因此是將兩個人群可見範圍的錯差不為人知地抹平了。他找人弄到了兩種物質，一種吸收紅外邊緣的光，反射所有其他，因而男人看來是白的，女人看來是紅的補色綠。另一種吸收紫外邊緣的光，反射其他，因而女人看著是白色，男人看著則是藍紫的補色黃。於是有與沒有、顏色與無色就在同一張紙上悄無聲息地上演，水紋似的紛亂的白色背景中，一半人看到一半字跡，沒有人讀出另一半心聲。

他就這樣開始了自己的雜誌。

寫這樣的故事很簡單，比以前寫那種宏大敘事的浪漫傳奇好寫多了。以前一旦寫多了優美華麗的風景和心情，男人就嫌太抒情，而寫多了技術細節和戰鬥，女人就嫌太枯燥。現在倒好，他只用黑色印出故事梗概，然後用兩種顏色的特殊油墨，分別在一邊印出歷史背景和戰略，另一邊印出細碎人情和悲傷，一邊印出因果，另一邊印出比喻。無論哪一方看上去，紙上都有大面積留白，但沒關係，現在的時尚雜誌，講究留白營造效果。

雜誌剛上市，沒有什麼人知道。但隨著一小批讀者看後口口相傳，慢慢有了固定讀者，有了聲譽，有了口碑和好評，開始漸漸賣得好了。男人將它當成一本男人故事書，女人將它當作一本女人心情錄。有人甚至在網上建起雜誌的論壇。

他起初還忐忑不安，小心翼翼地查看各種書評和討論，生怕大家的相互串通將他的小小把戲輕易拆穿，可是讓他踏實下來的是，他發現男人和女人相互並不看對方的評論，他們只和跟自己眼睛類似的人說話，眼睛既是類似，說出的話也多半相仿，至於另一個群體的另外的評價，他們多半掃一眼就過去，連讀都不讀，這樣怎麼可能發現其中各種隱祕的埋藏呢？他讀著那些評論，心裡覺得踏實而大膽了。

再接下來，他繼續突發奇想。他乾脆寫了一系列故事，一些給男人看，一些給女人看，印在雜誌並排的兩頁，像隔著一面映不出人影的鏡子彼此呼應。邊邊角角插入美麗的照片，作為虛幻人物的真實背景，在文字周圍悠悠然地繞著。

他的雜誌開始大賣了。

他從來沒想到，純粹給一種口吻的人寫作是如此簡單而有效果。他從前寫文章太想讓各種人都喜歡，於是照顧這個又照顧那個，避免這個又避免那個，結果寫出來大家都覺得寡淡，誰都不覺得文章寫到了自己的心裡。現在簡單了。給一種人寫作就模仿這種人的聲音，反正另一群不喜歡的人看也看不到。人的心常常是窄的，合了自己的就喜歡，不合的最好不見。

他開始成了知名作家。許多筆會開始邀請他去參加了，一些出版社開始主動找他。他以各種各樣理由推託，堅持讓好朋友獨自一家給自己印刷。好朋友賺得盆滿缽滿，笑顏逐開地稱他真夠義氣。

他連忠實粉絲都有了。這無比的順利讓他覺得很不真實。

終於有一天，他去參加一個大型筆會。

筆會上有來自四面八方的各種類型的作家，大家熙熙攘攘地會聚一堂，在光輝燦爛的屋頂下接受記者採訪，相互表達景仰和惺惺相惜。他受到的採訪相當多，畢竟是自己有雜誌的人物，還受到很多不同群體的關注和贊許。

「我在這次筆會上要發表一個故事。」他當眾宣布，「一個真正反映真實的故事。」

他這樣說，是因為之前剛好寫滿了五十個男人故事和五十個女人故事，就像所有獲得了一點點讚許的寫作者一樣，他開始有點飄飄然了。他覺得自己懂真實了，因而不再想用幻象的伎倆，想真正寫一個能給每個人都看到還被讚許的故事，以表明自己的實際實力。他被自己內心無法抵抗的自我膨脹蠱惑了，以為自己的能力真能彌合人群目光的裂隙。

他的話一出，記者們的鏡頭就紛紛集中過來，熱情的讀者興沖沖地開始猜測，其他作家因為被他搶了風頭，也帶著一半不甘和一半審視好奇地悄悄關注著。他成了大家矚目的焦點。在酒店的房間，他對著筆記型電腦奮筆疾書，內心興奮不已。有時站起來拉開窗簾看看外面，街道上的霓虹閃爍好像已和一年前大不相同。

三天後，他終於把他的大作端了出來。投影在大螢幕上，眾人一起閱讀。

讀過之後，大家沒有什麼反應。

他小心翼翼地問別人覺得怎麼樣。不錯，一些人說。還可以，另一些人說。他不滿足，繼續細緻地問，結果讓他大吃一驚。一個男記者說，內容倒是不錯，只是仍然是一貫的硬漢鐵血情節，沒什麼新意。一個女評論者說，還算好看，只是和以前的纏綿悱惻沒什麼區別，也許是江郎才盡了。

他不相信，找來一群讀者做測試，男男女女都有，拉進一個小屋像測視力一樣一字一字提問，問他們能不能看見。所有人都能看見。所有字都能看見。他用的不是特殊油墨，只是普通螢幕的普通黑色投影。每個人都看到了同樣的內容，然而卻像看到了兩個故事。

他百思不得其解。坐在筆會的飯桌上，他看到周圍人都是那樣歡樂地說說笑笑，心裡覺得納悶又疏遠。為什麼他們都那麼歡樂呢？為什麼只有自己這樣灰頭土臉？他苦著臉想。

又過了一天，他終於發現了其中的癥結所在。

他發現儘管人們從視力上每個字都能看到，但是人們頭腦中有另外一套裝置，潛移默化地濾掉了其中一半文字。他不知道那套裝置是什麼，只知道男人和女人仍然各自看到一半，他們將他的故事隔行閱讀，形成兩套文本，互相交叉卻不重疊。他的故事是這樣的：

從前，王子和公主幸福地生活在一起。

平凡的日子讓王子想起從前征戰的激情。

有一天，他離開了公主，一個人去遠方。

他和一隻偶爾碰到的噴火巨龍戰鬥，遍體鱗傷。

他回到了公主身邊，發現這溫暖才是自己真正的所求。

傷好了，不疼了，他發誓要報仇雪恨。

他又離開了公主，來到另一個國度。

為了結盟，他向那個國度的女王獻殷勤。

公主聽說王子和別的女人在一起，心都碎了。

王子又與惡龍戰鬥，盟國卻背叛了自己。

失望的王子又回到公主身邊，他們幸福地生活在一起。

有一天……

這樣一個故事，作家本來以為能夠反映真實中安與不安的交替。但他沒想到沒有人能看出他的意思。他焦慮起來，繼續反覆添加塗寫，不斷拿給人看，但大家還是搖搖頭。他繼續寫，寫得那麼多那麼密，以至於到最後大家都看不清了，都說紙上一片空白，什麼都沒有啊。

那一刻，作家才感到自己是如此孤獨。

# 消失大陸的愛情

## 陸地

金雨霏可能永遠也忘不了，她和顧淮告別的那一天。當時她沒想到那就是最後的見面。她穿過熙攘奔逃的人群，人群如狂風，幾乎將她捲起，如落葉般裹挾。但她抓住一道殘垣，讓自己站定，身體依靠斷壁，如薄紙貼在牆上。

不知過了多久，顧淮才露面。

顧淮從她身體一側出現，焦急地問：「你怎麼在這裡？」聽到這句話，雨霏的眼淚一下子落下來。人群越來越擁擠，風沙越來越大。黃沙在身前狂嘯而過，一張嘴就糊滿嘴唇舌頭。雨霏張嘴想說話，但是舔到了舌頭上的沙子，竟一句話也說不出來。

天邊的烏雲又如大軍壓境。

艱難地逆著人流走了好一陣，兩個人才找到一座只塌了一半的房子。從房間的內飾看，這曾經是一間高檔餐廳，一面牆上還有沒完全被毀壞的牡丹國畫。但房間裡的物品已經全被搬空，只留下靠牆的一排舊沙發。空蕩蕩的廳堂，跌落的燈罩，半面破碎不堪的牆。

雨霏和顧淮靠牆坐下，都有話說，都在開口之前咽了下去。

「預報說，暴雨會下三天……」顧淮先開口了。
「可能不只三天。」雨霏說。
相互又沉默了片刻。顧淮說：「你聽說了嗎？連瑞士都快淹了。」
雨霏點點頭：「聽說了。我沒想到的是，連芝加哥這種內陸城市都淪陷了。」
「畢竟海拔低。」顧淮說：「海拔低的地方，早晚都得淪陷吧。」
「不知道最後能剩下多少陸地……」雨霏輕嘆道。
顧淮沒有接話。這個話題太令人沮喪。暴風雨不斷，海水持續向陸地蔓延，歐洲大陸還剩下不到四分之一，上海、紐約、雪梨、巴黎……曾經世界上最令人嚮往的繁華都市都成了海底的亞特蘭提斯。這兩天聽說非洲大陸也有一半淹沒到海洋裡。歐亞大陸的人都向蒙古和青藏高原轉移，美洲人也統統向安第斯山脈附近逃亡。看上去是不可逆轉的陸地消失過程，雨水和海洋從天空腳下兩頭進逼，侵蝕人類的生存空間。從來沒人料到，地球生態圈內竟然有如此多水量，持續不斷融化的嚴冰和地下滲出的水氣都變為水。
這個過程持續了一年有餘，而且是以一種詭異的形式自我加劇：冰層融化、海水上漲，帶來更大的海洋面積。而更大的海洋面積帶來更不確定的洋流和颶風，導致持續不斷降雨，火山爆發加劇，二氧化碳和塵埃漂浮在空氣裡，阻止地球散熱，更高溫的氣候條件讓更多冰雪融化，水氣蒸發。大氣進入永不停息的湍流狀態。這些事情一般居民都搞不懂緣由，如果不是因為顧淮在基礎科學研究所工作，他也很難接觸到第一手資訊。民眾只知道恐慌奔逃，只有研究所的研究員還在鍥而不捨試圖尋找改變命運的楔子。他們的努力最終打動了政府，顧淮聽說，他們要飛上高空了。

「霏霏，我來是跟你說一件事，」顧淮終於穩定了情緒，進入正題，「我得到了內部通知，政府從去年開始一直在擴充空間站，準備做為危急時刻的逃生島，近期已經擴充成可以容納一萬人的小社區。在地球同步軌道上，和地球月球都有聯繫，能供人長期生活。下個月政府準備先護送一批科學隊伍上去，從高空研究解決危機的辦法。我們研究所可以派出三百人，我在其中。你跟我一同上去吧。」

顧淮說完，等了屏息凝神的十幾秒，才聽到雨霏充滿猶豫的回答。「淮……」雨霏輕聲說：「其實……我聽說這個消息了。」

「你聽說了？你聽誰說的？那你已經準備好了？跟我一起走？」

「我走不了。」

「這是什麼意思？」顧淮感覺到自己的心在砰砰砰往下沉。

「意思就是……我不能跟你走。」

「為什麼？」

「我在地上的事情……還太多了。」

雨霏只說了這麼幾個字，就沒有再繼續下去了。顧淮心急如焚，想快速問個清楚，但又怕催得太急，引起雨霏反感。他伸手想握住雨霏的手。但雨霏雙手相互緊緊握著。

「是工作上的事情，還是什麼事？……」顧淮輕聲問。

「有工作上的，也有我媽媽……」雨霏說。

「伯母怎麼了？」顧淮一驚。

「她也染上HC375了。」雨霏說：「我爸爸帶著她，到了川藏邊緣。可是高原她的身體又吃不消，現在停下來休整了。」

顧淮聽到 HC375，心裡驟然沉到谷底。那是新流行起來的一種疫病，最初可能是從羊或牛身上爆發出來，傳到人身上之後，變得異常嚴重。就像每次大溼大熱環境中的新病毒，在取上千人性命之前，很難找到控制其蔓延的辦法。目前的氣候極易病毒傳播，死亡的人數幾天之內就直線上升，根據前一天晚上的新聞播報，目前達到七二六八人。雨霏自己的專業就是生物醫學，在這次大遷徙之中，一直是在醫療隊，隨遷徙人流解決病痛難題。目睹太多死難本來就讓人心理壓力過大，這次疫病傳染到自己母親身上，可想而知會有怎樣的崩潰。顧淮恨不得立即將雨霏帶走，可是他知道他不能。二人靜坐的殘垣斷壁此時竟有了一種即將沉沒的帆船之感。

「那你接下來……怎麼打算呢？」顧淮問。

「我想去青藏線，跟我爸媽匯合。」雨霏說。

她和顧淮目前都在青藏線上，自從大陸全面被海水淹沒，所有人都朝青藏高原大逃亡，從前令人避之如洪水猛獸的高原反應也沒人在意了。畢竟高原反應怎麼都能適應，洪水來了是真的要死人的。更何況，自從氣候變暖，喜馬拉雅山脈高山冰雪融化消失，高原的空氣也沒那麼稀薄冷冽了。仍是只有青藏、川藏兩條進藏線，而現在高原上的居民已經破億。

「什麼時候去？」顧淮問。

「……」雨霏聲音更輕了，「明天。」

「這麼快？」顧淮著實吃了一驚。

「HC375 擴散很快，我怕我趕不到，媽媽就……」雨霏的話生生剎住了，顧淮也能感受到她心裡的恐慌，但片刻之後，雨霏的聲音又鎮定下來，「我已經跟川藏線的醫療二隊聯繫了，加入研究組了。其實這次，即使沒有我媽媽的事，我也想留在地上。需要的新藥和新的疫苗太多了，急救處理也多，我們現在全員七天輪轉，還是應付不過來。」

「那我明天就見不到你了？」顧淮問。

雨霏勉強笑了一下：「希望我們都快點研究出東西，快點解決問題吧。等水退下去……」

她沒有再說下去，或許是因為找不到合適的詞接下去了。兩個人都知道，這個假設前提實現的可能非常渺茫，基於這個前提的所有幻想都顯得如此蒼白。顧淮攬住雨霏，讓她靠著他的肩膀，另一隻手也握住了雨霏的手。但即使是如此親密無間的姿勢，兩個人之間也像是被一層無形的玻璃隔著，相互觸不到對方的溫度。

從廢舊餐廳裡出來，已是暴雨如注。只有下午四點，但天黑如夜幕降臨。

他們本就在高速公路邊緣，四面是一馬平川的原野，此時人影稀落，車輛寥寥無幾，更增添了龐然空曠的感覺。低雲遍布四野，傾盆大雨蒙住視線，天地彷彿進入宇宙之初的混沌，但不斷被炸雷和從天至地的閃電撕裂。每次閃電撕開烏雲，就會看見整片大地的荒寂蒼茫，彷彿人類文明從來不曾在地球上存在。

落雨之前，雨霏跟隨的人流隊伍此時已經消失不見，絕大多數人可能進入了兩公里之外的休息站。此時的公路上，只還有三三兩兩被困在雨中仍在艱難趕路的人。路上多數房屋的自來水已經斷流，而按照經驗，這大雨不下三天是不會停息的，因此所有路人都知道，必須趕到運營中的休息站，否則就是死路一條。

顧淮摟著雨霏的肩膀，兩個人頂著暴雨向西行進。在他們身後，彷彿有什麼一直追趕，或許是從東部一路蔓延的海水帶來的壓迫感，或許是兩個人心裡對於未知命運的不確定感，他們一路走，一路感覺身後的陰影。

他們很清楚，這不僅是他們兩個人命運分岔的節點，也是整個地球命運分岔的結點。

## 天空城

顧淮等待雨霏通話的時候，經常站在天空城最偏僻的一條走廊裡，從落地窗俯瞰腳下的地球。這裡是通向天空城能源中繼站的一條通道，距離居住和科研區都遠，能源中繼站運行良好的情況下，沒有人會到這邊來。顧淮在這裡，可以有最自由安靜和地面通話的時間。

他等待著，但雨霏許久都沒接聽電話。

顧淮的心思紛亂。他進入天空城已經一個月了，但不知為什麼，他心裡一直有不真實的感覺，就好像進入了一個電影場景，或是進入了一場夢，總覺得隨時可能結束、醒來，回到地面上他曾經住了五年的博士宿舍。他時常俯瞰腳下的地球，看變幻莫測的白色氣旋和不斷擴大的藍色海洋，這種遙遠的俯瞰也像極了一場夢。

只是每天早上，他都從天空城的小房間裡醒來。

天空城的生活樸素極了。他們每一天都延續前一天的模式，早晨起來吃兩袋營養食物包，進入實驗室研究，十二點吃一頓素食三明治，然後一點開始下午的工作，一直到五點，之後是強制的體育運動時間，七點吃唯一一頓正餐：天空城無土種植的高蛋白植物，做成偽肉排配義大利麵。顧淮起初受不了食譜的單調，但久而久之也就習慣了。與他們憂心忡忡的工作相比，沒有什麼飲食問題是值得花心思的。

實驗室瀰漫著嚴肅而壓抑的氛圍。地球上的氣候變化是大範圍的，影響的範圍尺度大，而想要對其產生影響，需要的能量也是極大的。想要扭轉氣候變化的趨勢，所需能量基本上要在萬億瓦特級別，這樣大尺度的能量工程，哪裡是一個簡單的天空實驗室能夠做出的呢。人類對氣候的影響是全球性、經年累月的，化石能源燃燒消耗了地球十億年的能量儲備，碳排放的能量已經對地球表面層能量總量產生了顯著影響，而如今，若想讓這樣的趨勢扭轉，也需要同樣調動地球自身存儲的能源——從四十六億年前地球形成就儲存在球體內的熱能。而這又談何容易。更不用說天氣本身是混沌系統，一旦出現了紊亂，想要逆轉趨勢回到有序，是人類整個科學系統還處理不了的複雜情形。

天空城彙集了來自地球各個國家最優秀的研究人員，各種語言、各種學術背景的對話，相互交流，這原本是最能促進學術新知迸發的理想氛圍，但幾乎無解的困境，讓所有研究員臉上都有幾分沉重，餐廳裡的交談也缺少愉悅的興奮，更見不到新發現誕生時的閃閃發光了。他們都知道，自己背負著無法背負的責任。

天空城的中心研究區是個馬蹄形建築，各個實驗室沿半環形分布，在共同的中央區域安裝了一個巨大的地球模型，隨時按地球上的最新資料顯示出即時天氣和水文，也把各個實驗室研究出的新方案不斷在模型上類比。每到下午的模擬和集體會議時間，研究員都從實驗室裡出來，圍繞在地球模型四周聚集成一圈，共同仰望著他們心中的家園，也共同承受著一次次失敗的模擬效果。

那是嘴裡乾裂而苦澀的感覺，壓在人心上。

顧淮很想把這裡的一切都告訴雨霏，想告訴她自己的壓力、忙碌、挫敗感、生活的單調以及他對她的思念。可是每每真的到了視訊時間，他又把話都壓回肚子裡。告訴她那些挫敗和無力感有什麼用呢？她又沒有辦法幫他，而且徒增她的心理壓力。要知道，她正和地球上所有其他人一樣，期待著天空城的拯救和突破。如果告訴她所有的希望都是渺茫的，對於她和地球上的其他人未免打擊太大。地面上還生活在一片艱難困苦中，遠比他們更艱難困苦，每天都有人在眼前死去。相比而言，他的研究上的挫敗感又算得了什麼呢。

顧淮的平板通訊器突然響起來，把陷入沉思的他驚醒。是雨霏。她看到了那些未接的通話記錄，回撥了過來。

「霏霏……」顧淮剛想說一些想念的話，突然看到她哭得紅通通的眼睛，「你怎麼了？」

「我媽媽……」雨霏說不下去了。

「阿姨她……她……」顧淮怎麼都說不出那兩個字，「……是嗎？」

雨霏點點頭：「昨天下午。」

「你還好嗎？」顧淮不知道還能說什麼。

「我沒事，」雨霏說著，突然又捂住了嘴，嗚咽了，「我只是想起媽媽臨走時，看著我爸爸的眼神……」

「霏霏，霏霏，」顧淮幾乎要把頭鑽進螢幕裡，「你聽我說，你別太悲傷了，身體要緊啊，越是這個時候，你越不能太悲哀。你爸爸需要你，我也需要你呢。你聽見我說話嗎，霏霏。」

「嗯，我知道了。」雨霏吸了吸鼻子，「我沒事了。」

「你自己最近怎麼樣？」顧淮問，「感冒好點了嗎？」

「沒事了。你放心。」

「如果有什麼症狀，一定要趕快檢查……」

「我知道。」雨霏說到自己，反而異常平靜，「我每天都做檢查，對自己的情況很了解。我還有很多工作，不會讓自己那麼容易死掉的。」

「霏霏，壓力也別太大了。」顧淮越感覺自己的力不從心，「工作的事情，做也做不完，你還是該休息就休息。」

「我怎麼能休息呢？多休息一個小時，可能就多死一個人。」霏霏有點淒然，但不是為了自己而委屈，更多是對現狀的痛惜。

「情況……已經這麼嚴重了嗎？」

霏霏點點頭：「嗯，最近這個禮拜，死亡率飆升。有一些疫病突然爆發，你都沒法想像，像肺結核和瘧疾，原本多少年都沒出現過的。現在所有人的風聲鶴唳。不過這可能也難免。最近新來的移民太多了，居住區密度太大了，你都不知道人們是怎麼住的。四個人躺一排，他們身上還能橫著躺兩個人睡。飲用水也不乾淨，但人們還是得喝。……最近這幾天，天氣又不好，一直沒有風，又溼又熱，HC375 已經發現了兩個變種。我們真的有點走投無路了，實驗材料越來越少，還不知道下一批什麼時候能運過來。」

顧淮聽著雨霏的講述，越聽越覺得自己離她實在過於遙遠。他能明白她現在的絕望，就像他自己在研究中時常遇到的絕望感。但他也知道，與她遇到的困難相比，他研究中的困難太微不足道了。不管怎麼說，他只是面臨資料類比的失敗，而她要面對的，是一條條生命在她面前倒地逝去。

「霏霏，別太憂愁了，」顧淮盡可能表現出輕鬆的語調，「會好的，你相信我，真的。我們最近加了科研強度，一定會想出辦法的。到時候能讓地球降溫、冰山結冰、海水退回到海洋裡，一切都會和從前一樣的。我們最近已經有了一些進展了。」

「真的嗎？」雨霏顯然有一點被鼓舞了，「你們的研究有突破了嗎？」

「還不算是。就是……有了一點新進展，還要再看看模擬效果。」顧淮語焉不詳，掩飾自己的心虛，「不過你放心吧。天空城的所有人都在全力以赴，會好起來的。」

「嗯，我相信你肯定能做到。」雨霏笑了一下，這是顧淮這兩週第一次見到她笑。

關了平板通訊器，顧淮久久站在窗前，看著腳下地球的雲霧繚繞。這顆看上去寧靜美好的小小星球，誰能想到在它上面正有如此多災難正在發生。他們生活在天空城裡，就像活在另一個世界。清潔、穩定、規律、高智慧，這裡的一切都和地球上如此不同。他們在想辦法拯救地球，可是他們抽身世外，沒有對地球災難的切膚之痛。有那麼一瞬間，他忽然很害怕自己忘掉了地球上的生活，如果是那樣，他就永遠沒辦法貼近雨霏的心了。

他多希望明早一醒來，所有洪水災難、所有這一切都是夢。

晚上從實驗室出來，運動和晚餐之後，顧淮一個人回到房間裡。房間只有六平米左右，但各種功能一應俱全，牆壁上各塊壁板落下之後有不同功能的模組，一體化餐桌和簡單餐具、工作檯和電子設備、個人清潔裝備應有盡有。平時模組壁板收到牆壁之後，牆壁渾然一體，是乳白色泛光的高分子聚合材料。單人床上方，有幾個小格子用來放個人紀念品。其中最大一格裡是顧淮和雨霏的合影。

顧淮將房門在身後關上，打開燈，房間裡赫然出現兩個人影。

除了自己，另一個是一個女孩身影，端莊地坐在顧淮床沿上。顧淮蹲下身子，面孔平視女孩面孔，女孩的眼睛裡亮出一抹藍盈盈的光。藍光迅速消失，女孩的眼眸恢復到平常的黑色。隨後，女孩站起身，說：「你回來了。要喝水嗎？」

如果這個時候有人站到女孩面前，會驚異地發現：女孩的面容和她身後照片中的雨霏，一模一樣。如果雨霏自己看到，一定會驚訝地叫出聲來。

「小C，」顧淮說：「你坐下。我跟你說一些事情。」

「好。什麼事情？」女孩順從地在轉椅上坐下，聲音柔順。

「小C，我想告訴你一些事，你一定要替我記住，如果有一天我忘了你要提醒我。」顧淮感覺非常疲憊，聲音也很低，「你一定要記得。」

小C乖巧地點點頭：「好的，我一定記得。」

顧淮躺倒在床上，眼睛望著天花板，說：「我和雨霏——你就把她當作你自己好了——是在大學裡認識的。那大概是九年前了，那個時候，地球上還沒有海難，只是氣候已經有點不正常了。我還記得那一天，特別特別悶熱，熱到了四十度吧，人快被汗水淹沒了，所有人和樹都無精打采，耷拉著腦袋。我下午搬了好幾箱子書，整個人都被熱暈了。傍晚的時候，天上的雲越來越低，氣壓也越來越低，能聽到很遠的地方有悶雷，肯定是要下雨了，大家都往宿舍跑，我也跟著。但是喘不過氣，不知怎麼的，我就暈倒在路上了。當時就記得，暈倒之前一個漂亮女生過來扶住了我，那就是雨霏……」

顧淮說著說著，聲音漸漸弱了下去，像九年前那個雨天一樣昏昏睡去。這一次在他身邊的仍然是同樣美麗的面孔。

小C坐在轉椅上，面向顧淮床邊，靜默良久。她眸子裡又閃了一抹藍光，然後暗下去，之後就一動不動了。

房間一夜寂然無聲。

## 陸地

如果說不斷爆發的疫病是壓在雨霏心上的沉沉的包袱，那麼這個早上目睹的事情，就是壓倒駱駝的最後一根稻草。

雨霏沒有想過，一旦危機到來，人和人的分裂來得如此之快。

早上她去旁邊的一個居住村裡，給居民打針，中途感覺頭暈目眩，一照鏡子看到嘴唇都白了，於是決定提前回來。因為是提前回來，所以無意中目睹了她本不該看到的一幕。

這幾日，暴雨沖毀了公路上一座臨時修建的橋，運送物資的車都被堵在河流兩側。雖然工隊夜以繼日趕工重建，但物料不足，按最快的速度估計也還要一週。運藥物的車也被堵在河流另一岸。隨著疫情持續蔓延，藥物正在一天天消耗，眼看著還有兩天就要見底，剩下的幾天，拿什麼補漏洞，整個實驗室都心裡沒底。實驗室的主任醫師黃曦一直在帶領實驗室，用僅有的實驗材料生產簡易藥物，有一些進展，但量不可能大。

當雨霏回到實驗室園區，離得很遠她就看到院外的爭吵。為首的一個人她認識，是隔壁居住村的王老伯。五十歲上下，乾瘦乾瘦，但精力旺盛，是那個村落的帶頭人。隔壁的村落居住的以北方人為主，都是從華北或中原長途遷徙而來，人口密度極大，各種疫病傳播迅速，起初只是瘧疾，就大面積造成數百人死亡，近來又出現了第一例 HC375 變種案例。王老伯經常帶人來園區找他們，求取更多藥物和醫療服務，雨霏也去過幾次他們村子，他們的居住條件實在令人不忍直視，一頂帳篷裡能擠十五、六個人，男人女人身體交錯，即便再小心謹慎，殘破的衣服也露出大片肌膚。

此時，王老伯正往園區院子裡衝，但被兩個研究員拉住了。兩個研究員都是年輕力壯的小夥子，縱使王老伯衝勁旺盛不斷掙脫，也還是難以脫身，更難以衝進院子。

「這是怎麼了？」雨霏上前去，問兩個同事，也問王老伯。

「金姑娘，」王老伯顯然認出了雨霏，「你跟你們領導說說，讓我進去說句話行不？我就說幾句話。金姑娘，你行行好。」

雨霏看了看她的兩個同事，其中一個小夥子皺皺眉，微微搖了搖頭，腦袋向院內偏了偏，示意雨霏院子裡有情況。

雨霏邁進院門，小小的院子裡很安靜，並沒有預想中的騷動。院裡只有三座單層房屋，分屬於三個實驗室，也是臨時建築，但設施還算齊備，比起密集居住的村子條件好太多。雨霏朝自己的實驗室走去，還沒走到大門，就聽見玻璃門裡氣氛僵硬的爭論聲。為首的聲音她很熟悉，低沉而略啞，這是她們整個實驗園區的領導人，第一實驗室的老教授杜魁。和他爭執的，正是她的實驗室主任黃曦。

「我知道你的意思。」杜魁教授說：「但你也知道事情有輕重緩急。」

「……但他們村的情況，也很緊急。」黃曦說。

「那畢竟是一個小村的事。」杜魁說：「你要救的是天下人。」

「下禮拜橋通了，還會有新的材料過來。到時候研究還可以繼續的，不會影響大局的。」黃曦的聲音一直高於杜魁，但不知道為什麼，聽起來卻沒有杜魁有氣勢。

「一禮拜，一禮拜是多少分鐘！時間爭分奪秒，你怎麼知道這一禮拜不會研究出決定性方案？那能救活多少人你知道嗎？」

「但是……」黃曦還是有點執拗，「這一禮拜，可能眼前就死好多人。」

雨霏漸漸明白其中的分歧所在了。黃曦主任想把剩餘的實驗材料都用來配置簡易藥物，用來急救，也許就是幫助王老伯的村子。而杜魁教授堅持希望實驗材料仍然用來攻堅，研究根治疫病的關鍵疫苗。

「別說了。這件事就按我說的辦吧，不可以再配藥了，抓緊以現有的病人為基礎做實驗研究。」杜魁強調了一遍。

「但是王老伯說，他們村現在就……」

「別管他們。」杜魁低聲呵斥。

「您就是想讓所有藥都用來管您小舅子一家吧。」黃曦卻反倒提高了一點聲音。

這話一出，周圍寂靜了半秒，彷彿把空氣都劈開了。

「你瞎說什麼呢！」杜魁有點惱了，「有沒有點大局意識！」

隨著話音，杜魁從內廳裡走出來，向院外走去。雨霏連忙側身，避在一旁，以灰土牆的陰影遮住自己的身形，不想讓人知道自己聽到了剛才的對話。杜魁逕直向外走，目不斜視，黃曦和實驗室裡新來的助理跟在後面，還想攔住杜魁說話，但狹小的院子並沒有給他時間。身材頎長的杜魁三步兩步到了院門口。雨霏悄悄跟在後面。

杜魁邁出院子，向還在與兩個研究員糾纏掙扎的王老伯揮了揮手，帶著不容分說的決絕說：「您老回去吧。我們這裡真沒有多餘的藥了。」

「領導，」王老伯一邊扭動著擺脫胳膊上的四隻手，一邊求懇，「您再考慮考慮，考慮考慮，我們村兒好幾千老老少少，都等著我回去給他們條命吶。」

「我知道你們難熬，」杜魁皺了皺眉，「可是我們也沒有藥了。」

「領導，領導，我求求您了……我們村兒前天還只有三個，昨天就有十二個了。這眼看著，大家都要沒命啊！」

「隔離吧。這病全世界都沒轍。藥也是一時的。你走吧。」杜魁有點生氣了。

王老伯整個身子都往前傾斜了：「能救一時算一時啊。領導……」

「我也沒辦法，」杜魁又揮揮手，「你快點走吧。」

王老伯又求懇了幾次，眼看著沒有辦法說動，忽然站定了，再次甩手，面色頹喪地說：「好，我走，我這就走。放開我。」

兩個研究員聽了這話，不由得撤了手，向後退了半步。所有人的眼睛都盯在王老伯臉上。他半低著頭，顯得很失落，又莫名帶著一陣嚴肅。

突然之間，王老伯低頭彎腰，伸手抓向自己的褲腿。他用所有人都沒看清的快速動作，從小腿褲腿裡抽出一把長刀。長刀銀光一亮，每個人都倒吸了一口冷氣，雨霏覺得自己已經停止呼吸了。沒有人當下能做出任何反應。

說時遲那時快。就在眾人都以為王老伯會刺向杜魁時，王老伯舉起右手，把刀高高地揮起來，刺向自己的大腿。一刀狠入肌肉，幾乎沒過刀身。雨霏驚呼了一聲。而動作沒有結束。王老伯又狠命將刀抽出來，不顧噴出的鮮血，第二刀繼續向自己大腿刺去。雨霏不敢看了，下意識捂住眼睛。就在這個時候，其餘人也反應過來，黃曦叫著「攔住他」，王老伯身後的兩個研究員又重新抓住他的手臂，奪下了他的刀。此時，王老伯已經深刺自己大腿兩刀，第三刀將將刺下去。被奪過刀時，大腿已然血肉模糊。

杜魁一言不發，仍鐵青著臉站在一邊。

「快抬進去！」黃曦連忙指揮身後的助理去幫助兩個研究員，「抬到後面，給包紮一下。」

杜魁沒有說好，也沒有說不好，雖然面色仍然是不以為然，甚至有一點惱怒，但是面對這等慘烈的場面，也不好再說什麼。

王老伯被幾個人手忙腳亂抬到後面去了。黃曦看了一眼杜魁，也拔腳進了院子。

雨霏見狀，連忙側身閃進院子，跟上黃曦。「主任……」雨霏問：「剛才……」

黃曦搖了搖頭，示意她先不要說話。兩個人閉著嘴向屋後走了好一會兒，黃曦才開口，給雨霏解釋了上午發生的事。跟雨霏料想得差不多，因為物資斷流，僅有的實驗藥物資源的分配，成了明爭暗鬥的焦點。杜魁的小舅子一家，就住在實驗園區後面的病房裡，都感染了 HC375 變種病毒，乾脆做了試驗志願者，接受新疫苗研發的測試。

黃曦越說，越有一點悵然。「這才是一切的開始啊。」他嘆了口氣說。

雨霏發現，黃曦額角的頭髮突然白了許多。「希望下週橋能按預期修好吧。」她說。「橋也只是一時的。苦日子還在後面。」黃曦看著遠處冰雪褪盡、露出荒涼脊背的棕黑色蒼茫山嶺，有點宿命似的，「你看到的，只不過才是開端而已。」

當天晚上，雨霏心裡堵得難受。她特別想和顧淮通話。這麼多天，她還從來沒有這麼想找顧淮傾訴。不僅是想把所見所聞講出來，更多的是因為她自己內心害怕。她不知道未來會怎樣，也不知道自己到了更糟糕的境地裡，會做什麼事情。而後者更讓她恐慌。她急切需要一個擁抱，一些安慰，一種能讓她穩定下來的錨定感。

視訊通話的提示音響了很久，顧淮都沒有接聽。

直到最後一次她幾乎放棄的時候，視訊忽然通了，但畫面一片昏暗，什麼都看不清楚，像是房間沒有開燈。雨霏只聽到一個甜美而似曾相識的女聲問：「請問您是哪位？我是小C。顧淮不在，我可以幫顧淮記錄留言。」

雨霏驚呆了。

## 天空城

顧淮早上醒來的時候，鬧鈴已經鬧了第三回。前一天晚上回來得太晚，他倒頭就睡了，此時也仍然昏昏沉沉。他坐起來，揉揉眼睛，十五秒之後，又到在枕頭上。他決定犧牲早飯時間，讓自己再多睡片刻。

只是他的起身動作已經被坐在一旁轉椅上的小C捕捉到。小C啟動了笑容，和煦明媚，又站起身，給顧淮倒了一杯溫水，端到床頭。「要我把襯衫取來嗎？」她俯身問顧淮。

顧淮又勉力睜開眼，看見一張瞇著眼睛、笑得很溫柔的臉——是自己日思夜想的笑臉，但又有那麼一點點不一樣。這是小C第一次主動完成這一系列動作，一句都不需要他吩咐，自然流暢，可見是人工智慧記憶已經起了作用。

顧淮坐起身，用雙掌掌根按壓太陽穴，想讓自己的頭腦清醒一點。

「要我把襯衫取來嗎？」小C又問了一遍。得到肯定答覆之後，小C從櫃子裡取來藍色的襯衫，一邊遞到顧淮手上，一邊問：「要我把昨晚的通話留言給你講一下嗎？」

「昨晚你替我接聽通話了？」顧淮一愣。

「是的。」小C點點頭，看上去思緒很單純，「昨晚你的電話很多，我接了後面幾個。」

「你怎麼接的？你說你是誰？」

「我說我是小C。我說你不在，請對方留下留言。」

顧淮一聽，心就有點慌了。他一邊手忙腳亂地穿衣服，一邊著急想看昨天的通話紀錄。「昨天都有誰來電話了？」他問小C。

「我只接了最後幾個。先是你的父母。然後是你大學宿舍室友林奇。然後有一個通話，沒有說話，我問了幾次都沒回答，過了一會兒就掛了。」

顧淮完全明白那是誰，慌亂地拿過通訊器，撥通雨霏的號碼。他的心已經快要從嗓子裡跳出來了，只希望雨霏能快一點接聽，讓他早一分鐘澄清。可是通訊器裡一直是忙碌中，重複的嘀聲一聲一聲敲擊他內心的焦躁。

小C已經幫他把牙膏和水杯準備好了，提醒他再不出門就要遲到了。顧淮洗漱的時候一直在等，最終看看錶，還是掛斷出門了。

小C的眼睛藍光熄滅，又在椅子上坐了下來。

整個早上，顧淮做實驗都有些心不在焉，幾乎是在數秒等著午休時間到來。

顧淮今天的工作是進行能量迴圈的模擬，嘗試優化能量利用效率，探索能量層級放大的可能性。顧淮的專業是能源與環境，最初學這個專業的時候，目標方向還是經濟發展的環保和效率，沒想到沒過幾年，就被突然而至的全球氣候災難，逼到了他從未預料的拯救地球的責任位置上。

「結果怎麼樣？」導師古明哲從他的身後出現。

「……嗯？啊！」顧淮有一點如夢初醒，「哦……我還在等，程式還在跑。」

「你怎麼了？不舒服嗎？」古明哲問。

「哦，沒事。沒事。」顧淮有一點不好意思，「我就是……在想問題。」

古明哲沒有繼續探問，點了點頭：「有什麼新想法嗎？」

「我在想，我們最終的目的是讓地球更高效地輻射掉多餘能量。而現在的溫室氣體成為遮罩層，阻止能量釋放。那我們就是要找到一條能量通路，讓大氣裡的輻射能量穿透出來，而且，是不是有可能通過雲層之間的電勢差，形成諧振腔，讓能量擴大釋放……」顧淮調出來電腦裡的兩張計算圖片，給古明哲展示。

古明哲微微頷首，表示鼓勵，又提了一些小問題，提了兩點改進建議。

「那我就按這個思路先繼續算算？」顧淮試探著問。

「先不著急。你先來算算這個事。」古明哲從口袋裡拿出一張很薄的圖紙，給顧淮攤開，「這是我們空間站的平面圖，現在有三個太陽能能源中繼站，中心這裡還有一個核能發電站。你現在看看，什麼樣的方式能最有效率增加能量供給。前提是不從地球額外調用資源。」

「為什麼要增加能量供給？」顧淮聽了，莫名有一點興奮，「空間站要擴展了嗎？」

「也不一定。耗能的地方很多啊。」古明哲語意不明，「越來越多的實驗類比、資料儲存，都需要耗能，目前我們的生活用電也不是很夠。」

「您是不是聽到了什麼消息？是要擴展吧？」顧淮還是不死心。

「沒有什麼確切消息。」古明哲說。

午餐之前，顧淮迫不及待又給雨霏撥了電話。但還是沒人接。他忽然想到，此時應該是雨霏時區的深夜，於是沒敢再撥，默默抓了一個仿牛肉三明治，坐在窗邊悶頭啃。想到雨霏可能誤會自己了，他心裡就堵得說不出的難受。

古明哲也拿了一個三明治、一份沙拉、一塊櫻桃派和一杯咖啡，坐到顧淮身旁。古明哲永遠有胃口，即使所有都是素食簡餐，也不影響他怡然自得的享受。他看顧淮的吃相不雅，一臉愁雲，默默遞給他一塊餐巾紙，指了指他的嘴角。

「怎麼啦?一早晨就看你失魂落魄的。跟女朋友吵架啦?」古明哲喝了一口咖啡問。
「也不算是。」顧淮嘆了口氣。
「年輕人哪,吵吵鬧鬧很正常。」古明哲已經四十幾歲了,「別太要面子。有什麼事讓著點小女孩,多哄哄就好了。」
「不是啦。」顧淮說:「只是打不通電話。」
古明哲笑了,像是說「我以為是什麼大事呢」,拍拍顧淮:「晚上接著打。」
顧淮點點頭,又悶頭吃,眼睛失焦地盯著桌腳。吃了幾口,突然想起來,抬頭問古明哲:「古老師,您實話告訴我,我保證不告訴任何其他人。空間站是不是有擴展的計畫?」
古明哲這次沒有直接否認:「你聽到什麼風聲了嗎?」
「沒有。」顧淮的心怦怦跳,充滿期待,「我只是……我只是太想念我女朋友了。什麼時候才能讓我把她接過來?」
「小顧啊,」古明哲緩緩地說:「有些事,我本來不應該在這個階段跟你說,但我也明白你現在的心情。人之常情。我就跟你說一點點,你自己考慮一下。」
「您說。」顧淮識相地放低了聲音。
古明哲的聲音也越發低了:「小顧,你自己算了這麼長時間,心裡可能也有數了。現在的地球,該淹的都淹了,該毀的都毀了,大氣還是湍流,接下來可能更嚴重。這不是一時能解決得了的問題。」
「我不是今天早上設想……」
古明哲抬起手,打斷了顧淮:「你的想法挺好的。不過這是個系統性問題,不是多一條能量通路就能解決問題的。地球這幾個圈，岩石圈、水圈、生物圈和大氣圈，全都出了問題，那就不是簡單的升溫降溫的事。那是系統性紊亂。複雜系統有混沌現象，相互影響還會放大，現在看起來，想恢復正常太難了。……我們，恐怕回不去了。」

「回不去了？這是什麼意思？是說再也不可能回到以前的穩定氣候了嗎？」

「嗯，這是一方面。」古明哲說：「另一方面，我們可能該開始考慮……除了地球以外……還有沒有其他適宜居住的地方了。」

顧淮大吃一驚，倒吸一口涼氣：「您是說……是說……我們有可能不回地球了？」

「我沒有明說。」古明哲特意澄清道，「我只是說，有可能需要想一想其他路了。」

「這不行啊！」顧淮不由得提高了聲音，「可地球上的人還在等我們，我們怎麼能放棄他們，這是不負責任的……」

古明哲連忙用手勢示意他壓低聲音：「你先別激動。還沒有任何確定結論，你先別讓人知道。冷靜點，冷靜點。……小顧啊，我跟你說這些，是我們師徒這麼多年，我拿你當家人。你就是心裡有數就好了，千萬先別說。……我只是想讓你做做準備，如果有什麼變動，及早申請把女朋友接來。」

說完這幾句，古明哲就站起身歸還餐盤去了，不再給顧淮時間發問，留下顧淮一個人在桌邊疑惑重重。

顧淮愣在原地，心如蛛網纏繞。即使古明哲一再否認有確定消息，但從最後一句話判斷，古明哲是在提醒他，未來可能要放棄地球、進入宇宙，要他早做打算，帶女朋友同行。如果這個推測是對的，那麼這個決定基本上已經是八九不離十了。這是什麼時候開始的事？為什麼會這樣？難道因為天空城是在天空飄浮，就不再對地球上的人負責任？可他們的任務明明是拯救地球。是地球上的人送他們上來的。這樣是不對的啊。

整個下午，顧淮都無法進入工作，頭在雲霧裡繚繞，百爪撓心。

晚上，顧淮還是沒能撥通雨霏的電話。他有一點慌了，不知道雨霏是生他的氣了，還是遇到什麼意外情況了。之前還從來沒有這麼久都找不到人的時候。

他一方面是想著雨霏，另一方面想著白天古明哲的消息，心裡越來越慌。他從沒有一刻比現在更想知道地球現在是什麼狀況了。

小C似乎看出他的神情不快，給他倒了一杯水：「你怎麼了？不開心嗎？」

「我打不通雨霏電話。」顧淮說。

「我可以幫你撥電話，在後台持續撥打，直到她接聽。」小C說。

「嗯，試試吧。」

「你要不要躺一會兒？」小C上前要扶顧淮躺下。顧淮搖搖頭，只是坐在床沿上看著窗外，水也沒有喝。

小C在床沿上坐下，坐在顧淮身旁。她用手輕輕扶住顧淮的手臂，顧淮側頭看她一眼，本想把她的手拿開，但看到她的面孔，猶豫了一下又沒有動。

「我可以為你做些什麼嗎？」小C問。

顧淮又搖搖頭：「你不懂。」

「你可以教我。」小C說。

「愛是教不了的。」顧淮說。

「但我可以記住。」小C說：「記住得越多，也就懂得越多。」

顧淮看著她的臉，那麼柔和的下巴線條，潔淨無瑕的皮膚，比雨霏的皮膚還要好，眼睛鼻子都完美地複刻了雨霏的造型。他之前從來沒想到，3D列印的肌體效果竟然有這麼好。「你要真的是她該有多好……」顧淮不禁嘆道。

「你可以把我當成她。」小C說：「你把你們的往事都告訴我，我都能記住的。」

顧淮還是疲倦地搖搖頭：「雨霏接電話了嗎？」

「沒有。一直都沒有。」

「我有種預感，」顧淮躺在床上，呆呆地看著天花板說：「很擔心很擔心的預感。我擔心我再也見不到雨霏了。……小C，你知道嗎，空間站有可能要遠離地球，去其他星球呢。」

「哦，什麼時候？」

「不知道。其實現在還沒有確定，但我導師給我透露了一點消息。」

小C點點頭，表示知道了這個消息，但既沒有透露出喜悅，也沒有流露出驚訝或憤怒。她甚至沒有詢問為什麼。顧淮知道，即使小C再智慧，她也理解不了這種事情背後的複雜的爭議。她的表情就是那麼溫柔如水，靜靜坐在床邊，專注地看著顧淮，等著他接下來要說的話。顧淮忽然有一點傷感。他知道小C完全不會懂自己，但是她可以心無旁騖地陪著自己。他很想和雨霏說話，因為他敢肯定，以雨霏的敏感和聰慧，一瞬間就能理解這個消息帶來的驚天動地的影響，一定能跟他聊很多。但與此同時，他又有點不敢和雨霏說話，他擔心雨霏會生氣，會把天空城的變故聯想到他的身上。面對具備喜怒哀樂的真實個體就是如此矛盾，理解的喜悅也在於此，擔心爭吵的憂慮也在於此。

顧淮聽著呼叫器裡持續不斷的忙音，越來越疲憊，抑制不住困倦來襲。小C看到他皺著的眉頭，破天荒第一次坐到他的床頭，為他按摩太陽穴。她的手指柔軟卻又有力度，讓顧淮感覺極為舒服。小C又把顧淮的頭和肩膀微微抬起來，靠著她的身體，顧淮猶豫了一下，但沒有拒絕。

夜，就這樣沉沉地來了。

# 陸地

當雨霏終於接聽了顧淮的電話，她心裡一片茫然，不知道該如何說。可能就是因為這種茫然，她才下意識點了接通。

雨霏好幾天沒有接顧淮的通話請求了。還不僅僅是生他的氣，更多的是因為她心很亂，一片亂麻的狀態中沒有心思和他爭吵，而她又不知道該用什麼態度與他說話。困擾她內心的，是最近目睹的越來越變本加厲的生存鬥爭，從藥物開始上升到水和安全的居住地，握有權力的人吃相越來越不好看，一無所有的人更是撕破了所有斯文。在一次兩個居住區的衝突中，她被夾在其中，幾乎被推倒踩在泥裡。回到宿舍用小盆洗澡的時候，洗了很久都洗不乾淨，她幾乎哭出來。在這樣的情況下，她沒有心思和顧淮吵架。

可是今天不一樣，她被下午聽說的消息震懵了，整個晚上人都渾渾噩噩，心飄在雲裡，當顧淮的通話訊號亮起來的時候，她機械地按下接聽，但接通幾十秒之後都還沒能聚焦。

「……嗯？什麼？你再說一遍行嗎？」差不多一分鐘之後，雨霏才如夢初醒。

「我是說，霏霏，你別再生我的氣了，她真的只是機器人。」顧淮的臉在螢幕裡，焦急得有點變形，「她只是長得很像真人罷了。其實身子還是矽膠的，……只是新系統的聲音很像真人。你千萬別誤會。你見到她的樣子了嗎？那天晚上，你是不是只聽到了聲音，還沒見過她的長相？那你一定要看一下，看一下就不會誤會了。……小C！你過來一下！霏霏，真的，你聽我說，我們只是在飛船上，可以申請做一個機器人助理，幫助生活。……小C，你過來，」顧淮說著，一把把小C拉到螢幕前，「霏霏，你看，你看，我是照著你的樣子向工廠申請的，我太想你了，所以才……」

雨霏看到螢幕前出現一張和自己一模一樣的臉，或者說，和很多年前的自己一模一樣的臉。那張臉年輕、漂亮、充滿笑意，臉上光滑閃亮，有膠原蛋白一般的潤澤，幾乎看不出來是人造材料。而對比她自己，她下意識地摸摸臉，暴露在高原的紫外線和凜冽風中的自己，皮膚已經粗糙得像月亮，有斑點，有傷疤，還有頭髮絲裡洗不乾淨的泥土。她知道，螢幕裡的女孩是不會老的。那幾乎是她自己的夢想，永遠留在二十歲那年的樣子。也許這也是顧淮的夢想。

雨霏的眼淚不知不覺湧出眼眶。她想把螢幕關了。但顧淮從螢幕裡看到她的動作，大聲阻止道：「別關！我還有重要的事要跟你說。」

雨霏猶豫了一下，沒有點關閉，顧淮幾乎是撲到通訊器前面：「霏霏，我真的有很重要的事。」

「什麼事？」雨霏猶豫了一下問。

「最近，你趕快申請一下，到天空城來。最近可能會有機會，這次千萬別耽誤了，要不然以後也許沒機會了。」顧淮斬釘截鐵地說。
「為什麼以後沒機會了？」雨霏問。
顧淮明顯猶豫了一下，雨霏不知道他在猶豫什麼，但肯定他是有些東西不想告訴自己，這讓雨霏再次感覺氣餒。她和顧淮之間的距離，真的已經這麼遠了嗎？
「你就聽我的，沒錯的。」顧淮試圖讓她確信，「上天的機會不容易，以後越來越不容易。這次機會你一定要把握住。你跟你們主任好好請求一下，讓他幫你說話。霏霏，你快來吧，我真的太想你了。」
「你想我，那能不能回到地面上來？」雨霏問得有點突兀。
「呃……」顧淮明顯吃了一驚，沒想到她會這麼問，而雨霏看得出來，他的表情是對此堅決抗拒的，「這……可能不行。還是你來天上吧。在地上……未來太不確定了。」
雨霏疑惑於顧淮的表情，於是微微試探了一下：「是啊，地上的未來……當然不確定。那你們在天上呢？未來很美很確定嗎？」
顧淮聽出雨霏話裡的諷刺，像被噎了一下，囁嚅著說：「當然也不是，未來誰都說不好……只是我覺得，地面上還是風險太大，凶多吉少。你如果有機會，還是到天上來吧。」
「你們不是說，要從天上拯救我們嗎？」雨霏反問道，「現在進展怎麼樣了？」
「……都還在嘗試……暫時還沒有結果。有一些方案……」顧淮說。
雨霏越聽心裡越沉，她隱隱約約感覺到，天上的人並沒有做出任何成果。「是不是你們發現地面上的人根本無法拯救，所以就決定住在天上，不回來了？」

顧淮說：「霏霏，你別多想，我只是……很想讓你跟我來，過一點舒心的日子。我知道，你在下面太辛苦了。」

「是啊，天上的日子多幸福啊。乾淨舒服，還有佳人相伴。」今天的雨霏有一點咄咄逼人，話說出口，連她自己都有點詫異。她只是心裡不舒服的預感越來越強，她問顧淮的事情，他都沒給出正面回答，讓她越來越擔心，「你們要是打算放棄地面上的人了，就直說。就算是背叛，也總好過給人一個不切實際的希望。」

顧淮被她嗆得說不出話，只是無力地安慰道：「霏霏，你想太多了。……你申請到天上來，我們見了面再細聊好嗎？」

「申請？」雨霏有點淒然地反問：「我拿什麼申請？拿命嗎？其實我們這邊早有消息說最近還有最後一批機會去天空城，你知道其他人是怎麼爭的嗎？……我們總共就十來個名額，我們大領導，杜魁，直接從名額裡拿出來一半給他自己的親信和親戚，底下人都快炸了。你沒看到前天下午院子裡鬧騰成什麼樣，三個實驗室的人全都出來吵，什麼都顧不得了，簡直斯文掃地……還有村裡，也不知道是誰透露了消息，聽說有去天上的機會，當時就瘋狂了。本來這次還只給科研人員名額，但昨天隔壁一個居住村裡像瘋了一樣，先是自己廝打，然後跑來跟我們說，要是不給他們名額，就放火燒房子，大家一起死。他們這麼一鬧，聽聞的人越來越多。……今天下午，你知道他們都在說什麼嗎？說天空城壓根就不是救地球的，而是一小撮人以後就住在天上了，不管地上的人了，說地上的人沒救了。這意味著什麼你懂嗎？我們這兒最近本來就斷水了，這個消息是要逼死人的。……你讓我申請上天，我拿什麼申請？你還是和你的小C一起好好過吧。」

雨霏按下了掛斷，痛哭不止。她說不清心裡這種混合感覺，委屈、無助、氣惱、嫉妒、失望，對顧淮的失望，也是對天空城所有人的失望。她覺得自己最近這幾個月的救人變成了一種無謂的傻，反正災難還是會加劇，所有人都會死，就像恐龍滅絕前試圖救助受傷的恐龍，最終什麼都改變不了。而明智的人就應該早早逃命，高高掛起事不關己，就像天空城的人。人類或許一直這樣，吉祥安樂的時候宣稱是命運共同體，在危難關頭卻是各自分飛，落得片白茫茫的大地真乾淨。

她站在窗前，望著窗外雨簾後蒼茫荒瘠的大地，傍晚的昏黑勾勒出遠山尖銳無情的輪廓，地上滿是積水的汙泥坑，人的臨時居住棚像泥汙中的破布一樣寒酸，不堪一擊。人類的脆弱在這一刻暴露無疑。她不停地流淚，想阻止也止不住。顧淮的閃爍其詞可以說從側面印證了她下午聽到的消息，她不知道人為何能如此薄情。

她再也沒有接聽顧淮的通話請求，這一夜一直不停在亮。

次日清晨，雨霏醒來，從鏡子裡看見自己紅腫的眼睛。她用冰水洗了洗臉，又用浸了水的毛巾冰了冰眼眶。看紅腫差不多消退了，她梳好馬尾辮，換了一件白色T恤，收拾了背包出門。

這一日她有兩個居住村要走，預計會處理四十多個病人的發燒、感染和疫病。她把水瓶放在側袋裡，開始了徒步進程。路上，她遇到每一個人都露出微笑說：「就快好了！相信我！加油哦~」一邊說，一邊踏著泥濘的小路，向遠山跋涉。

## 天空城

在天空城公開決議大會召開前，顧淮仍然心懷忐忑地找古明哲爭辯了兩次。他眼前總是雨霏含著淚的臉龐，還有她對他們拋棄地球人的尖銳指責。他內心慚愧，因為他知道她說的是對的。可是在大趨勢的壓力下，他又不敢以一己之力站出來反抗。

「古老師，我們能再談一次嗎？」顧淮在開會前兩小時，又一次來到古明哲的辦公室。

「小顧啊，我都跟你說得很清楚了。」古明哲的眼睛故意盯著螢幕，不看他，「我知道你想說什麼，但這個時候，你找我說也沒用啊。最後還得大會決定。」

「但是，我待會兒得答辯啊……我想跟您聊一下，我答辯的時候……」顧淮有點遲疑。

古明哲這下瞅著顧淮，摘了眼鏡，問：「你想聊什麼？待會兒你不想答辯了？還是說，你準備在答辯的時候說方案不可行？」

顧淮沒有否認，只是用不太堅定的反問說：「我在想……在想……如果能量方案不可行，那是不是還有不走的可能性？」

「小顧，」古明哲嚴肅地說：「你知道你在說什麼嗎？你現在肩膀上擔著的，可不是一個人的事，也不是我們小組的事，你擔負著的是整個天空城的命運。你是一個尊重科學事實的人，你應該知道，科學裡，對就是對，不對就是不對，行就是行，不行就是不行。你這樣，根據個人的好惡隨便說方案結果，這是科學的態度嗎？」

「可問題在於，」顧淮沉下一條心，也不管古明哲會怎麼想，「我也不能只擔負天空城命運，我還得想想人類的命運不是嗎？我們就這麼走了，地上的人怎麼辦呢？當初是所有國家的人勒緊褲帶湊錢才建起來的天空城，說好了是要研究救災方案才建起來的，現在說走就走，這算什麼。這件事我想不明白，就沒法老老實實算方案。」

「當初是當初，現在是現在，」古明哲微微皺眉，「整個過程你也全身參與了，咱們剛來時，不是沒有用盡全力測算，可是後來是觀測到整個氣候變化的幅度實在是太劇烈了，能量量級和大氣的紊亂程度都超過了咱們能干預的範疇，這才有了新戰略。人就是必須根據情勢做出決定，時勢不等人，適應性一直是人類存活至今的最大的競爭力。戰略上的取捨和抉擇需要當機立斷，這道理你又不是不懂。我也給你說了好幾次了，你怎麼還是這麼軸呢。」

顧淮被古明哲說得一愣一愣的，但他還是鼓起勇氣，小聲爭辯道：「可是我之前的方案，我是說利用大氣層的能量通路做輻射的能量放大器的方案，還一直沒有做過真的模擬測試，說不定就能有用呢？我們還沒試過所有方案，就這麼放棄，真的是合適的嗎？」

「我們試的起嗎？」古明哲問，「現在地上的形勢一天比一天差，不可能讓地面再提供多少能源支援，而天空城現存核能燃料是一定的，我們要想在地球上做這麼大的實驗，耗能一定是極大的，萬一失敗了呢？萬一失敗了，咱們連飛到最近行星都做不到了，到時候所有人都坐以待斃嗎？……行了，你別說了。如果你待會兒不願意發言，我替你會報方案。」

古明哲說完，帶著點怒意又開始劈劈啪啪打字，再也不看顧淮一眼。顧淮還想說什麼，但最終只是張了張嘴，把話吞回了肚子，離開了房間。

決議大會在天空城中心的大會場召開。

每次顧淮進入這個大廳，都有一種暈眩的感覺。大會場在天空城最核心的地方，多條樞紐都連接到天空城外的門廳，旋轉一圈的門廳給人一種輪軸的樞紐感，中間的大會場因此更有羅馬的感覺——條條大路通羅馬，羅馬的建築也以這樣的環形聞名。大會場頭頂的穹頂是通透的有機玻璃，只要太陽不直射，就完全打開遮蔽，高空逐漸稀疏的空氣呈現出深藍，即使是白天，也能看清遠處的一些星星。這穹幕如此磅礴，彷彿天穹直接覆蓋在頭頂，讓人倍感渺小。而地面上也有一圈玻璃，雖然中間的主體部分是不透明的木色地板，但觀眾席的腳下是整整一圈透明玻璃，宛若護城河，可以直接看到腳下雲霧繚繞的地球。這樣頭上腳下的通透感，讓人有漂浮在宇宙裡講話的錯覺，因此開口也更加需要勇氣。

顧淮坐在前排側面一個座位上，不斷翻看手裡的平板顯示器，想要再把資料記清楚一點，為待會兒的答辯做準備。他看不進去，往前翻篇，又往回翻篇，一次又一次重複，手指繃得看得出骨骼，緊張寫在臉上，清晰可辨。

「這一頁你已經看了三遍了。需要我給你讀嗎？」坐在一旁的小C輕輕問他。

「嗯？哦，不用。不用。」顧淮如夢方醒，意識到自己的不安和走神，有點不好意思。

「你可以休息一會兒了。」小C體貼地說：「按照演講籌備指南上的建議，真的到演講前，就不建議反覆看講稿了。這時候最好休息一下大腦和心情，可以閉上眼睛，想一想待會兒要如何上場，如何動作，心裡走一遍預演。另外就是可以想一些放鬆的事情。」

「你不懂。」顧淮搖了搖頭，「這不是一次演講。沒那麼多講究。這是答辯。」

「答辯也需要演講的儀態風度，才會給人留下好印象。」小C仍然天真地說。

「唉，你不懂。」顧淮又嘆了口氣說。

這時候，會場的觀眾席陸陸續續入場，已經差不多坐滿了人，各種竊竊私語議論的聲音、站起和落座的聲音、會場播放的簡要注意事項，混合在一起，盤旋在大廳上空，陡然營造出緊張的氣氛。會議主席，世界科學共同體理事會理事長路易士．韋伯先生已經站在會場中央，等待全部觀眾入座完畢，就開始議程。難得看到所有科研人員都穿上襯衫或正裝，更增加了儀式感。

每個人面前的會議桌上，開始顯示出會議議程，議程用每個位置嘉賓的母語顯示。小C低頭閱讀，然後開始給顧淮朗讀。「科學共同體理事會理事長路易士．韋伯先生致大會開幕辭。科學共同體執行委員會委員長馬克．拉塞爾博士主持會議，第一議程：地球氣候的前景分析，發言人：基礎科學第一研究部部長、哈佛大學副校長莉莉．馬奎爾女士；環境與能源……」

顧淮是第四議程第五個發言，按時間會排到下午晚些時候。他有一點緊張，但更多的是矛盾和遲疑。他並不是擔心自己上台會結結巴巴、台風不好，而是在心裡做最後的掙扎：他下午要講的內容實在是非常重要，否則古明哲和研究四部部長也不會讓他一個名不見經傳的小角色在這麼重要的場合上台發言。他要講的是宇宙空間中的能量級聯放大機制，能利用空間輻射和飛船間的能量互動，干涉加強，從而以百倍效率為飛船帶來推薦動力。

這是到目前為止，最好的遠征方案。

可問題是，人類到底該不該遠征呢？顧淮回答不了這個問題。他也不希望讓自己的發言成為這場論爭中的籌碼。可是他已經處在這樣的位置上。

他抬頭看著透明穹頂外浩渺的星空。如果在他小時候，有個人告訴他，人類可以去遠征，而他可以成為提出方案的關鍵人物，他一定會為其中的英雄感興奮不已。

可是現在，事情卻完全不是一回事。無論他怎麼看，這次的遠征都像是逃亡。

他要背離地球，背離地球上那個小小的身影。

他轉頭看著小C，帶著一點悲涼說：「小C，在你的程式裡，如果有一件事，計算的結果是一個樣，你心裡想做的是另一個樣，你會怎麼辦？」

小C用大眼睛望著顧淮，說：「我不太明白你的意思。」

顧淮說：「就是程式告訴你應該做的事，你不想做，你怎麼辦？」

小C仔細想了一會兒：「我沒有遇到過這樣的情況。」

顧淮望著腳下那一圈地板玻璃，透過玻璃望著遠遠的地球，說：「我現在特別慌，我怕我再也見不到地球，也見不到雨霏了。」

小C微微一笑，輕輕扶住顧淮的胳膊說：「我已經記住了你告訴我的所有事情，從現在開始，你可以把我叫做雨霏了。」

顧淮看著她依然輕快甜美的笑容，卻完全感受不到同樣的輕快甜美，他反問她：「如果，有一天，有另一個機器人長得和我一模一樣，也記住了所有有關我的事情，你會把他當成我嗎？」

小C想了想：「會啊。我一定會的。」

顧淮嘆了口氣，又把視線盯住地板上的玻璃。小C試圖靠上顧淮的手臂，說：「你放心，我一定會對你很好，像雨霏一樣好的。」

顧淮沉默了好一會兒說：「可能人世間的很多事，在抉擇的那一刻，都看不到未來吧。」

會議開始了。

顧淮機械地聽著一個又一個發言，其中的大部分內容他基本上已經心知肚明，此時此刻也只是看那些大人物走一個過場。直到第一議程的第六個發言人，宇宙和空間技術部部長、前歐洲宇航局局長勞埃德．布魯姆博士的發言，顧淮才突然心裡怦怦跳起來。

「……當我們在抉擇一項大的命運變革的時候，我們不僅要考慮到當下的形勢條件和風險，我們還要考慮到一百年之後的人類——如果那個時候還存在——會如何看待這項選擇。很多時候，作出選擇的人，他們肩上擔負的，不僅僅是他們個人的命運，也不僅僅是同時代人的命運，而是整個人類，從一百萬年前一路走來的這個叫做人類的物種的命運。人類存活至今經歷了多少次磨難和危機，可以說是九死一生，以至於人類的親族物種已經全部滅絕，只有今天的智人還存活於世。而這種存活本身是非常脆弱的，很久以前就有人說過，人類並不比其他物種特殊，不比恐龍特殊，也不比其他動物特殊，人類也可能毀於外界災難，毀於內部戰爭，毀於其他物種的競爭，毀於無法適應環境，當然，還更有可能毀於自身的愚蠢。如今，我們就因為自身的愚蠢，走到了人類這個物種生死存亡的邊緣。

所以，我懇請各位，在作出任何莊嚴決定的時候，能夠以一百年後的人類視角去考慮。如果我們希望人類物種還能存在於宇宙當中，如果希望以我們小小的虛榮心看起來能稱之為文明的一些東西還能存在於宇宙當中，那麼沒有什麼比活下去更重要的了。只有人類活下去，才能把千百年來積累的點點滴滴文明延續下去。這些文明果實對於宇宙來說也許不算什麼，但對於一個智慧物種而言，幾乎就是一切財富。所以我們必須要考慮的是，以什麼樣的策略能讓人類的文明火光不至於徹底熄滅。

因此，有的時候，我們就會面臨取捨。我們固然捨不得放棄原有的一切，捨不得放棄家園、故土、懷念的世界、手足同胞，但在面臨文明消亡的取捨面前，也許我們不得不放棄。諾亞方舟不是一個神話，它是一個寓言，它是告訴我們，當人類的愚蠢遭至天譴的時候，有遠見的人應該如何將人類物種的延續扛在自己肩上，以一艘航船度過危機。

這並不容易。這要求我們有遠航的勇氣、冒險的勇氣、承擔罵名的勇氣、以及生存的勇氣。我希望在座的各位，能夠做出有擔當的選擇。」

顧淮聽這些話的時候，臉上紅一陣白一陣，他被說動了，有相當長一段時間，他被人類遠航的前景、被自身背負全人類文明延續的使命打動，激動不已，也為能貢獻力量而驕傲。但另有一些時間，他又覺得有什麼地方不對，他的內心深處似乎還是有一個聲音在叫他，叫他停下來，再聽一聽，再看一看，再想一想。

他又一次仰望頭頂穹廬上的星辰，很想站起來大聲嘶吼：「宇宙啊，你能給我一個聲音嗎？你能不能告訴我，地球的這場浩劫、人類的這次選擇，意義何在？出路何在？」

但是宇宙沒有發出聲音。

顧淮也只是靜默地坐著。

## 大陸

雨霏看到了最後一批登船者的身影。

那天的天空格外湛藍，在雨霏的印象中，已經很多很多日子沒見到這麼湛藍的天空了。前日裡的雨連續下了四天，雨過天晴之後，短暫兩天有晴空與太陽的日子。飛船發射早就預定好在這一週，具體時間根據雨況確定，前一天晚上才定下來發射時間。

這一批登船的名額，比黃金×鑽石的價值還高，不知道爭搶了多久才定下來。發射之前就有很多人知道，這是最後一批上天的機會，也是生死之間的區隔。但是知情人士都不把這個消息透露出去，因為一旦天下人盡皆知，那會引起所有人餓虎撲食，就連發射的地勤工作都不會再有人安心去做。於是，所有幸運獲得了名額的人，都在竊喜中保持沉默。

但即便是這樣，消息還是從唇齒的縫隙中不脛而走。真到了發射之前的登船時分，出乎意料的是，不知道從哪裡湧來了大批大批避難的居民，有從發射場隔壁居住村裡來的，也有從相當遠的居住地趕來的。雨霏從自己的視窗望出去，遠遠湧來的人群宛如烏雲壓境。

她吃了一驚，出門去看，大批陌生人從門口呼嘯而過。科研中心正有車子要去發射場，她於是登車跟隨。只見一輛輛破舊鏗鏘的車子拚盡速度，從他們身邊超越，他們如同被裹挾在山洪裡的碎石，在泥濘的路上顛簸。

「為什麼會有這麼多人來？」雨霏驚詫地問身邊坐著的黃曦。

「天下沒有不透風的牆。」黃曦說。

「你是說，這些人已經知道……」

「是的。」黃曦點頭，「他們已經知道，天上的人們要棄我們而去了。」

雨霏有心理準備，但還是略微吸了一口涼氣。如果地上的人都知道了，那將是何種恐慌與混亂，她不敢想像。

「他們是怎麼知道的？」雨霏問。

「還能有什麼新鮮的，不外乎就是哪個大人物想帶上自己的親戚，親戚又想帶上親戚唄。誰都說『你千萬別告訴別人』，這事就告訴了千萬人了。」黃曦從車窗望向遠處，他瘦削的面龐近日裡更加皮包骨，骨頭的輪廓像極了他的個性，咯得人生疼，這次黃曦也沒有獲得名額，「昨天我在檢疫的時候，就聽到有人竊竊議論了。」

他們沒有太多時間談話，在土摩托和小卡車的轟隆聲裡，他們的聲音也幾乎聽不見。在洪水般的人流中，他們來到發射場外緣。

「我們是藥物補給車。」雨霏乘坐的車子的司機叫道。這一聲呼叫讓他們很容易從車流中脫穎而出，發射場的執勤人員以電瓶車給他們開路。

兩旁擁擠的人群愣了片刻，看他們前行，但很快，不知道是誰叫了一句：「不能讓他們再把藥帶走啦！」於是其他人如夢方醒般湧上來，試圖堵住他們的去路。司機踩了一腳油門，向前衝過去，發射場的鐵門開了一道剛好容一輛車的縫隙，試圖讓他們擠過去，將其他烏合之眾攔在後面。

但場面很快失控了。有人以大功率摩托來撞雨霏坐的車子，把車子的軌跡直接撞歪了。車子很努力地控制平衡，把握方向，繼續前行，但就這一耽擱，其他車很容易就跟上了他們的軌跡。就在發射場外不遠的地方，混亂的車流追上他們，一同向發射場鐵門撞去。守衛員見場面失控，立即想關上院子鐵門，可為時已晚。鐵門在閉合之前的一瞬間，被洶湧的車流撞開，一道裂隙很快擴大為決堤隘口。

雨霏看到自己坐的車子被身後源源不斷的車流推進空曠的發射場，如山洪泥石流向中心的發射飛船湧去。發射場一向警戒森嚴、秩序井然，從來不曾有如此多庸眾進入，所有守衛和地勤人員都有一點發楞，一時之間沒來及做出反應。等到所有人從耳機裡聽到攔截闖入者的通告、行動起來的時候，已經遲了，湧入的人群距離發射飛船不過數百米的距離了。

登船者正在登船。一直到此時，他們還保持著優越的優雅。女人拉著孩子小步走樓梯，男人手臂上搭著大衣，手裡拎著箱子。不知道是誰對他們喊了一聲「快！快點登船！」，他們才赫然發現逼近的人流，突然之間，驚慌失措起來。

登船者匆忙加快了登船速度，喇叭裡的催促聲越來越強，廣播說發射可能會提前，要求迅速登船。男人推著女人，女人拖著摔在樓梯上的小孩子往上爬。廣場上，執勤車輛拉來了鐵絲網，試圖將逼近的車輛和人流擋在發射區域之外，車輛和鐵絲網發生劇烈碰撞。執勤車被衝擊，幾乎退卻。有人從尚未合攏的鐵絲網中間縫隙穿過去，向飛船奔跑。這樣的行動有太強的激發效應，迅速就有很多人跟隨前者的帶領，穿過阻攔，奔向飛船，將鐵絲網之間的縫隙越擴越大，局面越來越不可收拾。

八百米。六百米。三百米。一百米。

跑在最前面的人已經奔到了飛船腳下。飛船的門開始閉鎖。但還有一小部分登船者沒有登上飛船，用身體扒住船艙門，拚命往裡擠，後面湧過來的民眾迅速攀爬上樓梯，將登船者擊打到地上，試圖取而代之。飛船門口軀體纏繞，發生激烈鬥毆，堵住門口，進出不得。而更多人還在源源不斷向飛船跑來，在飛船腳下形成黑壓壓的一條河流。

就在這時，地面控制塔內傳來「預備發射」的口令，人群爆發出恐慌與憤怒的呼喝，人們更加速了湧向飛船船艙門。船艙門在強行關閉。

雨霏遠遠地看著這一切。遠處的爭鬥驚心動魄，朝著悲劇的方向越走越遠。她恍然看見天邊有什麼一閃而過，似乎有一顆白日流星降至地面，像是有什麼事物從空中降落。但沒有其他人注意到。人群仍然逼向已經開始點火啟動的飛船。

飛船艙門還未緊閉，但已經點火。珍惜生命的人開始退卻，圍繞飛船，形成一道真空的漣漪。已經抓住飛船艙門，或者登上飛船樓梯的人不甘心放棄，仍然想從最後一道縫隙抓住升天的機會。隨著飛船底部火焰點燃，有人被人推落，有人被甩下，有人直接跌落火焰裡，遠遠看去就像撲火的飛蛾。飛船火焰達到極盛，竄天而去，留下震耳欲聾的嗡鳴聲。所有人在遠方旁觀這一切，都被震住，許多人駭然無言。

隨著飛船遠去，有人爆發出哭泣的聲音，緊接著，這種聲音傳遍人群。沒有登船的人群開始被憤怒和絕望的悲傷籠罩。執勤車仍然想用鐵絲網將人群驅逐出發射場，爆發出混亂的鬥爭。雨霏向人群外退去，她不想捲進這樣的爭鬥，甚至連看都不想再看。

她流著淚向發射場外跑去，一邊跑，一邊擦眼淚。連她自己也說不清，為什麼流眼淚。並不是因為失去了升天的機會，事實上，她從多日之前就知道了這個結局。也不是因為他們被遺留在地球上自生自滅，在她心裡仍然還抱著對未來的渺茫希望。但她在這個上午旁觀的刺激之後，仍然想哭。她的眼前，始終是最後落入火焰的人的身影。

在發射場外不遠處，路上的一個泥水坑邊上，她一步沒踩穩，踉蹌了一下，摔到地上。她跪在地上看著泥水，眼淚撲簌簌掉進水裡。

就在這時，一雙手扶住她的雙臂，將她慢慢扶起來。她看到那雙手，異常熟悉。她心裡一驚，抬起頭來。眼前的眼睛也異常熟悉。

顧淮將她扶穩，問：「你怎麼在這裡？我正好要去找你。」

雨霏呆呆地瞪著他：「你怎麼在這裡？」

「我剛剛降落，第一時間想去找你。」顧淮說。

「你沒有……沒有……？」雨霏不知道該用什麼樣的語言了。

「是的。我沒去遠航。」顧淮說。

「為什麼？」

「我好久沒回來了。」顧淮說：「我回來看看你。」

雨霏不知道該如何形容自己的心情了。顧淮幫她擦下去手上、腿上的泥水，扶她前行，兩個人在坑窪積水的小路上深一腳淺一腳走著。雨霏心裡慢慢展開了。她好像好久好久沒有這樣平靜了。她聽顧淮說著天上的變化，聽他說遠航的爭執與忙碌，聽他說他是如何做出一個叫小C的機器人，替他去遠航，而又是如何申請了特批的飛船降落下來。他們聊地球，聊地球僅存的大陸和變化無端的海洋，聊地球的氣候和未來，聊他們在地球上剩下的日子。他們知道，也許地球上所有大陸有一天都會消失，但他們此時此刻，仍然可以深一腳淺一腳走在泥水路上。

那就這樣吧，雨霏想。

國家圖書館出版品預行編目 (CIP) 資料

去遠方 / 郝景芳作 . -- 初版 . -- 臺北市 : 遠流，
2018.10
面 ; 公分 . -- ( 文學館 ; E06008)
ISBN 978-957-32-8367-6 ( 平裝 )

857.63 107015640

文學館 E06008
# 去遠方

作者／郝景芳
總監暨總編輯／林馨琴
編輯／楊伊琳
企畫／張愛華
美術設計／三人制創

發行人／王榮文
出版發行／遠流出版事業股份有限公司
地址：臺北市南昌路二段 81 號 6 樓
電話：（02）2392-6899
傳真：（02）2392-6658
郵撥：0189456-1

著作權顧問／蕭雄淋律師
2018 年 10 月 1 日　初版一刷
新台幣定價 300 元


ISBN 978-957-32-8367-6

遠流博識網
http://www.ylib.com
E-mail: ylib @ ylib.com